AMY
ACHTEROP

Die HAUSBOOT Detektei

TÖDLICHER STOFF

Kriminalroman

FISCHER Taschenbuch

FSC www.fsc.org
MIX
Papier | Fördert gute Waldnutzung
FSC® C083411

Originalausgabe
Erschienen bei FISCHER Taschenbuch
Frankfurt am Main, April 2024

Das Werk wurde durch die Literarische Agentur
Thomas Schlück GmbH, 30161 Hannover, vermittelt.

Redaktion: Lotti Mischke

Satz: Dörlemann Satz, Lemförde
Druck und Bindung: CPI books GmbH, Leck
ISBN 978-3-596-70895-6

1

Ein Fettschwanzmaki müsste man sein. Die dürfen sich nämlich nicht nur rund und dick futtern, sie können auch super schlafen, sieben Monate am Stück. Das hat Isa erzählt und gleich ein Exemplar auf Aries graues T-Shirt gemalt. Da liegt er nun mit geschlossenen Augen auf Aries Bauch, der kleine Primat aus Madagaskar, auf einem Hausboot mitten in Amsterdam. Ansteckend wirkt sein unentwegtes Rumschlummern aber leider nicht. Dafür ein wenig angeberisch, genauso wie Hunds zufriedenes Schnarchen, das von nebenan aus der Wohnküche kommt.

Arie Poepjes, früher Polizist, jetzt Detektiv und Experte in Sachen Schlaflosigkeit, versucht, nicht hinzuhören – weder auf Hunds Schnarchen noch auf sein Magenknurren.

Arie seufzt, wälzt sich von einer Seite auf die andere, nimmt schließlich sein Smartphone vom Nachttisch. Mittwoch, der 3. April, 3.57 Uhr, neun Prozent Akku. Das Smartphone braucht dringend Strom, noch dringender braucht er Schlaf.

Möglicherweise könnten Spaghetti mit Sahnesoße helfen, dazu ein kleiner Schlaftrunk. Aber nicht wieder Gute-Nacht-Tee, diese fiese Kräutermischung hat schon am

Vorabend nicht funktioniert. Lieber ein Gläschen Rotwein oder Punsch mit Schuss. Darf er nicht: kein Alkohol, keine Kalorienbomben. Jedenfalls nicht, wenn er auf seine Hausärztin hört. »Arie, wir müssen abnehmen«, hat sie gesagt, obwohl in Wahrheit natürlich nur er abnehmen muss. Und auch, dass sein Blutdruck zu hoch sei und seine Leberwerte schon mal besser waren. »Mmmh«, hat Arie geantwortet. Gedacht hat er, dass wir doch sowieso alle einmal sterben müssen, und weiter gemacht wie gehabt. Bis Matts angerufen hat.

»Du wirst Opa«, hat Matts gesagt, kurz Luft geholt und »Zweifacher Opa« hinzugefügt. Während Arie sich auf den nächstbesten Stuhl sinken ließ, druckste Matts noch herum, dass das jetzt alles etwas anders sei als geplant, aber dass sie noch vor der Entbindung zurück nach Amsterdam ziehen würden.

»Wie das?«, hat Arie gefragt. Matts war nicht mal mit dem Studium fertig, und Natascha verdiente gerade genug für ihre winzige Bude in Wien. Für das gleiche Geld gab es in der niederländischen Hauptstadt höchstens eine Garage. Und bis sie eine bezahlbare Sozialwohnung bekämen, wären die Kinder schon mit der Grundschule fertig.

Aber es war schon alles geregelt. Die junge Familie würde zu Nataschas Tante ziehen. Die besaß im Norden der Stadt ein altes, großes Haus und fühlte sich sowieso ein wenig einsam.

»Ich kann dann auch gerne mal babysitten«, hat Arie angeboten. Und gleich am selben Tag Kartoffeln mit Salz statt Pommes mit Mayo gegessen.

Arie findet, dass er nicht der beste Vater war. Zu oft im Dienst, zu oft nicht richtig bei der Sache. Mit seinen Enkelkindern will er es besser machen. Und dafür muss er fit sein. Sehr fit. Denn wenn es schon anstrengend ist, *einen* Säugling mit Bauchweh stundenlang auf dem Arm zu schaukeln (das weiß Arie vom Hörensagen), wie anstrengend sind dann erst *zwei*? Aber er freut sich darauf. Na ja, tagsüber jedenfalls. Dann stellt er sich vor, wie er mit den Zwillingen Lego-Boote baut, mit ihnen Fußball spielt und ihnen mit Hund zusammen das Schwimmen beibringt. Also wenn sie dann ein bisschen älter sind.

Aber jetzt ist es Nacht, und Arie leidet an Schlafmangel. Zwei kleine Menschen gleichzeitig zu betreuen, erscheint ihm völlig unmöglich, ganz egal, wie schlank und fit er ist, noch dazu auf einem Hausboot. Im Kopfkino wechselt Arie einem schreienden Kind die Windeln, während das andere unbemerkt auf die Reling zukrabbelt, über Bord fällt und im eisigen Wasser der Gracht versinkt.

Arie nimmt die Schlafmaske ab und reißt die Augen auf, weil das manchmal hilft, wenn in seinem übermüdeten Gehirn die Schreckgespenster außer Rand und Band geraten. Durch das Bullauge der Lakshmi funkelt ihn eine Straßenlaterne an, in einem Fenster blinkt ein Stern, der aussieht, als wäre er von Weihnachten übrig geblieben. Ganz dunkel wird es in Amsterdam nie, daran hat auch die Energiekrise nichts geändert. Arie starrt auf das Wasser der Gracht hinaus. Immerhin das ist nachtschwarz. Und ganz unbewegt. Vermutlich schläft es.

Arie macht die Augen wieder zu. Irgendwo knirscht es. Dann hört er schwere, schlurfende Schritte, die klingen, als ob ein alter Riese durch die Kombüse tapert. Oder ein verschlafener, riesiger Neufundländer. Alt ist er vielleicht auch schon, der Hund, der Hund heißt und den Arie vor über einem Jahr von seinen ehemaligen Nachbarn adoptiert hat. So genau weiß das niemand, jedenfalls ist Hund schon ein bisschen weiß um die Schnauze und muss in letzter Zeit öfters seine Blase leeren. Jetzt will er aber nicht raus zum Pinkeln, jetzt will er zu Arie ins Bett. Darf er eigentlich nicht. Weil Arie die Idee, ein bisschen Gesellschaft zu haben, ganz schön findet, aber gleichzeitig daran denkt, dass man bei der Hundeerziehung konsequent sein sollte (steht jedenfalls im Ratgeber für Hundebesitzer), tut er einfach so, als ob er schläft.

Hund schnuppert an seiner Hand, dann legt er vorsichtig erst die eine, dann die andere Pfote auf die Matratze. Die Hinterbeine folgen, der Lattenrost ächzt, und 74 Kilo Hund liegen in der Koje. Kopf und Vorderbeine auf Aries Beinen. Das ist ein bisschen schwer, aber es ist auch so gemütlich, dass Arie mindestens eine halbe Stunde glaubt, nun doch einschlafen zu können. Bis sein Handy piept, weil es jetzt wirklich dringend Strom braucht. Wo ist eigentlich das verdammte Ladekabel? Und warum brummt jetzt auch noch sein Kopf?

Arie seufzt, schiebt Hund von seinen Beinen und setzt sich auf die Bettkante. Seine Waden kribbeln, immerhin die sind eingeschlafen. Er gähnt und reibt sich den Nacken. Hund blinzelt, wendet den Kopf ab und schnarcht so demonstrativ weiter, dass sich Arie fragt, ob auch Hunde sich schlafend stellen können. Er schlüpft in die Pantoffeln, zieht den Bademantel über, ein in die Jahre gekommenes

Stück aus blau-weiß gestreiftem Frottee, und steckt das Telefon in die Tasche.

Drei Schritte durch das Wohnzimmer, durch die Schiebetür, und er quetscht sich in die Nasszelle, die so klein ist, dass sie ihm schon lange vor seiner Hausärztin zugeflüstert hat, dass weniger Bauch einige Vorteile hätte. Arie spritzt sich kaltes Wasser ins Gesicht und wirft einen Blick in den Spiegel. Sein Haar sieht zerrupft aus und irgendwie grauer als sonst, seine Haut ist zerknittert, die Augen sind klein und gerötet. Schlafmangel hat noch niemanden schön gemacht.

Vier Schritte weiter steht Arie in der Kombüse. Die ist auch klein, bietet aber erstaunlicherweise regelmäßig Platz für vier bis fünf Detektive plus ein bis zwei Besucher, den großen Hund und ein kleines Eichhörnchen – vorausgesetzt, dass sie eng zusammenrücken. Es gibt eine Küchenzeile, auf der sich sonst das Geschirr stapelt. Aber weil er in der Nacht aufgeräumt hat (in der Hoffnung, das würde einschläfernd wirken), liegt hier heute Morgen nur ein Spüllappen neben dem Wasserkocher. Arie stellt diesen an und löffelt Instantkaffee in eine Tasse. »Nicht gut für den Blutdruck, und beim Einschlafen hilft Koffein auch nicht«, hört Arie die Stimme seiner Ärztin im Kopf. »Dafür hilft es gegen Kopfweh«, widerspricht er und wirft dem Pulver zwei Stück Zucker hinterher.

Auf einmal hat Arie das dringende Bedürfnis, mit jemandem zu reden, der nicht Hund oder er selbst ist. Kurz nach sechs, zeigt ein Blick auf sein Handy. Keine ideale Zeit, um irgendwo anzurufen. Früher war das einfacher, da hätte er jetzt über Funk mit Wessel oder einem anderen Kollegen von der Frühschicht quatschen können.

Daran will er nicht denken. Besser sucht er sowieso erst einmal das Ladekabel. Auf dem alten Küchensofa liegt es nicht, auch nicht in dem Korb mit Zeitschriften, Spielkarten und Haselnüssen, die vermutlich Fru Gunilla, Jans Eichhörnchen, hier versteckt hat. Arie sucht auf dem Bücherregal und in der Krimskrams-Schublade, schüttet kochendes Wasser in die Kaffeetasse und findet das Kabel schließlich in der Zimmerecke auf der Waschmaschine. Über der Waschmaschine hängt ein heller Baumwollvorhang, auf den Isa mit schwarzem Stoffmalstift die Amsterdamer Skyline, die Lakshmi in der Gracht und Fru Gunilla gezeichnet hat. Darunter steht: *Die Hausboot-Detektei.* Der Vorhang ist ein echter Hingucker, soll aber vor allem das Whiteboard dahinter verbergen. Auf dem Whiteboard stehen die Regeln der Hausboot-Detektei, und die sehen Kunden besser nicht. Arie grinst, dann setzt er sich mit dem Kaffee auf die Küchenbank, hängt sein Smartphone ans Netz, nimmt zwei Schlucke und denkt daran, dass Elin Ende der Woche zurück nach Amsterdam kommt. Er freut sich darauf, sie wieder im Team zu haben, obwohl die Methoden der Schwedin manchmal etwas, nun ja, etwas unkonventionell sind. Die letzten Monate hat sie, mit kurzer Unterbrechung, in Panama verbracht. Und dort, rechnet Arie aus, ist es gerade Mitternacht. »Vor eins schlaf ich sowieso nie«, hat Elin einmal erzählt.

Heute klingt sie so wach, als hätte sie gerade eine Handvoll Coca-Blätter gekaut. »Arie!«, ruft sie ins Telefon. Es rauscht kurz in der Leitung, dann hört Arie ein Rumpeln und einen spitzen Schmerzensschrei.

»Elin?«

Es raschelt.

»Der blöde Koffer ist vom Bett gerutscht. Aber sag lieber, warum du anrufst: Habt ihr einen neuen Fall, oder kannst du nicht schlafen?«

Arie fühlt sich ertappt. Er macht den Mund auf, um irgendetwas zu sagen, aber heraus kommt nur ein großes Gähnen. Elin lacht. »Hast du es mit Spazierengehen versucht?«

»Ich habe die Küche aufgeräumt, Kräutertee getrunken und Atemübungen gemacht, von denen ich einen Hustenanfall bekommen habe. Außerdem habe ich mir gewünscht, ein Fettschwanzmaki zu sein.«

»Fettschwanzmaki«, wiederholt Elin langsam. Ihr Niederländisch ist verdammt gut, aber eben auch nicht so gut, dass sie alle exotischen Tiernamen kennt. »Ist das was zum Essen?«

»Eine Lemurenart aus Madagaskar. Von November bis März futtern sie sich Speck an. Die restlichen sieben Monate verschlafen sie in ihren Baumhöhlen.«

Elin lacht. »Dann würdest du aber meine Rückkehr verpassen.«

»Stimmt«, sagt Arie. »Andererseits hätte ich bei unserem Wiedersehen im November keine Augenringe und weniger Wampe.«

»Ich mag dich auch mit.«

Das, denkt Arie, ist vielleicht noch besser als Schlaf. »Sollen wir dich vom Flughafen abholen?«

»Ihr seid die Besten.« Elin seufzt zufrieden. »Ich freu mich schon. Auf euch und das Boot und die Stadt und den Frühling.«

»Frühling«, sagt Arie zweifelnd.

»Nicht?«

»Vielleicht, wenn der Regen mal aufhört.«

»Solange es nicht so heiß ist, nehme ich sogar den Regen«, sagt Elin. Dann sagt sie, dass sie jetzt besser weiter packt, weil sie auch noch das Haus putzen muss.

Spazieren gehen, denkt Arie, und trinkt den letzten Schluck Kaffee. Vielleicht gar keine schlechte Idee. Ein bisschen Bewegung an der frischen Luft und dann noch mal für ein Stündchen zurück in die Koje. Er steht auf, streckt sich und stößt mit der Hand ans Bücherregal. »Hund?«, ruft er, während er aus den Pantoffeln und in die Gummistiefel schlüpft.

Hund schlurft heran, seine Schwanzspitze wackelt ein bisschen.

Es regnet nicht. Dafür ist die Luft klamm und weiß und so dick, dass Arie kaum bis zur Reling sehen kann. Er ist etwas unheimlich, dieser Dunst vor Sonnenaufgang. Arie muss an den Alfred-Hitchcock-Film denken, den sie, als einen von zahlreichen alten Krimis, kurz nach der Gründung der Hausboot-Detektei angeschaut haben. Zu Schulungszwecken und weil sie sonst wenig zu tun hatten. In dem Film hatte ein Mann im Nebel Londons reihenweise Frauen ermordet. Arie nimmt Hund an die Leine und geht an Land.

Eine merkliche Stille liegt über der Stadt, ganz so, als hätte der Nebel nicht nur die Konturen der Häuser, sondern auch jegliches Geräusch verschluckt. Hund bleibt an einer Ulme stehen und schnüffelt, wer hier heute schon sein Bein gehoben hat. Arie schaut nach oben. Dunkle, winterkahle Äste strecken sich gen Himmel. Auf einem sitzen zwei große Vögel – Krähen vielleicht. Arie fröstelt. Er hätte eine Jacke über den Bademantel ziehen sollen.

Am Ende der Straße tauchen zwei seltsam diffuse Lichter auf. Ein Lastwagen. Und weil der auch beim Näherkommen nur ganz sachte brummt, ist es vermutlich die Müllabfuhr. Die ist nämlich schon vor Jahren auf Elektroantrieb umgestiegen.

Hund kackt auf den Bürgersteig. Arie rümpft die Nase, tütet den Haufen ein und schaut sich nach dem nächsten Mülleimer um. Er sieht keinen, dafür löst sich auf der anderen Straßenseite ein Schatten aus dem Dunkel der Häuserwand. Er bewegt sich im Licht der Straßenlaterne, weichgezeichnet vom Nebel, mit schwebendem Schritt und wallendem Mantel. Die Arme erhoben, macht er einen kleinen Knicks, als würde er Arie zum Tanz auffordern.

»Stopp!«, ruft Arie, aber da tanzt der Schattenmann schon auf die Straße. Bremsen quietschen, Karosserie trifft auf Knochen. Ein dumpfer Schlag, dann ist es still. Arie greift in seine Tasche, erinnert sich, dass das Telefon noch zu Hause am Ladekabel hängt. Er läuft los, Hund trabt an seiner Seite. Die Fahrertür öffnet sich, eine Frau springt raus. Sie und Arie kommen gleichzeitig vor dem Fahrzeug zum Stehen, beugen sich über den Mann auf dem nebelnassen Asphalt.

Der lächelt. Seine Augen sind geschlossen, sein Kopf liegt seltsam schief. Hund legt sich zu dem Mann auf den Boden und schleckt ihm über die Hand. Arie geht in die Hocke, denkt, dass ihm das Gesicht des Mannes bekannt vorkommt, legt ihm Zeige- und Mittelfinger an den Hals, tastet nach seinem Puls. Er findet ihn nicht. Der Mann ist tot.

2

»Keine Kekse«, sagt Oma Kaatje. Sie steht an dem einen Ende des Küchentischs, Robin sitzt am anderen. Seine Hand schwebt über der Keksdose.

»Nur einen?«, fragt er und versucht es mit dem Enkelblick.

Klappt sonst immer. Kaatje Hommel ist niemand, der irgendwen hungern lässt. Aber heute nimmt sie den Gehstock von der Stuhllehne und wirft ihn aus wie eine Angel. Der Rundhakengriff legt sich um die Keksdose, dann zieht Kaatje sie zu sich, einmal quer über den knallgelben Tisch.

»Keinen«, stellt sie klar, nimmt die Dose und kippt ihren Inhalt in den Mülleimer.

Robins Mutter Tineke prophezeit seit Jahren, dass Kaatje bald vollends den Verstand verliert. Schließlich habe schon der alte Hommel, das war Robins Urgroßvater, in der Psychiatrie gesessen. Und Kaatjes Schwester Berta hockte nur wenige Jahre später auf der Kommode und versuchte, ihre Haare mit der Zahnbürste zu kämmen. »Das ist doch alles erblich«, meint Tineke zu wissen. Woraufhin Nico, das ist Robins Vater und Kaatjes Sohn, fragt, ob sie behaupten will, *seine* Gene seien an allem schuld. Er sagt *an allem*, meint aber: daran, dass aus unserem Sohn so ein verpeilter Nichtsnutz geworden ist. Hierauf beeilt sich Tineke, »Natürlich nicht« zu sagen, während sie ein perfektes Aber-meine-Schuld-ist-es-sicher-nicht-Gesicht aufsetzt.

Robin gibt nicht viel darauf, was seine Eltern sagen. Oma Kaatje, da ist er sich sicher, wird noch mit ihrer pinken Vespa durch die Stadt brausen, wenn Nico und Tineke schon lange im Altenheim gefüttert werden.

Aber heute stimmt hier irgendetwas nicht. Ihm die Kekse vorzuenthalten, das ist eine Sache. Die Kekse in den Müll zu werfen, eine ganz andere.

»Oma? Wie geht es dir?«

Kaatje rückt ihr Haarband zurecht. »Ranzig«, sagt sie schließlich, ohne ihm ins Gesicht zu schauen.

»Ranzig?«, wiederholt Robin, nicht wirklich schlauer, aber zunehmend besorgt. »Klingt unangenehm. Tut dir etwas weh?«

Kaatje krempelt die Ärmel hoch und zieht eine altmodische Rüschenschürze über ihren bunten Glitzerkaftan. »Nicht ich, Schätzchen. Die Kekse waren ranzig.«

»Ah«, sagt Robin erleichtert, gleichzeitig fühlt er sich auch ein bisschen dumm. Besser, er wechselt das Thema. Über Anouk könnte er sprechen, über die wilde, schöne Anouk, in die er schon heimlich verliebt war, als sie noch die Matheprüfungen von ihm abgeschrieben hat. Nach der Schule hat er sie aus den Augen verloren, bis sie vor gut drei Monaten plötzlich am Postschalter sein Paket entgegennahm. »Arbeitest du jetzt hier?«, fragte Robin, was natürlich eine selten dämliche Frage war. Trotzdem hatte

Anouk gelächelt. »Nur nebenher.« In den kommen Wochen war Robin noch öfters zurückgekehrt, um Pakete zu verschicken oder auch um Briefmarken zu kaufen, die er gar nicht brauchte, und plötzlich war das Wunder passiert. Anouk hatte unsagbar süß und ein bisschen schüchtern mit ihrer Haarsträhne gespielt und gefragt, ob er nicht Lust hätte, mit ihr am Wochenende durch die Clubs zu ziehen. Und dann hatten sie getanzt, die halbe Samstagnacht, obwohl Robin doch gar nicht tanzen konnte. Sein Kumpel Elias fragte später, was er genommen hätte und ob er ihm was abtreten könnte.

»Keine Drogen, das ist Liebe«, hatte Robin verkündet.

Leider will Anouk ihre Liebe noch eine Weile geheim halten. »Ich will mir nicht ausmalen, was der Typ mit uns macht, wenn er von der Sache Wind bekommt«, hat sie gesagt. Der Typ, das ist Anouks Ex-Freund. Er ist schon 28, also sechs Jahre älter als Robin und Anouk, fährt ein fettes Motorrad und hat ein Gesicht wie ein Pornostar. Außerdem ist er vorbestraft, weil er im Suff mal einem Türsteher die Nase gebrochen hat.

Also wird Robin über etwas anderes sprechen. Auf der Suche nach einem neuen Thema lässt er seinen Blick durch die Küche schweifen. Draußen ist es heute so trübe, dass nicht mal die Vögel aufgestanden sind. Aber in Kaatjes kleiner Wohnung ist es immer Sommer. Die alte Küche leuchtet gelb, türkis und rosa, an den Wänden hängen bunte Teetassen, Windspiele und Hängepflanzen, im Wohnzimmer singt Bob Marley. Wüsste Robin es nicht besser, er würde glauben, in einer hippen Strandbar in der Karibik zu sitzen und nicht in einer grauen Hochhaussiedlung in

Amsterdam. Nur dieser Gehstock stört das Bild. Seit wann liegt der nicht mehr auf dem Schrank?

»Benutzt du den jetzt doch?«

Kaatje zuckt mit den Schultern, während sie eine Packung Eier aus dem Kühlschrank nimmt. »Hast du doch gesehen. Mit so einem Ding kann man super Keksdosen angeln.«

Robin schaut ganz genau hin, als Kaatje zurück zum Tisch läuft, kann ja sein, dass ihr Knie aufmuckt. Aber seine kleine Oma mit den frechen Augen und dem verrunzelten Gesicht hat den üblichen Catwalk drauf, mit den Klamotten eines Flower-Power-Mädchens und der Aura einer Grande Dame: fließend, aufrecht, siegessicher. So als hätte sie nicht erst vor einem Jahr mit gebrochener Kniescheibe im Krankenhaus gelegen.

»Das ist ein klassischer Rundhaken-Gehstock aus echtem Hickory-Holz. Er wurde aus einem Stück gefertigt«, hatte Robins Vater gesagt und das Ding auf die weiße Bettdecke gelegt.

»Besten Dank«, hatte Kaatje gesagt und sich unaufgeregt eine Praline in den Mund geschoben. Sechs Wochen später war der Gips ab und Kaatje auf dem Weg in die Toskana. »Wenn ich schon in die Reha muss, dann wenigstens, wo es schön ist.« Kurz nach ihrem 79. Geburtstag kam sie heim: mit wiederhergestellten Gelenken, einer Kurzhaarfrisur und einer Leidenschaft für Spaghettoni.

»Da haben wir den teuren Gehstock ganz umsonst gekauft«, meckert Tineke bis heute, wenn sie ihre Schwiegermutter besucht. Was sie noch öfter sagt, aber nur wenn Kaatje außer Hörweite ist: »Ich frage mich, wie sie sich das mit ihrer Rente leisten konnte. Acht Wochen in diesem privaten Retreat-Zentrum, das muss ein Vermögen gekostet haben!«

Robin sagt nie etwas dazu. Er will nicht mit seinen Eltern reden – nicht über die Toskana-Reha und schon gar nicht darüber, wie Kaatje ihre Rente aufbessert.

Was er jedoch will, sind Kaatjes Pfannekuchen. »Hungern sollst du natürlich nicht«, sagt sie und schlägt das erste Ei auf. Robin beginnt, einen Apfel zu schälen. Wenig später steht Kaatje am Herd und lässt den zähen Teig von der Kelle in die Pfanne fließen. Es brutzelt, sie verteilt Apfelschnitze, dann taucht sie einen Esslöffel in den Teig und bedeckt jeden einzelnen. »Jedem Äpfelchen ein Mützchen«, singt sie dabei vor sich hin.

Kaatje liebt Mützen. Nicht dass sie häufig welche trägt, sie bevorzugt Bandanas oder lange Seidentücher, die sie zum Turban drapiert. Aber sie strickt sie, in allen möglichen Formen und Farbkombinationen. Warme Pudelmützen aus Alpaka- oder Ziegenwolle, leichte Sommer-Beanies aus bunter Baumwolle, Ballon- und Baskenmützen, Mützen mit Krempelkante und Zipfelmützen mit so extravaganten Mustern, dass sie sogar in Amsterdam auffallen. Kaatje strickt, seit Robin denken kann, aber das mit den Mützen, das hat sie erst später angefangen. Seit gut drei Jahren verkauft sie ihre Kreationen an Bengt Bjerker, den berühmten schwedischen Modedesigner.

»Soll ich gleich wieder ein Paket zur Post bringen?«, fragt Robin. Kaatje lässt den goldbraunen Pfannekuchen auf den Teller gleiten und bestreut ihn mit Zimt und Zucker.

»Das wäre reizend.«

Robin macht gerade zufriedene Schmatzgeräusche, als es an der Wohnungstür klingelt, lange und anhaltend. So klingelt nur einer. Nico Hommel.

Robin schluckt und stöhnt: »Nicht schon wieder.«

»Wir könnten so tun, als wären wir nicht da«, sagt Kaatje, setzt sich aber in Bewegung. Am Ende ist er halt ihr Sohn. Und Robins Vater. Wahrscheinlich verdankt es Nico Hommel an diesem Tag aber auch dem guten alten Bob Marley, dass er nicht vor der Tür stehen gelassen wird. »Sun is shining«, singt er aus dem Lautsprecher und fordert zum Tanz auf, so laut, dass man es noch im Hausflur hören kann.

»Hallo, Mutter.«

Robin kann sich vorstellen, wie sein Vater mit einem scheinbar beiläufigen Blick, aber nicht ohne hochgezogene Augenbrauen den dreckigen Fußboden mustert und dann beschließt, seine ledernen Halbschuhe anzubehalten. »Zu viel Putzen macht mich schwermütig«, sagt Kaatje manchmal. Jetzt sagt sie aber: »Nico, schön, dass du mich in letzter Zeit so oft besuchst.«

»Ist doch klar. Sitzt mein Sohn zufällig auch mal wieder in deiner Küche?«

Robin schiebt sich den Rest des Pfannekuchens in den Mund. Es ist Zeit zu gehen.

»Solltest du nicht in der Uni sein?«

Robin deutet mit seinen Fingern auf die vollgestopften Wangen und kaut demonstrativ.

»Nicht nur Banker, auch Studenten haben Mittagspause«, hilft Kaatje aus. Im Gegensatz zu Nico weiß sie, dass Robins Mittagspause schon vor über drei Monaten begonnen hat.

»Du könntest ja auch mal wieder bei uns vorbeikommen. Deine Mutter vermisst dich.«

Glaube ich nicht, denkt Robin. »Viel zu tun«, lügt er.

»Auch einen Pfannekuchen?«, fragt Kaatje.

»Zu viele Kohlenhydrate«, sagt Nico, und für einen Moment sieht Kaatje aus wie eine Mutter, die sich fragt, was sie in der Erziehung falsch gemacht hat. Obwohl – wenn Robin die Erzählungen richtig deutet, hat Kaatje das mit der Kindererziehung ähnlich gesehen wie mit dem Putzen. Ob sein Vater aus Protest so ein verkniffener Banker geworden ist? Aber vielleicht war das auch was Genetisches, in diesem Fall von der Seite des unbekannten Großvaters. Von dem haben Nico und – zu seinem Leidwesen – auch Robin überhaupt einiges geerbt: das fehlende Rhythmusgefühl, die Kurzsichtigkeit, die sehr feinen blonden Haare, die bei Nico allerdings schon fast alle verschwunden sind, das glatte, ovale Gesicht, den schlaksigen Körper, an dem kein Gramm Fett, aber eben auch kein Muskel haften bleiben will.

»Wie läuft es denn mit dem Studium?«, unterbricht Nico seine Gedanken. Nico tut gerne so, als würde er seine Mittagspause opfern, um bei Kaatje nach dem Rechten zu sehen. Aber der eigentliche Grund für seine häufigen Besuche ist die Tatsache, dass Robin mittags eben bei Kaatje zu finden ist.

Robin zuckt mit den Achseln. »Läuft.«

Nico fixiert ihn mit zusammengekniffenen Augen.

Irgendwann wird er seinen Eltern sagen müssen, dass er das Lehramtsstudium nicht fortsetzen wird, genauso wenig wie das bescheuerte BWL-Studium, das er davor abgebrochen hat. Sie werden klagen, dass er seine Zukunft wegwerfe, und ihm vorwerfen, dass er faul und wankelmütig und noch dazu ein unverbesserlicher Tagträumer sei. Tagträumen ist Robins größtes Talent. Er ist so gut darin, dass er manchmal kaum noch zwischen Wirklichkeit und Illusion unterscheiden kann. In seiner Phantasie weiß er auch ziemlich gut, wie es weitergehen wird: Anouk und er wandern nach Ibiza aus. Dort würden sie ein kleines Bed & Breakfast aufmachen. Oder eine Tauchschule. Obwohl sie dafür wahrscheinlich noch ein bisschen mehr Geld machen müssten.

»Du trinkst doch nicht wieder?«, fragt Nico. Wie so oft, seitdem er Robin einmal aus der Ausnüchterungszelle abholen musste. »Oder andere Drogen? Du wirkst irgendwie high.« Er wirft seiner Mutter einen misstrauischen Blick zu, dann spezifiziert er. »Cannabis?«

Robin schüttelt den Kopf: »Abstinent wie ein Mönch.« Stimmt sogar.

»Und das in seinem Alter«, sagt Kaatje und klingt dabei aufrichtig besorgt. Im Hintergrund singt The Incredible Stringband, dass sie nicht traurig sein werden, bis der Whiskey alle ist. »Oh Lord, how happy I am.«

Nico bemerkt den Gehstock auf dem Tisch. »Benutzt du ihn endlich?«

»Nicht zum Gehen.«

»Sondern?«

Kaatje lächelt. »Nun, so ein Gehstock kann viele Zwecke erfüllen: Er ist eine gute Hilfe, wenn man das Licht einschalten, aber nicht aufstehen will. Er ist nützlich, um ungebetene Gäste in die Flucht zu schlagen, und dann ist er ein unentbehrliches Accessoire beim Stepptanz.«

»Stepptanz?«, fragt Nico. »Sag bloß nicht, dass du jetzt mit Stepptanz anfängst.«

»Das ist eine prima Idee, mein Lieber.« Kaatje stemmt die Hände in die Hüfte und tippt erst mit dem rechten, dann mit dem linken Fußballen auf den Boden. Tock macht es, wenn die Korksohlen ihrer Hausschuhe auf die Fliesen treffen. Kaatje hüpft, stampft mit der rechten, dann mit der linken Ferse auf. Tocktocktock, tocktocktock. Sie wiederholt die Bewegungen, wird schneller, bis es klingt, als würde ein Pferd durch den Wald galoppieren. Am Ende dreht sie sich einmal um die eigene Achse, lüftet einen unsichtbaren Hut und deutet eine Verbeugung an.

Robin klatscht in die Hände und pfeift.

Kaatje lächelt erst ihn, dann ihren Sohn an, die Wangen ganz rosig. »Mir fehlen noch die richtigen Schuhe. Aber den passenden Stock und Talent habe ich schon mal.«

»Deine Nachbarn werden sich freuen«, brummt Nico und zieht sein Smartphone aus der Innentasche seines Jacketts. Nachrichten lesen ist seine liebste Übersprungshandlung und überhaupt sein liebster Zeitvertreib.

»Um Himmels willen«, ruft Nico plötzlich, auf seinem Gesicht spiegelt sich Entsetzen. »Willem Bot ist tot.«

»Muss man den kennen?«, fragt Robin.

Sein Vater dreht das Telefon um, so dass Robin das Foto eines Mannes mit stechenden blauen Augen und grauen Schläfen sieht. »Einer der erfolgreichsten und vermögendsten Unternehmer der Stadt. Er war einer meiner besten Kunden, ein ausgesprochen netter Mann.«

»Fraglich«, sagt Kaatje und nimmt eine dickbauchige Tonkanne vom Regal.

»Ach ja?«, fragt Nico mit scharfer Stimme.

»Wusste schon Balzac: Hinter jedem großen Vermögen steht ein großes Verbrechen«, sagt Kaatje. »Noch jemand griechischen Bergtee?« Robin nickt. »So alt sieht dieser Willem gar nicht aus. Wie ist er denn gestorben?«

»Vor ein Müllauto gelaufen«, sagt Kaatje leichthin und wirft eine Handvoll getrockneter Blätter und Blüten ins heiße Wasser. Sie hat die Nachricht also auch schon gelesen.

Nico vertieft sich wieder in den Artikel. »Scheiß Elektroautos, sage ich ja die ganze Zeit. Die hört man kaum, und wenn so ein Nebel ist wie gestern, sieht man sie auch nicht.« Er steckt das Handy ein und erhebt sich. »Dann muss ich mal wieder. Irgendjemand muss hier schließlich das Geld verdienen. Soll ich dich an der Uni absetzen, Robin?«

Geld ist ein gutes Stichwort, denkt Robin. Er macht wohl auch mal besser, dass er loskommt. »Danke, sehr nett, aber ich habe noch ein bisschen Zeit bis zur nächsten Vorlesung. Da bringe ich noch für Oma ein Paket zur Post.« Und vorher muss er nach Hause, um der Sendung noch etwas hinzuzufügen. Aber diesen Teil erzählt er weder seinem Vater noch seiner Oma.

3

Isa wirft den Löffel hin. Er rutscht quer über den Tisch, dann scheppert er auf den Boden, Teig spritzt auf die weißen Fliesen. Maddie Hornix schaut ihre Schwester an. Isas Unterlippe zittert, ihr Gesicht ist gerötet. Ein falsches Wort von der Kernschmelze entfernt, denkt Maddie. Das sieht Falih, der dafür sorgt, dass im Café Anders alles einigermaßen rund läuft, offenbar ähnlich. Er steht auf und geht aus der Küche. Vermutlich, um zu zählen, wie viele Gäste von einer 120-Dezibel-Heulattacke erschreckt werden könnten. Möglicherweise will er aber auch einfach kurz einen Moment Ruhe haben. Ebenso verständlich, schließlich war Isa schon den ganzen Vormittag so drauf. Sonst hätte er Maddie ja gar nicht angerufen.

Das Café Anders liegt in einer kleinen Seitenstraße im Jordaan, früher das Armenviertel, aber seit einigen Jahren einer der angesagtesten Wohnbezirke der Stadt. Außer Falih arbeiten hier fast ausschließlich Menschen, die sonst nirgendwo einen Job bekommen hätten. Weil sie ein bisschen langsamer denken, zappeliger oder trauriger sind als andere, nicht lesen oder schreiben können, Drogenprobleme haben oder auf der Straße leben. Serviert werden alkoholfreie Getränke und kleine Gerichte. Die Gäste zahlen, was sie wollen. Das reicht aus, um den Laden am Laufen zu halten und dem Team ein monatliches Taschengeld zu zahlen. Isa arbeitet hier seit gut zwei Jahren, seitdem sie mit zwanzig zu Maddie in die Stadt gezogen ist. Sie mag den Job, oder wohl besser: mochte.

»Küchenarbeit ist doof«, klagt Isa nämlich nun, während die erste Träne über ihre Wange rollt. Wie immer, wenn sie aufgeregt ist, spricht sie besonders laut und so langsam, dass man mitschreiben könnte.

Nicht mit den anderen zum Flughafen fahren zu können, um Elin abzuholen, ist noch viel doofer. Denkt Maddie, die es gewohnt ist, sich um ihre Schwester kümmern zu müssen. Sie sagt es aber nicht, weil das alles gerade nur noch schlimmer machen würde. Stattdessen schiebt sie die Teigschüssel und das Muffin-Blech in die Tischmitte und reicht Isa ein Stück Küchenpapier, damit sie sich die Nase putzen kann. Vorne legt Falih Musik auf, irgendwas Chilliges mit Gitarre, ein bisschen lauter als sonst.

»Willst du tauschen?«, bietet Oskar an, der am anderen Ende des Tisches sitzt und Erdbeeren schneidet.

Isa schüttelt den Kopf.

Oskar nimmt zwei Erdbeerhälften, legt sie wieder zu einem Ganzen zusammen und steckt sie sich in den Mund.

»So eine Sauerei«, keift eine Frau, die aussieht wie eine große, traurige Krähe. Sie trägt eine schwarze Kochmütze, auf der in rosa Buchstaben *Elsje* steht. Maddie hat sie hier noch nie gesehen. Jetzt steht sie neben ihr, in der Hand hält sie einen blauen Putzlappen, aus dem das Wasser auf den Boden tropft.

Isa steht auf, zieht ihre Schürze aus, knüllt sie zusammen und wirft sie auf den Stuhl. Dann greift sie in die große Tasche ihres bunt karierten Hemdkleides und zieht Janneke, ihren Stoffhasen, hinaus.

»Geht ihr?«, fragt Falih, der zurück in die Küche kommt.

»Ja«, sagt Isa. »Und wir kommen auch nicht wieder.«

»Isa«, beginnt Maddie, obwohl sie gar nicht weiß, wie sie weitermachen soll. Ist aber auch so schon zu viel. »Nicht sauer sein«, heult Isa auf und beginnt zu schluchzen.

Falih nimmt Elsje den Putzlappen aus der Hand, sagt etwas, das Maddie nicht versteht, und hält dann Oskar davon ab, die restlichen Erdbeeren zu essen.

»Tschüs, Isa«, sagt Oskar.

»Würdest du lieber vorne im Café arbeiten statt in der Küche?«, versucht Maddie.

»Nein«, ruft Isa aus. »Ich hör hier auf.«

»Gut, dann macht hier niemand mehr Dreck«, ruft Elsje quer durch die Küche.

Isa umarmt Oskar, dann nimmt sie ihre Jacke vom Haken und geht.

»Scheiße«, murmelt Maddie und schaut Falih an. Ihr Blick fragt: Fällt dir nicht noch was ein? Falih zuckt mit den Schultern. Sorry, alles schon versucht. Zugegeben, ganz unerwartet kommt Isas Ausbruch nicht, sie sagt schon länger, dass sie sich im Café Anders langweilt. Kurz plagt Maddie das schlechte Gewissen. Hätte sie besser zugehört, hätte sie das heute hier vielleicht verhindern können. Aber, Mann, sie kann sich doch auch nicht immer um alles kümmern.

Die Tür fällt ins Schloss.

»Vielleicht braucht sie einfach ein paar Tage Pause«, sagt

Maddie zu Falih und klingt dabei optimistischer, als ihr zumute ist.

»Vermutlich braucht sie einfach einen neuen Job«, sagt Falih. »Mode machen.«

Als ob Maddie das nicht wüsste. Seit Jahren kreiert Isa aus alten Flohmarktfunden und Stoffresten neue wilde, fröhliche Kleider, die sie selbst und inzwischen auch Maddie trägt. Außerdem zeichnet sie wunderbar. Im vergangenen Jahr hat Maddie Isa deshalb geholfen, sich an den Modeschulen der Stadt zu bewerben. Aber es gab nur Absagen, wobei nicht feststeht, ob das an Isas eigensinnigen Kreationen lag oder daran, dass sie nicht lesen und nur einen Satz schreiben kann.

»Das ist nicht so einfach«, sagt Maddie deshalb nun.

»Ich weiß«, sagt Falih.

»Wenn Isa Modedesignerin wird, werde ich Supermodel«, gackert es aus der Raumecke. Maddie wirft dieser Elsje einen so bösen Blick zu, dass die sich erschrocken die Hand vor den Mund hält.

Isa sitzt draußen auf der Bordsteinkante und streichelt Janneke. Hinter ihr lehnt Maddies altes Hollandrad an der roten Hauswand. Isas Wangen sind vor Aufregung noch rosa, aber sie weint nicht mehr. Das ist das einzig Gute an ihren Gefühlsausbrüchen: In der Regel sind sie schnell vorbei.

Maddie setzt sich neben sie, der Boden ist kalt, aber immerhin trocken. »Und jetzt?«

»Jetzt arbeite ich nicht mehr im Café Anders«, sagt Isa und deutet nach oben. »Schau mal, da kommt die Sonne raus.«

Maddie blickt nach oben. Mitten im großen Grau liegt plötzlich eine leuchtend blaue Insel, die zusehends größer wird. »Was willst du denn stattdessen machen?«

»Weißt du doch.«

Maddie überlegt, ob das hier ein guter Moment ist, um Isa an all die Absagebriefe zu erinnern, die zu Origami-Tieren gefaltet auf ihrer Wohnzimmer-Fensterbank stehen.

Als hätte Isa ihren Gedanken erraten, sagt sie trotzig: »Coco van Bell war auch nie auf der Modeschule.«

»Coco Chanel«, verbessert Maddie automatisch. Diesen Floh hat Juanita ihr ins Ohr gesetzt. »Die konnte aber auch ohne ihre Schwester zurechtkommen.«

Isa überlegt einen Moment. Dann fragt sie: »War Cocos Schwester auch Detektivin?«

Maddie seufzt.

»Ich kann auf dem Hausboot nähen, während ihr Fälle löst.«

»Kein Platz.«

»Dann bleibe ich bei Juanita. Sie muss doch die nächsten Monate nicht so viel zur Uni. Hat sie gesagt.«

Juanita ist Maddies beste Freundin und Nachbarin, auch wenn Juanita in letzter Zeit ziemlich oft bei Jan im Bauwagen ist. Trotzdem: Das könnte funktionieren, für die nächsten Wochen jedenfalls. Juanita mag Isa, und Maddie kann sich schon denken, wie sie auf Isas Kündigung reagieren wird: »Das wurde auch höchste Zeit!«

Isa rückt ein Stückchen näher an ihre Schwester ran und fasst sie am Arm.

»Müssen wir im Blekenbergplein erzählen, dass ich keinen Job mehr habe?«

Blekenbergplein, das sagen die Schwestern, wenn sie ihre Eltern meinen, die zwanzig Kilometer nördlich der Hauptstadt in Haarlem wohnen, in der Blekenbergplein Nummer 15. Sie schämen sich für ihren Nachzügler, obwohl sie das natürlich so nie sagen würden. »Wir haben immer alles für unsere Tochter getan«, sagen sie stattdessen. Und: »Jahre unseres Lebens haben wir geopfert, um dem Kind Lesen beizubringen.« Für Maddie schämen sie sich ebenfalls, das teilen sie ihr oft und gerne mit. »Wie sollen wir das unseren Freunden denn erklären, dass nicht mal unsere normale Tochter es geschafft hat, einen anständigen Beruf und Familie zu haben?« Dann schlagen sie vor, dass Isa wieder zurück nach Haarlem ziehen könnte, dort gebe es schließlich auch eine Behindertenwerkstatt. Und Maddie hätte Zeit, sich einen ordentlichen Job zu suchen und einen Mann, der ihr die Flausen aus dem Kopf treiben und mit ihr eine Familie gründen würde.

Maddie fällt auf, dass sie, bis auf einen schrecklichen Pflichtbesuch an Weihnachten, schon ewig nicht mehr im Blekenbergplein waren. So schnell will sie das auch nicht ändern.

»Wir erzählen das erst, wenn du das willst. Von mir aus auch überhaupt nicht«, sagt sie zu Isa.

»Wenn ich meine erste Modenschau habe«, kichert Isa.

Modenschau klingt gut, denkt Maddie. Und völlig utopisch. Sie verzieht das Gesicht, als sie daran denkt, wie viele Tränen noch fließen werden, falls Isa wirklich versucht, mit ihren Entwürfen Geld zu machen.

»Bist du böse auf mich, weil du Elin nicht vom Flughafen abholen kannst?«

»Ein bisschen.« Maddie schaut auf die Uhr. Kurz vor zwei, vielleicht hievt Elin in diesem Augenblick schon ihre Koffer vom Gepäckband, während Arie, Jan und Jack am Gate stehen. »Du hättest wenigstens noch einen Tag mit dem Kündigen warten können.«

»Ging nicht«, sagt Isa. Dann hellt sich ihre Miene auf: »Aber zur Begrüßungsparty aufs Hausboot schaffen wir es noch.«

»Wir?«

Isa nickt. »Keine Party ohne Isa.«

Wider Willen muss Maddie grinsen. Sie steht auf, klopft sich den Dreck von der Hose und reicht Isa die Hand, um sie hochzuziehen.

Ein paar Minuten später sind sie unterwegs – Janneke liegt, in eine kleine Decke gewickelt, im Weidenkörbchen, das vorne am Lenkrad hängt, Isa sitzt auf dem Gepäckträger, und Maddie radelt.

Es ist eine Fahrt mit Rückenwind, durch die engen Gassen des Viertels, in dem an diesem Freitagmittag so wenig los ist wie sonst nur am frühen Morgen. Vorbei an hohen, schmalen Backsteinhäusern, Blumenkästen mit bunten Tulpen, Fahrrädern. Als sie über die erste Brücke fahren, ist das graue Einerlei der letzten Wochen endgültig einem blauen Himmel gewichen. Weiße Puschelwolken spiegeln sich im Wasser der Gracht, ein Schwanenpaar sonnt sich am Straßenrand, und einigen Bäumen wächst der zarte hellgrüne Frühlingsflaum.

Gut zwei Kilometer und vier Brücken weiter biegen die Schwestern in die Raamgracht ein.

»Da ist sie«, ruft Isa und lockert ihren Griff um Maddies

Taille, um auf ein schwarzes Boot mit gelb-rotem Aufbau zu zeigen. Das hat Arie vor einigen Jahren von seinem Onkel geerbt. Jetzt ist es sein und Hunds Zuhause und das Hauptquartier der Hausboot-Detektive. Und die sind jetzt endlich wieder vollzählig.

»Hallo, Lakshmi«, begrüßt Isa das Boot, als sie zusammen mit Janneke an Bord geht, und Maddie fragt sich, ob Aries Onkel einfach nur ein Hippie war oder eine Vorahnung hatte, als er seinen alten, etwas mitgenommenen Kahn nach einer indischen Glücksgöttin benannt hat. Denn wenn Glück bedeutet, gute Freunde und so etwas wie ein Zuhause zu finden, dann hat die Lakshmi ihren Auftrag schon mehr als erfüllt.

4

Elin kann sich nicht sattsehen. Nicht an der Stadt, die plötzlich doch Frühlingstöne anschlägt, nicht an dem alten Hausboot und erst recht nicht an den anderen Detektiven. Da ist Arie, der irgendwie immer so aussieht, als wäre er gerade von einer langen Reise auf schwerer See zurückgekommen: von Wind und Salzwasser zerzaust, müde, zerknittert, aber froh, im sicheren Hafen zu sein. Gerade steht er an Deck und schüttet Whiskey in die Kaffeetassen. Eigentlich ist er auf Diät und macht eine Alkoholpause, hat er jedenfalls erzählt, aber zur Feier des Tages gibt es eben doch Irish Coffee für alle. Zu Aries Füßen liegt Hund und sabbert auf die Holzplanken, er ist seit ihrem letzten Treffen ein bisschen grauer und vielleicht auch noch ein bisschen dicker geworden, guckt dafür aber nicht mehr ganz so schwermütig. Neben ihr sitzt Jack mit dem frechen Grinsen. Sie hätte nicht gedacht, dass er bleiben würde, dieser rastlose Kerl, aber er sagt, er übe sich gerade in Sesshaftigkeit.

»Hast du Hunger?«, fragt Jan und stellt einen Apfelkuchen auf den Tisch.

»Immer, wenn du gebacken hast«, sagt Elin.

Jan kennt Elin am längsten von allen, durch ihn ist sie überhaupt erst zur Hausboot-Detektei gekommen, vor ziemlich genau einem Jahr, als sie noch an gebrochenem Herzen und Schreibblockade litt. Inzwischen hat sie sich in das Alleinsein verliebt und ist leidlich erfolgreiche Krimiautorin. Und Jan, dem geht es, wenn ihr Eindruck nicht täuscht, so gut wie nie. Seine dunkelblonden Haare sind ein bisschen länger als sonst, der Vollbart mit Rotstich auch, und er lächelt ein bisschen entrückt. »Ich liebe Juanita. Und kannst du dir vorstellen, sie liebt mich auch!«, hat er ihr vor einigen Wochen am Telefon erzählt. Und auch, dass Fru Gunilla dieser besten aller Frauen bei einem ihrer ersten Treffen auf den Kopf gekackt hat. Heute benimmt sich das Eichhörnchen aber sehr gesittet, es sitzt in einem großen, noch nicht bepflanzten Blumenkübel und putzt sein Fell.

Elin wickelt die Wolldecke ein bisschen fester um sich und legt ihre Finger um die heiße Tasse mit Irish Coffee. Ein bisschen frisch ist es hier draußen schon noch, verglichen mit Panama quasi eisig. Aber die Sonne scheint in ihr windumwehtes Gesicht, und über ihr lacht eine Möwe. »Schön, wieder hier zu sein«, sagt sie.

»Noch schöner, dass du wieder da bist«, sagt eine Stimme hinter ihr. »Maddie«, freut sich Elin, steht auf und umarmt erst Maddie, dann Isa.

»Großartig, dass du auch mitgekommen bist.«

Isa strahlt. »Ich mache das jetzt wie Coco van Bell.«

»Hä?«, fragt Elin nach.

»Chanel«, verbessert Maddie und fügt ein wenig konsterniert hinzu: »Isa hat eben im Café Anders gekündigt.«

Aus den Augenwinkeln sieht Elin, wie Jack das Gesicht

in seinen Händen verbirgt und etwas murmelt, was sehr nach einem englischen Fluch klingt. Komisch, was kümmert es denn Jack, wo Isa arbeitet? Arie verschwindet und kommt kurz darauf mit einem Glas für Isa und einer Flasche Apfelsaft zurück.

»Ich werde jetzt Modedesignerin«, sagt Isa.

»Aber das bist du doch schon«, sagt Elin. Kurz vor ihrer Abreise nach Panama hat Isa ihr ein Kleid genäht: ein Traum in Grüntönen, wie aus einer Sommerwiese gewebt, mit Spitze abgesetzt und bestickt mit einem Perlenmuster. Sie muss daran denken, wie sie Lasse, ihren Agenten in Stockholm, angerufen und erzählt hat, dass sie endlich das perfekte Kleid für die Filmpremiere habe. Er müsste sich nur noch darum kümmern, dass die Hausboot-Detektei-Bücher verfilmt würden. Lasse hatte gelacht und gesagt, dass ein bisschen Größenwahnsinn ja noch keiner Schriftstellerin geschadet habe.

Isa strahlt. »Jetzt in Vollzeit.«

»Super«, sagt Jan. »Kann ich bei dir auch was in Auftrag geben?«

»Absolut«, sagt Isa, setzt Janneke neben den Apfelkuchen auf den Tisch und holt einen kleinen Notizblock und einen abgekauten Bleistiftstummel aus ihrer Tasche.

»Ich bräuchte noch ein paar Hemden, die so ähnlich aussehen wie das hier«, er zieht seinen Kapuzenpulli ein Stück hoch, damit Isa das rot-schwarze Holzfällerhemd darunter sehen kann. »Aber mit größeren Brusttaschen.«

»Wie groß?«

Jan deutet mit dem Pfannenheber, der heute als Tortenheber dient, auf Fru Gunilla. »So groß, dass sie darin bequem ein Nickerchen machen kann. In die normalen Taschen passt sie nicht mehr rein, und wenn es bald wärmer wird, will ich nicht mehr jeden Tag Kapuzenpullis anziehen.«

Isa nickt eifrig, während sie ein kariertes Hemd in ihren Block zeichnet. In der Hemdtasche liegt ein kleines Eichhörnchen und schläft.

»Wie viel kostet das denn?«, fragt Jan.

»Schenk ich dir«, sagt Isa und trinkt einen Schluck Saft.

»Danke, aber das geht nicht«, sagt Jan.

»Wieso?«

»Weil dein Modeunternehmen sonst schneller pleite ist, als du gucken kannst«, wirft Jack ein.

Jan erklärt: »Du verdienst ja jetzt nichts mehr im Café. Außerdem brauchst du zum Entwerfen und Nähen Zeit und Material. Die Stoffe und so musst du schließlich erst einmal kaufen.«

»Die kauft Maddie immer auf dem Flohmarkt für mich«, widerspricht Isa.

Maddie seufzt.

Isa wirft ihrer Schwester einen etwas verwirrten Blick zu, denkt kurz nach. Dann zuckt sie mit den Schultern und sagt zu Jan: »Bezahl halt einfach so viel, wie du möchtest.«

»Machst du auch Vorhänge?«, fragt Elin. »Ich bräuchte noch einen für mein Fenster im Badezimmer.«

»Isa macht die besten. Einer hängt drinnen über der Waschmaschine«, sagt Arie.

Isa wird ein bisschen rot.

Elins Augen brauchen einen Moment, bis sie sich an das dämmrige Licht in der Kombüse gewöhnt haben. Sie betrachtet den Vorhang, schiebt ihn ein Stück zur Seite, lächelt, als sie das Whiteboard sieht, und beginnt zu lesen:

1. *Die Hausboot-Detektive werden nicht wieder straffällig.*
2. *Bei Streit unter Kollegen wird auf Handgreiflichkeiten möglichst verzichtet.*
3. *Ich bin eine coole Chica.*

Die dritte Regel stammt von Isa – es ist der einzige Satz, den sie schreiben kann, wenn auch etwas krakelig. Die nächste Regel lautet:

4. *Fru Gunilla bleibt.*

Die stammt noch aus der Zeit, als Jack regelmäßig gesagt hat, dass man Eichhörnchen nicht wie Haustiere halten kann, auch dann nicht, wenn sie aus dem Nest gefallen und ganz zahm sind.

So weit, so bekannt. Die fünfte Regel, die sich einem Pfeil zufolge auf Regel Nummer eins bezieht, sieht Elin zum ersten Mal.

5. *Wenn doch, lassen wir sie nicht im Stich.*

Haben ihre Freunde diese Regel aufgeschrieben, als sie beschlossen hatten, ihr nach dem Abschluss des ersten Falles das Geld für die Flugtickets zu geben, damit sie für eine Weile untertauchen konnte? Elin wischt sich die Rührung aus den Augenwinkeln und liest weiter.

6. *Aufregende Aufträge: ja. Sterben: nein.*

Auch die siebte und bislang letzte Regel ist eine Ergänzung zur ersten:

7. *Nur wenn es unbedingt notwendig ist.*

Elin macht noch einen Abstecher ins Badezimmer und geht zurück an Deck. »Auf jeden Fall will ich einen Vorhang von dir, Isa«, sagt sie. Dann schaut sie in die Runde und beginnt zu lachen: »Wir werden also nur dann wieder straffällig, *wenn es unbedingt notwendig ist*. Müssen wir darüber sprechen?«

»Nicht unbedingt«, antwortet Arie. »Möchtest du noch Irish Coffee?«

»Da ging es um kreative Recherchemethoden im letzten großen Fall«, sagt Jack.

Elin nickt zu mehr Irish Coffee. »Wo wir gerade beim Thema sind: Haben wir einen aktuellen Fall?«

»Keinen Fall, aber immerhin so was wie eine Leiche«, sagt Jan.

Elin zieht die Augenbrauen hoch.

»Wenn du es so sagst, klingt es, als hätten wir einen Toten im Maschinenraum liegen«, sagt Maddie.

»Du hast mir doch geraten, spazieren zu gehen. Gegen die Schlaflosigkeit«, sagt Arie zu Elin. »Habe ich dann auch gemacht und zufällig gesehen, wie ein Mann im Nebel vor ein Müllauto gelaufen ist. Willem Bot, ein ziemlich bekannter Geschäftsmann. Er war sofort tot.«

Isa macht große Augen. »Und dann hast du ihn einfach mitgenommen?«

»Das war ein Witz, Isa«, sagt Maddie.

»Die Polizei dachte auch erst, ich mache Witze«, sagt Arie. »Ich steh da nämlich im Bademantel am Unfallort und beginne meine Zeugenaussage, indem ich meinen Namen nenne, da sagt dieser Polizist: Klar, Arie Poepjes, wie der kaputte Typ in dieser neuen Detektivserie. Verarschen kann ich mich allein, Mann.«

Maddie beginnt zu kichern.

»Er kannte meine Bücher? Das ist ja wunderbar«, freut sich Elin.

Arie rollt mit den Augen. »Du hättest unsere Namen ändern müssen!«

»Zu spät.« Elin zuckt mit den Schultern. »Hat er gesagt, wie er es fand?«

»Jedenfalls hat er groß geguckt, als er mich nach Hause begleitet und dann erst das Boot und dann meinen Pass gesehen hat.«

»Du spazierst im Bademantel durch die Stadt?«, fragt Jack nach.

»Nur, wenn ich mich danach noch mal hinlegen will.«

»Kanntest du diesen Willem?«, will Elin wissen.

»Vom Hörensagen und aus der Zeitung. Das ist mir aber auch erst später aufgefallen.«

Jan runzelt die Stirn. »Mir ist immer noch nicht ganz klar, wie das passieren konnte. So leicht kann man doch kein Müllauto übersehen, selbst bei Nebel nicht.«

»Streng genommen ist er gar nicht gelaufen, sondern getanzt.«

»Betrunken?«, vermutet Maddie.

»Eine Fahne hatte er nicht, muss uns aber auch nicht

weiter kümmern, der Fall ist schon abgeschlossen. Die Polizei geht meines Wissens inzwischen davon aus, dass es ein Unfall war.«

»War es nicht.«

Elin fällt ihre Tasse aus der Hand. Es spritzt heiß auf ihre Fußgelenke. Sie stößt einen schwedischen Fluch aus, springt auf und dreht sich nach der Stimme um.

»Es war kein Unfall«, wiederholt eine Frau, die nun an Bord kommt. Sie trägt Jeans, eine schwarze Bluse und darüber einen offenen Mantel, dem man ansieht, dass er sehr teuer war.

»Wuff«, bellt Hund.

»Sagt wer?«, will Arie wissen.

Die Frau schiebt sich ihre große Sonnenbrille aus dem Gesicht. »Ich«, sagt sie. »Wiebke Bot.«

Wiebkes Augen sind verquollen und gerötet, was in einem merkwürdigen Kontrast zu ihrem sonst sehr sorgfältig geschminkten Gesicht steht. Sie schaut sich um und wirkt auf einmal unsicher. »Ist das hier nicht die Hausboot-Detektei? Ich suche einen Arie Poepjes.«

»Gefunden«, brummt Arie, steht auf und streckt ihr die Hand hin. Hund lässt seinen Kopf zurück auf die Vorderpfoten sinken und beobachtet interessiert, wie Elins Irish Coffee zwischen den Deckplanken versickert. Jan holt einen freien Stuhl, Fru Gunilla springt in die Tasche seines Kapuzenpullis. Elin bückt sich, um die Tasse und den abgebrochenen Griff aufzuheben.

Wiebke setzt sich und schaut fragend in die Runde.

»Die anderen im Team«, stellt Arie vor: »Maddie, Jack, Elin, Jan. Und das ist Isa, Maddies Schwester.«

Isa beugt sich vor und streicht Wiebke über den Mantel. »Feiner Stoff«, sagt sie.

Elin entgeht nicht, dass Maddie und Wiebke gleichzeitig zusammenzucken. »Danke«, sagt Wiebke schließlich einfach, was Maddie mit einem Lächeln quittiert.

»Kaffee?«, bietet Arie an.

»Oder Apfelkuchen?«, schlägt Jan vor.

Wiebke schüttelt den Kopf. »Ich will, dass ihr herausfindet, wer meinen Vater wirklich getötet hat.«

»Du bist die Tochter von Willem Bot?«

Wiebke nickt.

»Ich war dabei, als es passiert ist«, berichtet Arie.

»Deshalb bin ich hier. Die Fahrerin des Müllautos hat mir Blumen gebracht und beteuert, dass mein Vater einfach so auf die Straße gesprungen ist. Sie sagte, du hättest es auch gesehen, sie konnte sich noch an deinen Namen erinnern.«

Arie kratzt sich am Kopf. »Was meinst du damit? Außer ihm, der Müllwagenfahrerin und mir war niemand da.«

»Die Polizei sagt, es war ein Unfall. Angeblich hat die Autopsie ergeben, dass mein Vater vor seinem Tod LSD konsumiert hat. Das kann aber nicht sein.«

»Nun«, beginnt Arie. Es ist klar, dass er nach den richtigen Worten sucht. »LSD würde erklären …«

»Mein Vater hätte niemals LSD genommen. Er war fast schon ein fanatischer Gegner aller Rauschmittel. Nicht mal Wein hat er getrunken«, unterbricht Wiebke ihn. Sie nimmt ein Taschentuch aus ihrer Handtasche und schnäuzt sich.

»Du glaubst, jemand hat ihm das Zeug ins Getränk gemischt oder so?«, mischt Maddie sich ein.

»Zum Beispiel.«

»Das allein wäre eine ziemlich unsichere Methode, jemanden umzubringen«, gibt Arie zu bedenken.

»Vielleicht stand auch jemand mit gezogener Waffe in einem der Hauseingänge und hat meinen Vater gezwungen, vor das Auto zu laufen. Was ist? Übernehmt ihr den Fall?«

»Wiebke«, sagt Arie mit sanfter Stimme. »Manchmal ist es schwer zu akzeptieren, wenn …«

»Das Einzige, was ich nicht akzeptiere, ist, dass offenbar niemand sonst daran interessiert ist, die Wahrheit herauszufinden«, beendet Wiebke den Satz. »Wer weiß, vielleicht steckt die Polizei mit den Tätern unter einer Decke. Oder vielleicht wurde Papas Blutprobe im Labor vertauscht.«

Arie schaut die anderen Detektive an. Jan und Maddie nicken, Jack deutet ein Schulterzucken an, Elin sagt: »Klingt doch spannend.«

Arie seufzt. »Okay, wir könnten uns die Sache mal anschauen.« Dann nennt er noch einen Tagessatz, der Elin deutlich höher vorkommt als alles, was sie früher in Rechnung gestellt haben. Die Hausboot-Detektei ist teuer geworden, jedenfalls für Wiebke Bot.

Aber die verzieht angesichts der Kosten nicht mal das Gesicht. »Mein Vater war kein Junkie«, sagt sie bestimmt, setzt die Sonnenbrille wieder auf und schaut auf die Uhr. »Ich habe gleich noch einen Termin mit dem Bestatter. Aber vielleicht können wir uns morgen früh treffen, um das weitere Vorgehen zu besprechen?«

Morgen ist Samstag, denkt Elin. Sie muss schlafen und die Koffer auspacken.

»Morgen um elf«, sagt Arie. »Am besten fangen wir im

Haus deines Vaters an, wenn das möglich ist. Wir müssen verstehen, wer er war und was er in den Wochen vor seinem Tod gemacht hat.«

»Ich habe den Schlüssel«, sagt Wiebke und zieht ihre Visitenkarte aus der Tasche. Auf die Rückseite schreibt sie eine Adresse.

»Wiebke?«, ruft Arie ihr hinterher, als sie gerade über den schmalen Holzsteg an Land geht. »Wann ist die Beerdigung?«

Sie dreht sich um. »Nächste Woche Freitag.«

Jan verteilt noch eine Runde Apfelkuchen. »Gehen wir zur Beerdigung hin?«

»Wenn wir den Fall Ende nächster Woche noch haben, sollten wir das auf jeden Fall tun«, sagt Arie. »Beerdigungen können ziemlich aufschlussreich sein.«

»Ich weiß gar nicht, ob ich dafür irgendwas zum Anziehen habe«, sagt Jack.

»Schwarze Sachen nähe ich nicht«, sagt Isa. Dann legt sie Jack eine Hand auf den Arm. »Aber wenn du nicht zur Beerdigung gehst, kannst du zu Hause bleiben und Spaghetti für mich kochen.«

Elin stutzt. Hat sie das gerade richtig gehört? Sie schiebt den letzten Rest Apfelkuchen auf die Gabel. »Zu Hause bleiben?« Sie schaut zwischen Maddie und Jack hin und her. Die prusten gleichzeitig los.

»Seit wann?«, will Elin wissen.

»Seit ich aus Peru zurückgekommen bin«, sagt Jack.

»Das ist schon Monate her«, ruft Elin und macht eine Bewegung mit der Hand, so dass Kuchenkrümel und Apfelstückchen von der Gabel katapultiert werden. Hund steht auf und kümmert sich ums Saubermachen. Elin hat dafür keinen Blick. »Da werdet ihr endlich doch noch ein Paar, aber niemand erzählt es mir?«

»Paar klingt sehr erwachsen«, findet Jack.

»Tsss«, macht Maddie. »Jack wurde aus seiner WG geschmissen und brauchte einen Schlafplatz für eine Nacht. Irgendwie ist er dann geblieben.«

»Sag nicht, du hattest was dagegen«, grinst Jack und wirft Maddie einen Luftkuss zu.

»Jetzt ist es eng bei uns«, berichtet Isa. »Aber ich habe schon eine tolle Idee für Maddies Hochzeitskleid.«

»Um Himmels willen«, sagt Jack.

Maddies Augen verengen sich ein wenig. »Das wäre ja geradezu unanständig erwachsen«, sagt sie ein bisschen schnippisch.

»Du sagst es«, gibt Jack zurück.

Mmhh, denkt Elin, Paar hin oder her – Konfliktpotenzial zwischen den beiden gibt es offenbar nach wie vor reichlich. Sie muss daran denken, wie Maddie Jack einmal in die Gracht geschubst hat. Vielleicht ist es ein guter Zeitpunkt, das Thema zu wechseln. Sie hebt ihre kaputte Tasse, die Arie inzwischen wieder aufgefüllt hat. »Auf unseren neuen Fall!«

»Auf unseren neuen Fall«, sagen Jan und Jack.

»Ich weiß nicht«, sagt Arie. »Irgendwie habe ich das Gefühl, dass uns diese Sache Ärger einbringen könnte.«

»Das liegt daran, dass du so wenig schläfst«, vermutet Maddie.

»Könnte sein«, sagt Arie. »Oder nicht.« Aber dann stößt er auch mit an.

5

Robin und Anouk laufen barfuß und Hand in Hand über den warmen, weißen Sandstrand. Im Hintergrund glitzert das türkisblaue Meer, der Duft frischer Mangos hängt in der Luft. Anouk trägt ein weißes Sommerkleid und eine Muschelkette. Ihre wilden roten Locken sind locker hochgesteckt, ihr Nasenpiercing funkelt in der Sonne. Robin trägt eine Leinenhose, sein Oberkörper ist nackt, gebräunt und muskulöser als der, den er aus dem Spiegel kennt. Auch seine blonden Haare sind wie durch ein Wunder voller geworden. Vielleicht liegt das an der mediterranen Küche oder am vielen Schwimmen im Meer. Ist aber auch nicht so wichtig. Wirklich wichtig, das ist die kleine schwarze Schatulle, die er in der Hosentasche hat. Denn in der sind die beiden goldenen Ringe.

Sie schreiten auf den aus Palmwedeln gebauten Pavillon zu. Da steht Elias, er lächelt Robin zu. Ganz kurz muss Robin daran denken, wie blöd sich sein bester Freund am Anfang ihrer Beziehung verhalten hat. »Die Frau ist brandgefährlich, Alter.« Er hatte so getan, als ob er das wissen müsse – von wegen viel Erfahrung und so. Schließlich hatte Elias schon was mit Lucy aus der 10b, als Robin noch dachte, er könnte Mädchen erzählen, dass er Brettspiele mag und vor Hunden Angst hat.

Dann hatte Elias von seinem Onkel berichtet, der seit Jahrzehnten irgendwo in den Pyrenäen Esel züchtet und eine Keramikwerkstatt hat. Tontassen und so, die er für ziemlich viel Kohle an Touristen verhökert – diesen Teil kannte Robin schon. Aber: »Jetzt sucht er Azubis, weil ihm die Arbeit langsam zu viel wird. Wäre das nicht was für dich? Dann hättest du gleich ausreichend Sicherheitsabstand zu dieser Anouk.«

Richtig uncool hatte Robin das gefunden, obwohl es natürlich auch verständlich war. Elias war einfach krass neidisch gewesen, wäre ihm andersrum ja nicht besser gegangen.

Doch inzwischen war alles wieder gut, Elias war sogar mit ihnen nach Ibiza geflogen, um Trauzeuge zu werden.

»Willst du, Robin Hommels, Anouk Meulenbelt zu deiner Frau nehmen?«, fragt der Standesbeamte, ein alter Spanier mit silbernem Haar.

»Ja«, sagt Robin mit vor Glück strampelndem Herzen, schiebt seiner Braut den Ring auf den Finger und küsst sie.

»Au!«, ruft er einen Moment später erschrocken aus. »Du hast mich in die Lippe gebissen.«

»Nur ein bisschen dran geknabbert«, erwidert sie neckisch und stützt sich auf seine Brust. »Weil du so abwesend warst.«

Robin fällt aus seinem Ibiza-Tagtraum, zurück auf die 1,20 Meter breite Matratze, die auf ein paar zusammengeschobenen Holzpaletten liegt. »Ich habe nachgedacht.«

»Über was?«

Über unsere Hochzeit, hätte er fast gesagt, bekommt aber noch rechtzeitig die Kurve: »Unsere Zukunft im Süden.« In Gedanken ermahnt er sich, ab sofort weniger zu phantasieren, zumindest dann, wenn die Frau seiner Träume auch in Wirklichkeit gerade in seinem Bett liegt. Er fährt mit dem Finger ihre Wange entlang, über Dutzende entzückende Sommersprossen.

»Ibiza ist ein gutes Stichwort«, sagt Anouk und schenkt ihm ihr schönstes Sonnenscheinlächeln. Ibiza, das hat sie ihm schon in ihrer ersten gemeinsamen Nacht verraten, ist die Insel ihrer Träume. »Wie laufen eigentlich die Geschäfte?«

»Nicht schlecht«, sagt Robin, weil das stimmt und besser klingt als: Ich kann dir gar nicht sagen, wie viel Schiss ich deswegen manchmal habe.

Sie schaut ihn abwartend an. Schon klar, sie will Zahlen hören.

»24 000«, flüstert er so leise, als ob die Wände Ohren hätten, und klopft leicht aufs Bett. Es prickelt in seinem Bauch, wenn er an die vielen Scheine denkt, auf denen er jede Nacht schläft. Ursprünglich hatte er vorgeschlagen, ein Sparkonto zu eröffnen, aber dann war ihnen aufgefallen, dass die Bank bei so viel Bargeld viele Fragen stellen würde. Von wegen Geldwäschegesetz und so. Das mit der Matratze war Anouks Idee gewesen. »Hier bricht im Leben niemand ein«, hat sie gesagt.

Robin wohnt im Container, so wie 1100 andere Studenten neben, unter und über ihm. Eigentlich war die Siedlung

Keetwonen nur als vorübergehende Lösung für die Wohnungsknappheit aus dem Boden gestampft worden, aber das ist schon fast zwanzig Jahre her, und eine langfristige Lösung ist nicht in Sicht. Robin findet das nicht schlimm, er mag es hier. Sein Container ist gut isoliert, hat ein kleines Bad und eine Kochnische, und es gibt genug Platz für die Matratze, einen Kleiderschrank, zwei Stühle und einen kleinen Tisch, auf dem im Moment ein Teller mit Pizzakrusten, ein Becher mit Stiften, zwei ungeöffnete Briefe der Universität und sein Laptop liegen. Aus seinem Fenster sieht er die Bijlmer-Bajes. In den Türmen war früher mal ein Gefängnis, heute beherbergen sie unter anderem ein Hotel und eine Bleibe für Asylbewerber.

»24 000 Euro«, wiederholt Anouk.

Robin schiebt ihr den Träger des Tops von der Schulter.

»Sehr weit werden wir damit wohl nicht kommen. Ibiza ist verrückt teuer. Für ein eigenes Häuschen mit Meerblick bräuchten wir mehr, viel, viel mehr.«

Das weiß er, schließlich haben sie schon mal Immobilienanzeigen zusammen angeschaut. »Wir könnten Lotto spielen«, schlägt er vor.

»Oder jetzt ein bisschen mehr arbeiten, damit wir auf der Insel gemütlich in der Hängematte liegen können.«

Mit Arbeit meint sie nicht ihren Vertretungsdienst bei der Post und auch nicht Robins Aushilfsjob im Self-Storage-Zentrum, wo Leute Möbel, Bücher und anderes Zeug lagern können, für das sie gerade sonst keinen Platz haben. Robins Arbeit dort besteht darin, etwa zweimal am Tag jemandem aufzuschließen. Ab und zu muss er auch einen Anruf annehmen oder den Gang fegen. Das ist ein ziemlich guter Job für Meister-Tagträumer und angenehm unanstrengend, wenn auch unangenehm schlecht bezahlt. Doch wenn Anouk vom Geldverdienen spricht, denkt sie an Bengt Bjerker.

»Ich finde, wir sollten vorsichtig sein«, sagt Robin.

»Wie du meinst«, sagt Anouk, und für einige bange Sekunden fürchtet er, Enttäuschung in ihrer Stimme zu hören. Aber dann lächelt sie und zieht ihr Top aus. Und, schwupp, sind alle Geldgespräche vergessen. Genau genommen vergisst Robin alles, was er jemals im Kopf hatte, es bleiben nur seine Erregtheit und Liebe, die so groß ist, dass es ganz eng wird in seinem Hals. »Deine Hose spannt ein bisschen, die sollten wir auch besser ausziehen«, haucht Anouk.

Drei viel zu kurze Sekunden und ein etwas tollpatschiges Gerangel mit der Jeans später summt es. »Schlimmstes Timing«, stöhnt Anouk und steht auf.

»Geh nicht dran«, bittet Robin.

»Ich muss.«

Es ist Anouks Mutter, die mal wieder irgendetwas nicht auf die Reihe bekommt. Neben Anouks eifersüchtigem und potenziell gewalttätigem Ex ein weiterer guter Grund, um so schnell wie möglich auszuwandern.

»Was ist es diesmal?«, fragt Robin, als Anouk aufgelegt hat.

»Sie braucht Tabletten aus der Apotheke, und gegessen hat sie heute auch noch nichts«, seufzt Anouk.

»Kann sie die nicht eben selbst holen? Oder eine halbe Stunde warten?«, quengelt Robin, aber da hat Anouk ihr Top schon wieder angezogen. Sie kann sehr schlecht nein sagen. Dafür kann sie hervorragend küssen. Ihre Zunge berührt seine Lippen, sie verspricht, dass sie am nächsten Tag da weitermachen, wo sie eben aufgehört haben. Dann ist sie weg und Robin frustriert. Eine Weile bleibt er im Bett liegen, versucht, sich zurück an den Strand zu träumen. Aber das Einzige, woran er denken kann, sind spanische Immobilienmakler, die absurde Preise verlangen, und ein Lebensplan, der am Geld scheitern könnte.

Robin steht auf und öffnet das Fenster. Es ist windig im Südosten Amsterdams, weg das schöne Frühlingswetter vom Vortag. Aber frische Luft soll ja beim Denken helfen, hat jedenfalls sein Mathelehrer früher immer gesagt. Fünf Minuten später macht er das Fenster wieder zu, um keinen klugen Einfall reicher, dafür durchgefroren und wenig optimistisch. Robin ist nicht sicher, ob das an der biestigen Nordbrise liegt oder daran, dass ein Dreisatz einfach leichter zu lösen ist als das Leben.

Sein Telefon klingelt. *Beste Oma* steht auf dem Display.

»Robin«, sagt Kaatje zur Begrüßung. Sie klingt ein wenig außer Atem. »Was machst du gerade?«

»Auf einen kreativen Einfall warten. Warum?«

»Wunderbar.« Kaatje ist hörbar erleichtert. »Dann war die Spinne deshalb da.«

Robin klappt den Laptop zu. »Oma, hast du was geraucht?«

»Geträumt habe ich.«

Robin seufzt nahezu lautlos. Es ist nicht das erste Mal, dass Kaatje ihren Enkel anruft, nachdem irgendetwas Spannendes in ihrer Traumwelt passiert ist. Während er nachts in einem komatösen Zustand sein Kissen vollsabbert, reist seine Oma in die Steinzeit, verwandelt sich in Meerjungfrauen und Nashörner, trifft sprechende Blumen, macht Karriere als Trapezkünstlerin, schießt Diktatoren auf den Mond und glaubt jeden Morgen fest daran, dass das alles eine größere Bedeutung hat. Schräg, findet Robin. Aber nun, andere Großmütter lesen Horoskope oder gehen jeden Sonntag zum Beten in die Kirche. Da ist ein bisschen Traumdeutung halb so wild.

»Was für eine Spinne denn?«

»Sie ging mir ungefähr bis zur Hüfte, hatte schwarze, haarige Beine und auf dem Kopf einen ausgesprochen hübschen Strohhut.«

»Klingt reizend«, sagt Robin und schüttelt sich. »Und was wollte sie?«

»Dich zum Abendessen einladen.«

Robin lacht. »Besser, als mich am Abend zu essen. Ich hoffe, ich habe trotzdem abgelehnt?«

»Das weiß ich nicht. Ich bin aufgewacht, bevor du antworten konntest.«

»Ganz bestimmt habe ich abgelehnt.«

»Ich träume nicht oft von Spinnen. Deshalb habe ich eben nachgeschlagen. Ich lese das mal vor: *Begegnet man im Traum einer Spinne, kann das eine Warnung vor Intrigen und Betrügern sein.*«

»Oh«, sagt Robin wenig beeindruckt. »Warnt die Spinne denn mich oder dich?«

»Nun, dich wollte sie zum Abendessen einladen, deshalb habe ich mir auch ein wenig Sorgen gemacht. Andererseits steht hier auch: *Die Spinne kann auch etwas sehr Positives bedeuten und Ausdruck für große Kreativität und künstlerische Fähigkeiten sein.*«

Robin steht auf und wirft die Pizzakrusten in den Müll. »Und weil ich gesagt habe, dass ich auf einen kreativen Einfall warte, glaubst du nun, dass die Spinne da war, um mich als neuen Rembrandt zu feiern.«

»Du nimmst die Traumdeutung nicht besonders ernst«, stellt Kaatje fest.

»Nein«, gibt Robin zu.

»Ein bisschen niedergeschlagen klingst du heute auch.«

»Möglich«, gibt Robin zu, und nach einer kurzen Pause beantwortet er Kaatjes unausgesprochene Frage: »Keine Ahnung, warum.« Dann nimmt er die Briefe von der Universität vom Tisch und wirft sie ungeöffnet in seine Sockenschublade.

6

Jan van Dijk radelt durch den Vondelpark, mit Kurs auf eine der exklusivsten Villen der Stadt. Vier Stockwerke roter Klinker, verziert von schmucken weißen Rändern, Dachgiebeln und kunstvoll geschnitzten Balkongeländern. Türmchen und Erker verleihen dem historischen Anwesen etwas Märchenhaftes, der Garten ist groß. Was so etwas wohl wert ist? Mehrere Millionen bestimmt. Jan springt vom Rad und kettet es an das schmiedeeiserne Tor, hinter dem ein silberner Bentley parkt. Da stehen auch schon die Räder von Maddie und Jack.

»Warte«, hört er eine dunkle, wohlbekannte Stimme hinter sich, als er die Treppe zur Haustür emporsteigt. Jan dreht sich um und schaut zu, wie Elin ihr Rad, rosafarben, mit aufgeplatztem Sattel, neben den anderen anschließt. Nach Sommer sieht sie aus, mit diesem goldenen Teint, den sie aus Panama mitgebracht hat, aber auch ein bisschen so, als hätte sie in ihren Klamotten geschlafen. Sie fährt sich mit den Fingern durch ihre braunen Haare, als wäre ihr gerade eingefallen, dass sie die schon seit Tagen nicht gebürstet hat, dann zieht sie ihr Telefon aus der Jackentasche und schaut auf die Uhr. »Zehn Minuten zu spät«, stellt sie fest und wirft ihm einen interessierten Blick zu. »Du?«

Stimmt schon. Früher, also bevor es Juanita in seinem Leben gab, war Jan immer als Erster von allen da, und zwar mindestens zehn Minuten zu früh. Alte Beamtengewohnheit – die letzte, die er abgelegt hat. »Verliebt«, sagt er, denkt an Juanita und fühlt das Glück durch seinen Körper prickeln.

»Erspar mir die Details«, lacht Elin und schnauft die Stufen hinauf. Als sie neben ihm steht, fragt sie leise, ob er schon mit Arie gesprochen hat. Jan denkt etwas schuldbewusst an sein stumm geschaltetes Telefon. »Gibt es denn Neuigkeiten?«

»In der Gerichtsmedizin haben sie noch eine Blutprobe untersucht, weil Wiebke wohl ziemlich viel Druck gemacht hat. Von wegen Schlamperei im Labor, vertauschte Proben und so. Aber das Ergebnis ist dasselbe: Willem Bot hat vor seinem Tod LSD konsumiert.«

Jan klingelt. Ihn würde nicht wundern, wenn sie ein Butler oder die Haushaltshilfe in Empfang nehmen würde, aber Wiebke öffnet selbst. Heute ist sie nicht geschminkt, ihre aschblonden Haare sind zu einem Pferdeschwanz zusammengebunden. Sie trägt einen Seidenkimono, darunter eine weite schwarze Hose und puschelige Hausschuhe. »Bitte entschuldigt meinen Aufzug«, sagt sie zur Begrüßung. »Ich bin noch nicht dazu gekommen, mich zurechtzumachen.«

»Passiert den Besten«, sagt Elin leichthin, streift im Flur ihre Schuhe ab und geht auf Strümpfen – einer blau mit Löchern, der andere rot-weiß geringelt – hinter Wiebke her durch den Flur. Jan folgt wie Hans Guckindieluft, sein Blick magisch angezogen von den ausladenden Kristallleuchtern, die an den hohen Stuckdecken glitzern. Es war eine gute Idee, Fru Gunilla in Juanitas Obhut zu lassen. Zwar zerdeppert sie mittlerweile fast kein Geschirr mehr, aber Jan ist sich sicher, sie würde versuchen, auf diesen Kronleuchtern zu schaukeln.

Über eine Holztreppe mit blauem Läufer gelangen sie in den ersten Stock. »Hier ist Papas Büro«, sagt Wiebke, und Jan fällt auf, dass sie noch im Präsens von ihm spricht. »Eure Kollegen sind schon da.«

Arie, Maddie und Jack wirken ein bisschen fehl am Platz, in der Sitzgruppe vor den fast bodentiefen Fenstern. Jan ist nicht sicher, warum eigentlich. Weil Arie ein Gesicht macht, als hätte die Lakshmi ein Leck? Weil Hund fehlt? Weil Maddie eine von Isa bunt bestickte Cordhose und darüber ein übergroßes weißes Männerhemd trägt und damit zwischen all dem Leder, Glas und Mahagoniholz ein bisschen so aussieht, als käme sie vom Zirkus und hätte sich verlaufen? Oder weil Jack herumzappelt wie ein Golden Retriever, der auf seinen Spaziergang wartet? Eigentlich komisch, dass Jack und Maddie schon hier sind. Schließlich war Juanita, die heute nicht nur auf Fru Gunilla, sondern auch auf Isa aufpasst, auch spät dran. Na ja, vielleicht ist der alte Onno aus dem zweiten Stock mal wieder eingesprungen.

»Sorry für die Verspätung«, sagt Jan zu den anderen und schaut sich um. Ein offener Kamin, in dem ein Stapel Holzscheite nur darauf wartet, dass ihn jemand entzündet, bis oben bestückte Bücherregale, ein imposanter Sekretär mit nichts darauf außer einem Laptop, einem Füller und einem bauchigen Glas voll kleiner Schokoladentafeln. Neben dem Schreibtisch stehen ein Drucker und ein Aktenvernichter auf einer Anrichte, an der Wand darüber hängen zwei große gerahmte Fotos. Auf dem einen führt ein sichtbar stolzer Willem ein geschecktes Pony am Strick. Auf dem Pony sitzt ein junges Mädchen, das mit offenem Mund lacht und mehrere Zahnlücken entblößt. »Da war ich acht«, sagt Wiebke, die seinen Blick bemerkt hat. »Und das …«, sie zeigt auf das andere Bild, auf dem Willem mit silbrigen Schläfen, die glänzen wie sein polierter Bentley, mit einem kleinen Mädchen neben zwei Ziegen hockt, »… das ist meine Tochter Charlotte. Sie ist gerade beim Tennis.«

»Wohnt ihr beide auch hier?«

»Nur für ein paar Tage, bis zur Beerdigung und bis ich entschieden habe, was mit dem Haus passiert.« Wiebke sieht aus, als wolle sie noch mehr erzählen, aber da klopft es an die Tür. »Komm doch rein, Mayari.«

Es gibt sie also wirklich, die Haushaltshilfe, denkt Jan. Mayari ist eine kleine, untersetzte Frau mit asiatischen Gesichtszügen. Mit unbewegter Miene zieht sie einen Servierwagen ins Zimmer, auf dem zwei Kännchen, eine Wasserkaraffe, Tassen, Gläser, eine Platte mit belegten Broten und Schüsseln mit Nüssen und Keksen stehen. »Für Sie«, sagt sie in ihre Richtung. »Stärkung bei der Arbeit.«

»Wie nett, vielen Dank«, sagt Jan. Mayari deutet eine Verbeugung an, dann nickt sie Wiebke zu und verlässt lautlos das Zimmer. Jack steht auf, stopft sich einen Keks in den Mund und fragt kauend: »Alle Kaffee?«

Alle wollen Kaffee. »Für mich heute bitte schwarz«, sagt

Arie und nimmt als Einziger kein belegtes Brötchen. Stattdessen schaut er auf seine Uhr.

»Bist du krank?«, erkundigt sich Maddie besorgt.

»Alles bestens«, sagt Arie betont heiter, aber man muss kein besonders guter Detektiv sein, um zu merken, dass das nicht stimmt. Arie konnte noch nie besonders gut lügen, aber schnell das Thema wechseln, das kann er: »Wiebke, bevor wir hier anfangen, würde ich gerne noch einmal fragen, warum du so sicher bist, dass dein Vater nicht freiwillig LSD genommen hat.«

Das hatten sie doch schon, denkt Jan, obwohl Arie immer mal wieder predigt, dass Wiederholungen wichtiger Bestandteil jeder Ermittlungsarbeit sind – sie würden dabei helfen, Lügen und Ungereimtheiten zu entlarven. In diesem Fall will Arie Wiebke aber wohl eher noch die Chance geben, kein Geld für einen Fall auszugeben, der in Wirklichkeit gar keiner ist.

»Mein Vater hat immer gesagt: Drogen sind für Schwächlinge, für Leute, die mit der Realität nicht zurechtkommen. Ich weiß noch, wie er ausgerastet ist, als ich einmal bei einem Freund an einem Joint gezogen habe. Da war ich sechzehn.«

Heißt gar nichts. Jan hat schon Leute getroffen, die öffentlich gegen Transsexuelle hetzen, heimlich aber die Dessous ihrer Frauen tragen. Da gibt es sicher auch fanatische Drogengegner, die gelegentlich eine Pille einwerfen.

»Weißt du, woher diese starke Aversion kam?«, bohrt Arie nach.

Wiebke, die sich selbst einen grünen Tee eingeschenkt hat, setzt sich auf den freien Ledersessel. »Keine Ahnung.

Er selbst hat als Student auf einer Party mal Alkohol und Zigaretten probiert, aber beides wohl schlecht vertragen. Vier Tage krank sei er gewesen, aber vermutlich war das etwas übertrieben. Wie dem auch sei: Irgendwann hat er sich für die komplette Abstinenz entschieden.« Wiebke nippt an ihrem Tee. »Das passte auch zu seiner übrigen Lebensart.«

»Wie war denn seine übrige Lebensart?«, will Arie wissen.

»Diszipliniert. Jeden Morgen ist er um fünf Uhr aufgestanden, damit er vor Arbeitsanfang noch eine Stunde auf den Home-Trainer konnte, jeden Abend hat er einen langen Spaziergang gemacht. Er hat auf kalte Duschen geschworen, oft das Abendessen ausfallen lassen, jede Woche mindestens ein neues Fachbuch gelesen und täglich zehn oder mehr Stunden gearbeitet.« Wiebke guckt, als wäre das alles beneidens- statt bemitleidenswert.

Elin guckt betroffen, dann hellt sich ihr Gesicht auf. Sie deutet auf den Schreibtisch. »Immerhin mochte er Schokolade.«

Wiebke lächelt. »Eine Schwäche hat wohl jeder. Die meines Vaters war Zucker in jeder Form: Schokolade, Gummibärchen, Kuchen, Kekse.«

»Aber er war kein bisschen dick«, sagt Arie mit schlecht kaschiertem Vorwurf in der Stimme.

»Viel Sport, wenig Kalorien zum Abendessen und gute Gene«, sagt Wiebke.

Maddie, die ebenfalls zu den chronisch Dünnen gehört, aber auch, weil sie manchmal schlicht vergisst zu essen, denkt laut nach: »Wenn wir also ausschließen, dass dein Vater freiwillig LSD genommen hat, bleiben drei Möglichkeiten. Entweder er hat das LSD versehentlich konsumiert, jemand hat ihn zum Konsum gezwungen, oder es wurde ihm untergeschoben, zum Beispiel im Getränk oder im Essen.« Sie stutzt. »Oder würde man das merken?«

»Würde man nicht«, weiß Arie. »LSD ist geruchs- und geschmacklos. Es wird in der Regel oral konsumiert, meistens in Form von getränkten Papierstücken.«

»Die Blotter, auch Tickets oder Trips genannt«, ergänzt Elin. »Meistens mit lustigen Aufdrucken versehen. Rosa Elefanten oder so.«

»Genau. Alternativ gibt es die Droge auch in Tropfen- und Pillenform.«

»Möglichkeit Nummer eins können wir wohl ausschließen«, sagt Jack. »Ist ja nicht so, dass jemand sich ein Blättchen einfach mal in den Mund steckt. Und Hustenbonbons sind das auch nicht, die würde niemand einfach so rumliegen lassen. Dafür sind sie zu teuer.«

»Ich glaube auch nicht an ein Versehen«, sagt Wiebke.

»Dann bleibt das Problem, dass LSD nicht gerade erste Wahl ist, um jemandem ernsthaft zu schaden«, sagt Arie.

»Eher im Gegenteil«, bestätigt Elin. »Selbst bei hohen Dosierungen gibt es nur sehr selten gefährliche Nebenwirkungen, körperlich abhängig wird man auch nicht. In der Regel hat man einfach einen geilen Trip.« Elin sieht aus, als wüsste sie, wovon sie spricht.

»Wie kann ich mir so einen Trip denn vorstellen?«, will Wiebke wissen.

»Du hörst Musik, die es nur in deinem Kopf gibt, siehst ein wildes Farben- und Formenspiel, triffst Astralwesen, kannst dich mit den Gänseblümchen unterhalten, so in etwa«, schwärmt Elin. »Ist aber individuell sehr unterschiedlich. Und wenn man Pech hat, kann man auch einen schlechten Trip haben.«

Jack grinst vielsagend. »Ich wusste, dass du dir das mit dem Kobold nur im Rausch ausgedacht haben kannst.«

Jan weiß, worauf Jack anspielt: Vor der Hausboot-Detektei hat Elin überaus erfolglose Krimis geschrieben, in denen die Ziegenbäuerin Fru Gunilla (nach der ist sein Eichhörnchen benannt) zusammen mit einem Kobold ermittelt. Wiebke kann nicht mitreden, sie schaut verwirrt in die Runde.

»Ein Insider«, sagt Arie, während Elin eine Grimasse in Richtung Jack schneidet. »Was wir sagen wollen, ist: LSD ist eine vergleichsweise ungefährliche Droge, und es ist sehr unwahrscheinlich, dass jemand damit vorsätzlich einen Mord begehen würde.«

»Ungefährlich würde ich nicht gerade sagen«, widerspricht Wiebke. »Ich habe gelesen, dass es bei entsprechender Veranlagung Psychosen auslösen kann. Wie dieser Sohn von dem berühmten Schauspieler, der auf LSD war und dachte, er könne fliegen. Er ist von einer Klippe in den Tod gesprungen.«

Arie will etwas sagen, aber Wiebke hebt die Hand. »Einzelfälle, ich weiß. Aber vielleicht wusste der- oder diejenige, dass mein Vater besonders stark auf Rauschmittel reagieren würde. Vielleicht wollte ihm jemand auch nur eins auswischen, ohne damit zu rechnen, dass das Ganze tödlich enden würde.«

»Wer würde denn so etwas machen?«, fragt Jan.

»Genau das sollt ihr ja herausfinden«, sagt Wiebke.

»Falls es tatsächlich nur ein böser Streich sein sollte, der aus dem Ruder gelaufen ist, klingt es für mich nach Beziehungskiste«, findet Elin.

»Ein Streich«, wiederholt Wiebke mit hochgezogenen Augenbrauen.

Jan sieht, wie Arie Elin einen mahnenden Blick zuwirft. Dann fragt er: »Lebte dein Vater in einer Partnerschaft?«

»Meine Mutter ist gestorben, als ich noch ganz klein war. Seitdem hatte er keine neue Beziehung mehr, jedenfalls keine feste, von der er mir erzählt hat.« Wiebke zögert einen Moment, dann sagt sie: »Bevor er meine Mutter geheiratet hat, hatte er eine Freundin. Noch aus Schulzeiten, Yvonne de Ridder heißt sie. Mein Vater hat mal gesagt, dass sie ziemlich seltsam drauf war. Sie lebt aber schon lange in den USA.«

Arie schreibt etwas in sein kleines Notizbuch.

»Sonstige Verwandte? Geschwister? Oder leben seine Eltern noch?«

»Er war Einzelkind, die Eltern sind tot.«

»Gibt es ein Testament?«

»Papas Notar hat mich gestern angerufen, die Testamentseröffnung ist am Montag. Ist das wichtig?«

»Möglicherweise«, sagt Arie. »Weißt du, ob er beruflich Ärger mit jemandem hatte?«

»Kann ich mir nicht vorstellen. Mein Vater war sehr korrekt, zu allen freundlich und ausgesprochen großzügig. Andererseits hätte er mir von Problemen wohl auch gar nicht erzählt. Er arbeite schon genug, hat er immer gesagt, da müsse er nicht in seiner knapp bemessenen Freizeit auch noch darüber reden.«

Arie schaut zum wiederholten Mal auf die Uhr. Irgendwas stimmt mit ihm heute nicht, denkt Jan, aber dann erinnert er sich daran, dass er nicht hier ist, um über Arie nachzudenken. »Was hat dein Vater eigentlich genau gemacht? Also beruflich?«, fragt er. Klar, das haben sie schon recherchiert und erfahren, dass Willem Bot zahlreiche Immobilien besaß und Theater, Museen und Musikschulen finanziell unterstützt hat – vermutlich einer der Gründe, warum er in der Stadt so viele Fans hatte. Aber so richtig durchgestiegen sind sie noch nicht.

Wiebke stellt einen Karton mit Aktenordnern auf den Tisch zwischen den Sesseln. »Hier ist seine Buchhaltung aus dem letzten Jahr, so könnt ihr euch am ehesten einen Überblick verschaffen. Ich weiß, wie gesagt, gar nicht so viel, außer dass er ein paar Wohnungen besessen und vermietet hat. Und er hat ausländische Firmen beraten, wenn sie in die Niederlande expandieren wollten.«

Maddie nimmt einen Ordner und schlägt ihn auf.

»Das klingt nach einer großen Firma. Hatte er noch ein anderes Büro? Mitarbeiter?«, wundert sich Jack.

»Er hat alles von hier gemacht und so gut wie allein. Ich habe so oft gesagt, er solle jemanden einstellen oder wenigstens mich bei der Buchhaltung helfen lassen, aber er wollte nicht.«

Ein Workaholic und Kontrollfreak, denkt Jan. Oder jemand, der etwas zu verbergen hat.

»Colombia Fashion, Salsa Dresses, Carmen Marrufo«, liest Maddie vor, während sie durch die Papiere blättert. »Das sind alles Modedesigner. Und die wollten auf den niederländischen Markt?«

Wiebke antwortet nicht, Maddie blättert weiter. »Im- und Export von Wolle und Stoffen«, murmelt sie. Arie schaut ihr über die Schulter.

»Was machst *du* eigentlich beruflich, Wiebke?«, fragt Elin.

Wiebke schlägt ein Bein über das andere und wippt mit dem Fuß. »Ich habe Kulturwissenschaften studiert, aber im Moment kümmere ich mich nur um Charlotte. Sie ist jetzt elf.«

»Bist du verheiratet?«

»Charlottes Vater ist vor zwei Jahren nach Japan ausgewandert. Wir sind inzwischen geschieden.«

Jan ruft sich in Erinnerung, was er über LSD weiß: Die Wirkung der Droge setzt nach etwa dreißig Minuten ein, erreicht ihren Höhepunkt zwei bis vier Stunden später und hält bis zu zwölf Stunden und länger an. Falls es Halluzinationen waren, die Willem Bot am 3. April um 6.20 Uhr vor das Müllauto getrieben haben, hat er das Zeug also wahrscheinlich irgendwann in den frühen Morgenstunden konsumiert.

»Weißt du, was dein Vater am Abend und in der Nacht vor seinem Tod gemacht hat? Hat er sich mit irgendjemandem getroffen? Oder hatte er Besuch?«

»Das habe ich Mayari auch schon gefragt. Nichts Ungewöhnliches. Er hat wohl den ganzen Tag gearbeitet. Um sechs Uhr hat sie ihm einen Salat gebracht, danach hat er das Haus wie immer verlassen, um seinen Abendspaziergang zu machen. Sie ist gegen sieben zur Yogastunde gefahren, da war er noch nicht wieder da. Als sie um neun zurückgekommen ist, hat sie angenommen, dass er schon schläft. Am nächsten Morgen hat sie gehört, wie er aufsteht und das Haus verlässt, das war noch vor fünf, ihn aber nicht gesehen.«

»Mayari wohnt also auch hier im Haus?«

»Ja, mein Vater hat ihr eines der Gästezimmer mit angrenzendem Badezimmer zur Verfügung gestellt. Er fand es praktisch, wenn sie immer hier war, und sie konnte sich so horrende Mieten und lange Anfahrtswege sparen.«

Arie schreibt etwas auf.

»Eben hast du erzählt, dass dein Vater gegen fünf Uhr immer eine Stunde auf dem Home-Trainer trainiert hat. Am Tag seines Todes hatte er zu der Zeit aber schon das Haus verlassen. Hast du eine Idee, wohin er so früh wollte?«

»Gelegentlich ist er auch joggen oder spazieren gegangen«, sagt Wiebke.

Arie nimmt einen Schluck Kaffee, stellt die Tasse auf den Sofatisch und schiebt sie mit verzogenen Mundwinkeln von sich weg.

»Stimmt etwas mit dem Kaffee nicht?«

»Doch, doch, alles bestens. Es ist nur mein Magen, der rebelliert«, redet Arie sich raus und fragt dann, ob sie wüsste, wo der Kalender ihres Vaters sei.

Wiebke macht ein Gesicht, als müsse sie in der Schule beichten, dass ihre Katze auf ihr Matheheft gepinkelt hat. »Der liegt in der obersten Schreibtischschublade, aber er hat nur selten Termine eingetragen.«

»Und in seinem Telefon?«

»Da schon gar nicht.«

»Hatte dein Vater ein überdurchschnittlich gutes Gedächtnis?«, fragt Elin.

Wiebke seufzt. »Möglich. Vor allem aber einen überdurchschnittlich großen Verfolgungswahn. Sein zweites Laster, also neben dem Zucker.«

Es ist Wiebke sichtbar unangenehm, zu erzählen, dass ihr Vater ein Vermögen dafür ausgegeben hat, das Haus mit elektromagnetischer Schirmung ausstatten zu lassen. Jan weiß nicht mal, was das ist.

»Damit kann man bestimmte Lauschangriffe verhindern«, erklärt Arie.

»Vor wem hatte er denn Angst?«, erkundigt sich Jack.

Wiebke fasst sich mit der Hand an die Stirn, als wolle sie eine aufziehende Migräne vertreiben. »Mein Vater hat sich da wohl in etwas hineingesteigert. Der Überwachungsstaat ist überall, hat er gesagt.«

»Ein Verschwörungstheoretiker«, murmelt Elin.

Arie dreht seine halbvolle Kaffeetasse hin und her, dann schaut er wieder auf die Uhr. »Hast du gleich noch einen anderen Termin?«, fragt Wiebke kühl.

»Nein«, sagt Arie schnell, rudert dann aber zurück. »Also irgendwie auch doch. Ich kann meinen Hund nicht zu lange allein lassen.« Das, denkt Jan, ist totaler Quatsch. Nach einem schönen Morgenspaziergang verpennt Hund locker einen halben Tag an Deck, egal ob mit oder ohne sein Herrchen. Und sie sind gerade mal zwei Stunden hier.

»Verstehe«, sagt Wiebke. Zwischen ihren Stirnfalten liest Jan, dass sie sich fragt, ob die Hausboot-Detektei das eigentlich kann, Fälle lösen.

Arie brummelt etwas in seinen Dreitagebart, dann steht er auf, zieht seine Hose ein Stück hoch, geht zum Schredder und schaut in den Auffangbehälter. »Wenn wir Glück haben, erfahren wir so, was dein Vater die letzten Tage umgetrieben hat.« Arie zieht den Behälter heraus und hält ihn so, dass die anderen den großen Wust an Papierschnipseln sehen können. Immerhin: Es ist eines der alten Modelle, die machen noch Streifen statt einen Haufen Konfetti. Trotzdem ahnt Jan Schlimmes: Auch den Rest des Wochenendes wird er nicht wie geplant im Bett und im Wald verbringen. Zum Trost nimmt er sich noch ein Brot, belegt mit Lachs und Avocado.

»Kann man das wieder zusammensetzen?«, fragt Wiebke ungläubig.

»Mit der entsprechenden Software oder viel Geduld. Das wissen die meisten nur nicht«, sagt Jan. Er selbst war schon einmal so dumm, sich auf den Schredder zu verlassen. Lange her ist das. Damals hieß er noch Janine, arbeitete als Beamtin für die Stadt und stellte – gelegentlich und auch nur, wenn es dafür triftige Gründe gab – falsche niederländische Pässe aus, bis irgendjemand deswegen die Polizei verständigte.

»Ihr könnt den großen Tisch im Esszimmer benutzen«, schlägt Wiebke vor.

Arie klemmt sich den Behälter unter den Arm. »Das ist nett, aber wir machen das besser bei uns im Büro. Da haben wir die nötigen Computerprogramme zur Unterstützung.« Noch eine Lüge. Sie können froh sein, wenn Aries alter Laptop bei einer normalen Internetrecherche nicht abstürzt.

»Und bei euch im Büro wartet der Hund«, stellt Wiebke fest.

»Vorher würde ich aber gerne noch ein paar Worte mit Mayari wechseln«, sagt Arie.

Geht dann aber nicht, weil Mayari nicht da ist. »Sie ist bestimmt im Tempel, dort betet sie jeden Tag, obwohl sie mir eigentlich mit den Vorbereitungen für die Beerdigung helfen wollte«, sagt Wiebke.

»Wie lange hat sie für deinen Vater gearbeitet?«, will Arie wissen.

»Seit ich ausgezogen bin, also fast zehn Jahre.«

»Und jetzt?«

»Darüber habe ich mir noch keine Gedanken gemacht.«

Als sie auf der Straße stehen, fragt Jan: »Also, alle zum Hausboot?«

Elin gähnt. »Sorry, der Jetlag.«

»Morgen«, bestimmt Arie. »Wenn das bei euch passt.«

Seit der Gründung der Hausboot-Detektei ist es noch nicht oft vorgekommen, dass Arie das Alleinsein der Gesellschaft der anderen vorgezogen hätte. »Wollen wir darüber reden?«, fragt Jan.

»Über den Fall?«

»Über deine Gemütslage.«

»Nicht jetzt«, bestimmt Arie.

Maddie schaut auf die großen Tüten, die Arie trägt – eine mit der Buchhaltung aus dem letzten Jahr, die andere mit den Papierschnipseln aus dem Schredder. »Ich bin nicht gut im Puzzeln«, gibt sie zu.

Jack wirft zwei Nüsse hoch, die er offenbar von drinnen mitgenommen hat. Er fängt sie mit dem Mund auf und kaut. Dann grinst er Maddie an: »Demnächst schon.«

7

Fedde de Koning, in einschlägigen Kreisen besser bekannt als *der Buddhist*, ist ein Auftragsmörder, aber ein netter. Er tötet schnell, so schmerzfrei wie möglich und – aus Rücksicht auf Angehörige und Reinigungspersonal – ohne großes Blutbad. Wenn die Arbeit erledigt ist, legt er die Hände zusammen, verneigt sich vor seinem Opfer und wünscht ihm oder ihr eine gute Reise. Aus Prinzip tötet er niemals Minderjährige, möglichst keine Alleinstehenden mit kleinen Kindern, lieber keine Damen über achtzig und Tiere natürlich auch nicht.

Heute muss er jedoch eine Ausnahme machen. Er tut es ungern. »Deine letzte Chance, Chef«, hat er vor drei Tagen noch einmal gewarnt, in der Hoffnung, dieser cholerische Haudegen würde sich zusammenreißen. Stattdessen hat er weiter die Mädels drangsaliert und Fedde, als der zum Frühstück Kräutermüsli mit Beeren serviert hat, fast ein Auge ausgestochen. Deshalb steht Fedde de Koning jetzt, an einem nebligen Aprilsonntag, morgens um halb sechs in Gummistiefeln und einem fleckigen alten Parka auf seinem kleinen Hof in Zunderdorp.

Das Dorf mit 240 Einwohnern ist nur sieben Kilometer

vom Hauptstadtrummel entfernt, fühlt sich aber an wie eine andere Welt – zumindest wenn man es schafft, das gelegentliche Dröhnen der Flugzeuge und ständig präsente Rauschen der Schnellstraße zu ignorieren. Dafür riecht es unbestritten ländlich. Heute nach der Gülle, die der Nachbar am Vortag aufs Feld gekippt hat. Fedde überquert die taunasse Wiese, freut sich über die zart weißen Pflaumenblüten und darüber, dass Amanda, die klapprige Eselsdame, an den Zaun kommt, um ihn zu begrüßen. Ein paar Amseln singen, Fedde erreicht das kleine Holzhaus hinter dem Apfelbaum. Leise, ganz leise, um niemanden aufzuwecken, öffnet er die Tür. Im Schlaf sterben, denkt er, das wünschen wir uns doch alle.

Durch das Fenster fällt gerade so viel schummriges Licht, dass er die Konturen ausmachen kann. Chef, der zwischen zwei seiner Mädels vor sich hin schlummert, öffnet träge ein Auge und blinzelt Fedde an. »Sorry«, sagt Fedde und packt die nackten Füße. Dann geht es schnell: ein Schlag auf den Kopf, eine routinierte Drehbewegung und, knack, ist das Genick durch und Chef tot. Weil das Rückenmark mit dem Sterben gar nicht so schnell hinterherkommt, zuckt und flattert er noch einige Sekunden, bis er schließlich schlaff in Feddes Hand hängt. Der geht raus, zieht ein Messer aus der Hosentasche und trennt dem Hahn den Kopf ab. Mit einem ums Bein geschlungenen Seil hängt er ihn zum Ausbluten an den nächsten Baum, hält inne und wünscht ihm viel Glück für sein nächstes Leben. Dann füttert er erst einmal die Hennen, die sehr aufgebracht gackern und noch kein bisschen den Eindruck machen, als würden sie sich freuen, den alten Tyrannen endlich los zu sein.

»Ihr bekommt einen neuen, netten Hahn.« Fedde ahnt, wie sie sich fühlen. Stirbt der Anführer, egal ob der nun besonders freundlich war oder nicht, bringt das immer Unruhe in die Truppe. Erlebt er schließlich gerade selbst. Vier Tage ist es her, dass Willem unter das Müllauto gekommen ist, und er weiß immer noch nicht richtig, wie es in der Firma nun weitergehen soll.

Fedde geht zurück ins Haus, stellt den Wasserkocher an und nimmt einen Eimer aus dem Schrank, während er an sein Telefonat mit Wiebke denkt. Sie kennt ihn schon vom Ponyreiten in Kindertagen, weiß, dass Willem seinen Gnadenhof finanziell unterstützt hat, und hält ihn für so etwas wie einen Freund der Familie. Davon, dass er für ihren Vater gearbeitet hat, ahnt sie nichts. »Die Polizei sagt, Papa hätte LSD genommen.«

»Willem hätte nie LSD genommen«, sagte Fedde.

»Ich weiß«, schluchzte Wiebke. »Aber sie sagen, sie haben es im Blut nachgewiesen.«

»Entweder haben sie im Labor Idioten sitzen oder …«

»Oder jemand hat es ihm untergeschoben«, beendete Wiebke seinen Satz. »Fedde, hatte mein Vater Feinde?«

»Nicht dass ich wüsste«, log Fedde. Feinde hatte Willem mehr als genug, nur wollte er das Wiebke nicht unbedingt auf die Nase binden.

Das Wasser kocht. Fedde schüttet es in den Eimer, füllt ihn mit warmem Wasser auf und trägt ihn nach draußen. Morbide mutet es an, dieses schwarz-weiße Stillleben im Nebel, der kopflose Hahn im Apfelbaum. Er schaudert, als er den noch warmen Körper vom Ast nimmt. »Du wirst empfindlich, alter Knabe«, stellt Fedde fest. Ein Auftragsmörder kann nett sein und trotzdem oder vielleicht auch gerade deshalb einen guten Job machen. Aber ein empfindlicher, ein zaudernder, ein schreckhafter Auftragsmörder, der ist ganz schnell ein toter Auftragsmörder.

Fedde taucht den Hahn ins heiße Wasser, weil sich dadurch die Federn besser lösen lassen, dann hockt er sich ins Gras und beginnt zu rupfen. Willem hat nie verstanden, wie er den Job und seine Spiritualität zusammenbringt. »Ich dachte immer, Buddhisten wären gegen jede Form von Gewalt«, hat er einmal gesagt, das war, nachdem Fedde seine ersten Aufträge mit Bravour erledigt hatte.

Das mit den friedlichen Buddhisten, das ist ein weit verbreiteter Irrtum. Dabei müsste man nur nach Japan zu Zeiten des Zweiten Weltkrieges oder in das heutige Myanmar blicken, um eines Besseren belehrt zu werden. »Mir hilft der Glaube an die Reinkarnation sogar bei der Arbeit«, hat Fedde erklärt.

»Du meinst, wenn die Leute sowieso wiedergeboren werden, ist es nicht so tragisch, dass du sie umbringst?«

»So könnte man es ausdrücken.«

»Und wenn sie als irgendwas Grässliches zurückkommen? Als Stubenfliege zum Beispiel?«

»Das ist dann nicht meine Schuld, sondern ihr Karma.«

Willem hatte gelacht. »Hast du keine Angst, dass sich der Job schlecht auf *dein* Karma auswirkt?«

Diese Frage hatte sich Fedde natürlich schon gestellt und war zu einer beruhigenden Antwort gekommen. Er machte eine ausladende Handbewegung, die die Esel und Ponys, die Hühner, die Schweine und alle anderen Tiere einschloss, die er aus grausamer Haltung oder vor dem sicheren Tod gerettet hatte: »Das gleicht mein Karmakonto locker aus.«

Betrübt schaut Fedde jetzt auf den Federberg zu seinen Füßen, dann auf das nackte Tier in seiner Hand. Er seufzt und geht in die Küche. Fünfzehn Minuten später köchelt auf dem Herd der Beginn einer großartigen Hühnersuppe. Fedde füttert die anderen Tiere, mistet aus und gießt die Blumen. Er duscht, trinkt grünen Tee und meditiert, bis sein Telefon klingelt.

»Dieser Mike war's«, sagt Dirk.

Eigentlich ist Dirk nur der Fahrer, aber seit Mittwoch fühlt er sich zu Höherem berufen. Er will herausfinden, wer für Willems Tod verantwortlich ist.

»Mike?« Fedde weiß, wer Mike ist. Ein vorbestrafter Schläger, der durch irgendwelche Zufälle in den Besitz hochwertiger Waren gekommen ist und nun bei den ganz Großen mitspielen will. Willem hatte ihn schon länger auf dem Schirm, vermutete, dass dieser Mike ihnen das Geschäft in Skandinavien streitig machte. Leider hatte Willem ihn nie eingeweiht, wie weit er mit seinen Nachforschungen gekommen war. Jedenfalls wäre dieser Mike ganz schön dumm, wenn er sich ernsthaft mit Willem angelegt hätte. Wahrscheinlich arbeitete der Typ auch nicht allein. So ein großes Exportgeschäft funktionierte nicht als Einmannbetrieb. Bei ihnen ja auch nicht. Wobei er jetzt erst herausgefunden hatte, wie viele sie eigentlich waren.

»Er ist ein übler Bursche, hat Willem doch immer gesagt. Und da wir sonst keine Anhaltspunkte haben, habe ich mir den Typen in den letzten Tagen mal genauer angeschaut. Wo er wohnt, weiß ich – schließlich habe ich Willem da mal hingefahren. Aber zu Hause war Mike wohl schon seit Tagen nicht mehr, ich habe mit den Nachbarn gesprochen. Die haben mir auch seine Stammkneipe verraten, aber da wusste auch niemand was. Und sein Motorrad ist auch verschwunden«, sagt Dirk.

Interessant, denkt Fedde. Das könnte Willems Verdacht bekräftigen, aber dass Mike zu LSD greifen würde, um die Konkurrenz auszuschalten, glaubt Fedde dann doch nicht. »Vielleicht macht Mike Urlaub auf Kreta. Wäre kein Wunder, bei diesem Frühling.«

»Auch kein Wunder wäre, dass er untertaucht, nachdem er Willem umgebracht hat.«

Fedde geht in die Küche und probiert einen Löffel Hühnerbrühe.

»Bist du noch da?«, ruft Dirk ins Telefon.

»Ich habe nur nachgedacht.«

»Darüber, wie und wann wir Mike ins Jenseits befördern sollen?«

»Darüber, ob ich die Hühnersuppe mit Koriander würzen soll.«

Dirk ist einen Moment still. Schließlich fragt er: »Meinst du das irgendwie metaphorisch?«

Fedde seufzt. »Dirk, wir haben keine Beweise dafür, dass dieser Mike irgendetwas mit Willems Tod zu tun hat.«

»Er ist ein Arschloch, hast du selbst gesagt.«

»Stimmt, aber selbst ihm muss doch klar sein, dass jeder, der Willem etwas tut, sich automatisch in Lebensgefahr bringt. Und selbst wenn er das aus irgendeinem seltsamen Grund nicht begriffen hat, bin ich mir sicher, dass er bessere Methoden kennt, jemanden umzubringen, als LSD.«

»Wieso? Wäre doch megaschlau: Willem ist tot, und alle tun die Sache als Unfall auf Drogen ab. So muss sich Mike keine Sorgen machen, dass die Bullen ihn einbuchten oder dass wir ihn einen Kopf kürzer machen. Vielleicht war in dem LSD noch irgendein Chemiescheiß drin.«

»Mmhh«, brummt Fedde. Restlos überzeugt ist er noch nicht, aber, ja, so gesehen ist schon etwas dran an Dirks Theorie. Plötzlich wird er wütend auf Willem. Weil er immer alles für sich behalten hat und weil er so einen dämlichen Tod gestorben ist. Was, wenn die Sache mit dem Müllauto tatsächlich kein Unfall, sondern Mord war? Und was, wenn hinter diesem Mord wirklich Mike oder irgendein anderer Konkurrent steckt? Und was, wenn dieser nicht nur Willem, sondern jetzt auch ihn, Dirk und Koos aus dem Verkehr ziehen will?

Nun wird Fedde auch wütend auf sich selbst. Weil ihn seine Überlegungen mehr ängstigen, als es sich für einen Auftragsmörder schickt. Aber vor allem, weil er eine Mitschuld hat. Klar, Willem hat ihm wenig erzählt, aber er hat ja auch nie gefragt, nicht mal danach, wer in ihrem Unternehmen eigentlich noch so mitmischt. Ihm hatte ihr Arrangement nämlich ganz gut gefallen: Willem hatte den Überblick und kümmerte sich darum, dass Geld in die Kasse kam. Er übernahm ab und an einen diskreten Auftragsmord, wurde dafür angemessen entlohnt und hatte ansonsten den Kopf frei für seinen Hof.

Jetzt würde er am liebsten nur noch seinen Hof machen, aber so einfach geht das mit dem Aussteigen nicht. Es gibt noch bestellte Ware, die an den Kunden gebracht und bezahlt werden muss. Es gibt Hintermänner, die sehr am Weiterbestehen der Geschäfte interessiert sind. Es gibt möglicherweise Gegenspieler, die ihn töten, wenn er ihnen nicht zuvorkommt. Und zu guter Letzt ist da die Tatsache, dass so ein Gnadenhof mehr Geld kostet als das, was durch Spenden reinkommt.

Fedde versucht, sich auf seine Atmung zu konzentrieren und seinen Bauch zu entspannen. So viele negative Emotionen sind nicht gut. Gerade jetzt, wo es darum geht, einen klaren Kopf zu bewahren. Als er seine Wut ein wenig weggeatmet hat, stellt er fest: »Wir müssen herausfinden, was Willem am Dienstag und am Mittwochmorgen gemacht, mit wem er sich getroffen hat.«

»Und wenn es Mike war, sorgen wir dafür, dass er in der Hölle schmort. Das sind wir ihm schuldig.«

»Wenn es denn Mike war«, erinnert Fedde.

»Du wirst schon sehen«, sagt Dirk.

Fedde ist plötzlich erfüllt von einer Unlust, so zäh und klebrig wie die Gülle auf Nachbars Feld. Eigentlich will er keine Mikes mehr sehen, ob schuldig oder nicht, keine Dirks und keine Toten. Gar nichts mehr will er sehen, außer seinen Tieren und seinen Obstbäumen und dem blauen Himmel und gelegentlich dem großen weiten Meer. In Zunderdorp läuten die Kirchturmglocken zur Zehn-Uhr-Messe, und zum ersten Mal denkt Fedde, bei der Berufswahl einen Fehler gemacht zu haben.

8

Arie hat schlechte Laune. Und zwar von einer Art, wie er sie noch nicht besonders gut kennt. Dabei ist er sonst so etwas wie ein Experte in Sachen Übellaunigkeit, und zwar in jedweder Form. Da gibt es zum Beispiel die Dünnhäutigkeit, die fast unweigerlich mit Schlafmangel einhergeht. Das ist es aber heute nicht, die letzte Nacht war einigermaßen okay. Es ist auch nicht die Tristesse, die dem Amsterdamer Wetter geschuldet ist, nicht der Frust, der bei der Parkplatzsuche aufkommt, und auch nicht seine gute alte Bekannte, die Schwermut. Zum Glück ist es nicht die Verzweiflung, die er aus der Zeit kennt, als er Knall auf Fall Frau, Freund, Haus und Job verloren hat, und die sich anfühlte, als würde jemand mit einem Pürierstab durch seine Eingeweide wühlen, so lange, bis alles nur noch Matsch war. Die Melancholie, die sich so anfühlt, wie Salsa klingt, ist es heute ebenfalls nicht. Leider, denn diese Mischung aus Weltschmerz und trotziger Lebensfreude kann Arie ganz gut aushalten, besonders seit er Hund, Freunde und die Lakshmi sein Eigen nennt.

Nein, an diesem Aprilsonntag fühlt Arie Poepjes sich, als wäre ein kleiner griesgrämiger Troll in seinem Kopf eingezogen und hätte den netten, in letzter Zeit leidlich glücklichen Arie vor die Tür gesetzt. Da hockt der Eindringling nun, im präfrontalen Kortex, und stänkert rum. Der Tag ist zu neblig, das Hausboot ist zu klein, Hunds Sabber zu nass und Fru Gunilla zu flink. Die Jeans ist zu eng, Jan zu verliebt, Isa zu laut, der Auftrag ein Witz. Der Bauch ist zu leer, und der Kaffee schmeckt nach toter Flussratte. So geht das, in einer Tour.

»Was ist los?«, erkundigt sich Elin.

»Was soll schon los sein?«, knurrt Arie. Lassen die anderen aber nicht gelten. Das ist ein eindeutiger Nachteil, wenn man zwar der Gründer und offiziell auch der Inhaber einer Detektei ist, aber kein bisschen richtiger Chef. Da kann man nicht mal in Ruhe schlecht drauf sein.

»Gestern warst du auch schon so mürrisch«, bemerkt Jack.

Hund kommt angetapst, legt Arie seinen großen Kopf aufs Bein und schaut mit feuchten Hundeaugen zu ihm auf. Feucht wird derweil auch die Jeans. »Geh mal ins Körbchen, du sabberst heute so viel«, sagt Arie und bereut es schon, noch bevor Hund wie, na ja, wie ein geprügelter Hund eben aus der Kombüse schlufft. Im Wohnzimmer plumpst er mit einem tiefen Seufzer in sein Körbchen, das eigentlich eine alte Kinderbettmatratze ist.

»Ihr habt ihn traurig gemacht«, ruft Isa vom Sofa aus. Sie zeichnet ihre Stoffmusterentwürfe heute ausnahmsweise doch auf dem Hausboot, weil Juanita zu einem Tiny-House-Workshop nach Belgien gefahren ist.

Maddie deutet auf Aries Tasse. »Schon wieder schwarzer Kaffee, obwohl er dir immer noch nicht schmeckt.«

»Gut beobachtet, Watson«, sagt Jack. »Ich tippe auf Diät. Allerdings erklärt die noch nicht, warum Arie ständig auf seine Uhr schaut.«

»Intervallfasten?«, schlussfolgert Jan.

Arie grummelt.

»Treffer«, freut sich Elin.

Isa, die nun im Türrahmen steht, fragt: »Was ist Interdings?«

Arie seufzt nun fast so schwer wie zuvor Hund. »Seit gestern esse ich nur noch von drei bis sieben und dann auch ganz gesund. Und sonst gibt es nur Wasser, ungesüßten Tee und schwarzen Kaffee.«

Isas Augen werden vor Entsetzen rund. »Freiwillig?«

»Intervallfasten ist nicht nur gut, um abzunehmen, es ist auch sehr gesund, so eine Art Jungbrunnen für die Zellen. Außerdem soll man sich nach der Eingewöhnungsphase richtig gut fühlen.«

Isa quetscht sich neben Jack auf das Küchensofa, hebt einen Zeigefinger und schaut Arie eindringlich an. »Die haben dich reingelegt.«

Jack schaut auf die Wanduhr, die erst seit kurzem zwischen den Küchenschränken hängt, und sieht, dass es kurz nach eins ist. »Kein Wunder, dass du *hangry* bist.«

»Hangry«, spricht Isa laut nach.

»Das ist zusammengesetzt aus *hungry* für hungrig und *angry* für wütend«, erklärt Maddie. »Komisch eigentlich, dass es dafür keine richtige Übersetzung gibt.«

»Hungenießbar«, schlägt Elin vor.

»Irgendwas muss ich ja machen, wenn ich bis zur Geburt meiner Enkel einigermaßen fit sein will«, rechtfertigt sich

Arie. Geburtstermin ist zwar erst Anfang September, aber man weiß ja, dass Babys oft ein bisschen früh dran sind, Zwillinge sowieso. Außerdem ziehen Matts und Natascha schon im August zurück nach Amsterdam, und Arie hat sich fest vorgenommen, beim Möbeltragen zu helfen.

Maddie lächelt aufmunternd. »Ach komm, so schlimm ist es doch gar nicht. Ich erinnere mich noch gut daran, wie du bei unserem ersten Treffen ewig neben meinem Rad hergerannt bist. Das ist doch erst ein Jahr her.«

»Damals war ich fett und fit. Heute bin ich nur noch fett.« Und damit, beschließt Arie, ist es jetzt auch mal gut. »Zeit zum Puzzeln«, bestimmt er und kippt Willem Bots geschredderte Unterlagen auf den Tisch.

Fru Gunilla reagiert am enthusiastischsten. Sie taucht hinter der Waschmaschine auf, springt in drei Sätzen auf den Tisch, taucht in den Papieren ab und flitzt keine drei Sekunden später mit zwei langen weiß-blauen Streifen zwischen den Zähnen hinter das Bücherregal.

»Vielleicht wäre Auswildern doch besser gewesen«, kommentiert Jack.

Jan steht auf und zieht aus seinem Rucksack die Notfalltüte, die heute mit Zwiebackstücken gefüllt ist. Für Zwieback lässt das Eichhörnchen sogar geklaute Papierstreifen liegen beziehungsweise die Schnipsel, die sie davon übrig gelassen hat. »Ich lass sie mal draußen ein bisschen rumrennen. Dann schläft sie anschließend.«

Ein bisschen rumrennen, das könnte er natürlich auch mal wieder, denkt Arie, während Jan und Fru Gunilla an Land gehen und Hund zurück in die Küche schlurft. Fitness statt Fasten. Früher, in der Polizeischule, da war er schließlich einer der Schnellsten. In Gedanken schlüpft er fast schon in die Laufschuhe, da fällt ihm sein Bauch ein. Der wackelt doch schon beim flotten Gehen immer so unangenehm hin und her. Außerdem hat der Tierarzt gesagt, dass Hund keine längeren Strecken rennen soll, wegen der Hüfte. Und er kann ihn ja schlecht dauernd allein lassen. Aber wenn es wärmer wird, könnten sie zusammen im Meer schwimmen, fällt Arie ein, und er ist auch ein bisschen froh, das Sportprojekt noch aufschieben zu können.

Nicht länger aufschieben lässt sich dieser Sonntagsjob. Etwas untermotiviert und mit flauem Gefühl im leeren Magen betrachtet Arie erst den Wust filigraner Papierstreifen, dann seine großen Hände, die das mit der Feinmotorik noch nie besonders gut konnten. Am Vorabend hat er einen Artikel gelesen. Rund 15 000 Säcke mit Aktenschnipseln aus Stasi-Zeiten warten in Deutschland auf ihre Rekonstruktion. Eigentlich wollten sie dafür spezielle Computerprogramme nutzen, aber es hatte Probleme mit den Scannern gegeben. Jetzt waren sie zurück bei der Handarbeit und schätzten, dass es Jahrhunderte dauern könnte, bis sie die Akten zusammengesetzt haben würden.

Maddie nimmt sich einen Streifen und hält ihn hoch. Er glänzt in rosa-grünen Nuancen. »Könnte von einem Werbeprospekt sein.«

Arie seufzt. »Wenn wir Pech haben, hat Willem Bot einfach gerne Müll geschreddert und wir verbringen den Sonntag damit, Sonderangebote aus dem Supermarkt zusammenzukleben.«

»Nicht nur den Sonntag, wenn wir nicht bald mal anfangen«, sagt Jack, bewegt sich aber nicht. Stattdessen schaut er Elin an. Die kramt in ihrer Umhängetasche, die aussieht, als hätte ihr Ururgroßvater sie vor 200 Jahren aus Rentierleder genäht. »Falls du zufällig einen Joint dabei hast, bin ich dafür, dass wir ihn teilen.«

Elin zieht ein Taschentuch heraus und putzt sich die Nase. »Du weißt doch: Ich habe allen Drogen abgeschworen«, sagt sie schließlich mit einer Spur Bedauern in der Stimme. »Aber ich könnte dir einen Schokoriegel anbieten.«

Zu Aries Entsetzen streckt Jack die Hand aus. Ihm entfährt ein Geräusch, das man irgendwo zwischen Fiepen und entrüstetem Grunzen ansiedeln kann. Also nicht dass er findet, dass die anderen nicht essen dürfen, nur weil er jetzt eine Diät für Hartgesottene macht. Aber ausgerechnet Schokoriegel?

Elin schaut erst Arie an, dann Jack. »Sorry, du bekommst doch keinen. Frühestens um drei.«

Maddie steht lachend auf, beugt sich über die Waschmaschine, zieht den von Isa bemalten Vorhang zur Seite und nimmt den schwarzen Whiteboard-Marker in die Hand.

8. *Schokoriegel sind verboten,* schreibt sie und setzt sich wieder.

Jack murmelt etwas, das Arie aber nicht versteht, weil Isa den Hocker aus der Ecke über den Boden zieht und sich zu ihnen an den Tisch quetscht.

»Dafür, dass ihr Meisterdetektive seid, arbeitet ihr ganz schön wenig«, stellt sie fest.

»Stimmt«, gibt Arie zu. »Außer vielleicht der Teil mit den Meisterdetektiven.«

»Ich bin eine Meister*puzzlerin*, ich kann euch helfen.« Isa beugt sich vor und greift mit beiden Händen in die Papierschnipsel und sortiert sie in beeindruckender Geschwindigkeit nach Farben und Papierbeschaffenheit.

»Also los!«, sagt Elin, Maddie krempelt ihre Pulliärmel ein Stück hoch, und Arie setzt seine stärkste Lesebrille auf.

Als Jan eine halbe Stunde später zurückkommt – in seiner Hand ein prall gefüllter Leinenbeutel, aus dem ein bisschen Grün ragt, und auf seiner Schulter eine sichtlich erschöpfte Fru Gunilla –, sind sie noch lange nicht fertig, aber schon ein Stück weiter. »Hier haben wir die Rechnung von seinem letzten Zahnarztbesuch und zwei Konzertkarten«, berichtet Arie, während Isa und Maddie bunte Streifen auf einem leeren DIN-A4-Blatt nebeneinanderkleben: ein nackter Frauenfuß, schräg darunter ein schwarzes Logo auf sandgelbem Hintergrund. Ein paar Zentimeter darüber fängt das Meer an.

»BB«, liest Jan. Fru Gunilla klettert an seinem Arm hinunter, springt auf den Boden, macht einen Satz, landet zwischen Hunds Vorderpfoten und rollt sich ein. Hund schleckt ihr kurz übers Fell, dann döst er weiter.

»BB steht für Bengt Bjerker, das ist ein berühmter Modemacher aus Schweden«, sagt Isa und legt ihren Zeigefinger auf eine Welle im azurblauen Meer. »Da steht aber noch mehr.«

»Der Preis für die neueste Bademode«, vermutet Jack.

Isa schiebt Maddie das Blatt hin. »Das hat jemand mit Kugelschreiber draufgeschrieben.«

Maddie braucht eine Weile, um die Schrift zu entziffern. Dann liest sie vor: »Kaatje Hommel.«

Arie zückt sein Smartphone und tippt den Namen ein. Die anderen puzzeln weiter, nun eifriger, in konzentrierter Stille, die nur gelegentlich von Aries Magenknurren unterbrochen wird. »Es sieht aus, als ob die Seite aus einem Modekatalog herausgerissen wurde«, sagt Elin schließlich und deutet auf den ausgefransten linken Rand.

»*De kleurrijke Amsterdammer* hatte mal einen Artikel über eine Kaatje Hommel, der ist noch online«, berichtet Arie. »Sie hat zusammen mit einigen Obdachlosen Sumpfkrebse aus den Grachten gefischt, am Straßenrand gegrillt und an alle, die wollten, verschenkt.«

»Sumpfkrebse?«, wundert sich Elin.

»Rote Amerikanische Sumpfkrebse«, weiß Jan. »Die haben viele erst für ihr Aquarium gekauft und dann in den Grachten ausgesetzt. Und dort vermehren sie sich nun und werden zum Problem für einheimische Arten.«

»Im Artikel sagt Kaatje Hommel: *Sumpfkrebse zu grillen hilft der Umwelt und ist gut gegen Hunger.*« Arie dreht das Telefon um, so dass die anderen das Bild zum Text sehen. Unter einer Ulme, irgendwo in Amsterdam, steht eine kleine alte Frau neben einem Grill, hält mit der Grillzange einen der Krebse hoch und lacht, mit einem Gesicht so süß und schrumpelig wie eine Rosine.

»Ganz, ganz großartige Anziehsachen«, schwärmt Isa. »So schön bunt.«

Arie recherchiert noch eine Weile weiter, bevor er sagt: »Soweit ich sehen kann, gibt es nur diese eine Kaatje Hommel in der Stadt. Sie wohnt in einer der Hochhaussiedlungen in Amsterdam-Oost. Ihre Telefonnummer finde ich nirgendwo, aber wir haben ihre Adresse.«

»Besuchen wir sie?«, fragt Jan.

Arie kratzt sich am Kinn. »Eine richtig heiße Spur sieht anders aus, aber irgendwo müssen wir ja anfangen.«

»Wie stellt ihr euch das vor?«, fragt Jack. »Hallo, Kaatje Hommel, Sie können uns sicherlich sagen, wer Willem Bot wirklich getötet hat. Immerhin hatte er sich Ihren Namen notiert. Das war Herr X? Sind Sie sich sicher?«

Elin lacht. »Wenn wir das machen und ich das so im nächsten Krimi schreibe, steht in den Rezensionen wieder, dass wir keine Ahnung von Ermittlungsarbeit haben und alles nur glücklichen Zufällen verdanken.«

Jan steht auf und packt den Leinenbeutel aus. Zitronengras, Lauch, Zwiebeln, eine Packung Kichererbsen, Paprika, Reis, Gewürze. »Als ob am Ende nicht alles, was im Leben gelingt, das Ergebnis glücklicher Zufälle ist.«

»Natürlich recherchieren wir noch weiter, bevor wir dann gegebenenfalls Kaatje Hommel besuchen«, sagt Arie etwas steif und nimmt einen der Aktenordner, in denen Willem Bots Buchhaltung abgeheftet ist. Ein klein bisschen persönlich angegriffen fühlt er sich schon. Keine Ahnung von Ermittlungsarbeit? Immerhin wäre er beinah mal Hoofdcommissaris geworden.

»Vielleicht gab es zwischen Willem Bot und dieser Kaatje Hommel irgendeine geschäftliche Verbindung.« Maddie greift nach einem der anderen Aktenordner.

»Hier steht noch was mit Kuli«, ruft Isa. Vor sich auf dem Tisch hat sie die letzten zehn Streifen – blau, gelb und Seidentuch-rot – zusammengelegt.

Elin beugt sich vor und kneift die Augen zusammen. »Mike«, liest sie.

»Gibt es dazu einen Nachnamen?«, hofft Arie.

»Nein, wir haben fertig gepuzzelt«, sagt Isa. »Der Klebstoff ist auch leer.«

»Bestimmt stand der Nachname auf dem Streifen, den Fru Gunilla verspeist hat«, sagt Jack.

»Hoffentlich bekommt sie kein Bauchweh«, sagt Isa.

Elin findet irgendwo eine Büroklammer, bündelt die losen Papierstreifen, auf denen »Mike« steht, und klemmt sie mit einer Wäscheklammer an die Hängelampe über dem Tisch. »Es ist gut, dass du Schriftstellerin und nicht Buchhalterin geworden bist, Elin«, kommentiert Jan, lässt das Papierbündel aber an der Lampe hängen.

Arie reicht den Aktenordner an Elin weiter und greift zum Telefon. Er wählt eine Nummer, kurz darauf sagt er: »Hallo, Wiebke, hier ist Arie. Weißt du zufällig, ob dein Vater eine Kaatje oder einen Mike kannte?« Als Arie kurz darauf auflegt, ist er nicht viel schlauer: »Sie kennt niemanden, der so heißt. In Willems Adressbuch hat sie sie auch nicht gefunden.«

»Immerhin das hat er nicht geschreddert«, bemerkt Elin, während sie durch den Aktenordner blättert. »Willem Bots Mieteinnahmen aus dem letzten Jahr. Da wünscht man sich schon, man hätte vor dreißig Jahren selbst in eine Immobilie investiert.«

»Hier«, ruft Maddie und tippt auf ein Blatt in ihrem Ordner. »Eine Rechnung an Bengt Bjerker.«

»Der schwedische Designer? Wollte der auch in die Niederlande exportieren?«, fragt Arie.

»Die teuren Bjerker-Fummel gibt es hier schon. Von Willem Bot wollte er nicht beraten werden, sondern Stoff kaufen – Vikunja-Wollstoff aus Peru.« Maddies Augen weiten sich. »Fünf Kilogramm Vikunja-Wollstoff für 100 000 Euro.«

»Vikunja? Noch nie gehört«, sagt Jack.

Jan startet eine Blitzrecherche und berichtet kurz darauf, dass Vikunjas wild in den Anden leben, zwischenzeitlich vom Aussterben bedroht waren und wie Alpakas zu den Kameliden zählen. »Vikunja-Wolle gilt als hochwertigste Naturfaser der Welt, mit ungefähr zwölf Mikrometern ist sie feiner als das beste Kaschmir. Sie ist leicht und weich, zugleich wärmt sie sehr gut«, liest er vor.

»Aber *so* teuer?«, sagt Elin. »Das ist ein Kilopreis von 20 000 Euro.«

»Ein Vikunja produziert nur ein halbes Kilo Wolle pro Jahr, zudem dürfen die Tiere wegen strenger Auflagen nur alle drei Jahre geschoren werden. Hier steht, dass ein Kilo Vikunja-Webstoff bis zu 10 000 Euro kosten kann.«

»Willem hat immerhin doppelt so viel verlangt«, sagt Arie und schreibt *Vikunja* in sein Notizbuch. »Wir sollten Wiebke fragen, ob ihr Vater irgendwo ein Lager für diese Stoffe hatte.«

Jack fügt hinzu: »Und ob er überhaupt je geschlafen hat. Findet ihr es nicht völlig irre, mit wie vielen unterschiedlichen Sachen dieser Willem beschäftigt war? Immobilien, Stoffhandel, Beratung für Modedesigner, Sponsoring von Kulturinstitutionen und was nicht noch alles.«

»Vielleicht passiert das, wenn man arbeitssüchtig ist. Oder er war einfach ein vorsichtiger Geschäftsmann, der sich breit aufstellen und nicht alles auf eine Karte setzen wollte«, mutmaßt Jan.

»Wollten wir nicht auch mal mit Willems Haushälterin sprechen?«, fragt Elin. »Wie hieß sie gleich noch?«

»Mayari«, liest Arie aus seinem Notizbuch vor.

»Sie hätte doch massenhaft Gelegenheit gehabt, ein bisschen LSD in Willems Müsli beizugeben«, sagt Elin. »Vielleicht war er kein guter Arbeitgeber und sie wollte ihm eins auswischen.«

»Jedenfalls kann sie uns vermutlich am meisten über Willem erzählen«, spekuliert Jan, während er Zwiebeln anbrät. »Immerhin haben sie jahrelang unter einem Dach gewohnt, da bekommt man doch einiges mit: Gab es vielleicht doch eine Geliebte, von der Willem seiner Tochter nichts erzählt hat? Und hat er wirklich so asketisch und diszipliniert gelebt, wie Wiebke sagt?«

»Ich hoffe nicht«, sagt Jack. »Das klang ziemlich schrecklich. Stellt euch vor: Ihr habt so viel Geld, dass ihr bis ans Ende eurer Tage faul in der Sonne liegen oder um die Welt reisen könntet. Und was macht ihr stattdessen? Lebt wie ein Mönch, der tagsüber im Straflager arbeitet.«

Jan deutet auf die Aktenordner. »Erfolgreich war er wirklich, aber sympathisch macht ihn das nicht unbedingt.«

»Ach kommt«, sagt Arie. »Insgeheim wären wir doch alle gerne ein bisschen mehr wie Willem Bot: weniger prokrastinieren, weniger Chips zum Frühstück, mehr Wasser und weniger Irish Coffee, weniger dreckige Socken auf dem Boden, immer ein gemachtes Bett und Geld auf dem Konto.«

Elin schaut Arie an, als hätte er gerade erzählt, dass er

Scientology beigetreten sei, irgendwo auf der Gefühlsskala zwischen Entsetzen und Besorgnis. Dann schüttelt sie langsam den Kopf. »Das mit dem Bettenmachen wird doch maßlos überschätzt.«

»Arbeiten auch«, findet Jack und beginnt, Willems Unterlagen in den Zeitschriftenkorb zu räumen. Die mühsam restaurierte und etwas knittrige Seite aus Bjerkers Modekatalog faltet Maddie zusammen und schiebt sie zwischen zwei dicke Bücher. »Da ist sie sicher vor Fru Gunilla und wird im besten Fall noch ein wenig geglättet.«

Aries Magen schlägt ein paar Purzelbäume, wegen der Duftschwaden, die vom Herd aus durch das ganze Boot ziehen. Um Punkt drei stellt Jan eine dampfende Schüssel mit Reis und einen Wok mit rotem Curry auf den Tisch.

Am Abend, als die anderen Detektive gegangen sind, sitzen Arie und Hund auf dem Deck. Der Nebel ist abgezogen und hat die Bühne freigegeben für einen Himmel, der in grau-blau-gelben Nuancen erstrahlt, fast so, als hätten die Götter es mit den Photoshop-Filtern ein wenig übertrieben. Beschwingt von diesem Frühlingsleuchten, seiner Vision eines neuen, fitten Selbst und vielleicht auch von Jans Curry, das jede Hungenießbarkeit vertrieben hat, bricht Arie schließlich zu einem ausgedehnten Abendspaziergang auf. Richtung Süden, über den Grachtengürtel, bis Hund und er schließlich den Museumsplein erreichen. Arie mag diesen Platz, der viel mehr ist als eine Ansammlung großartiger Museen. Es gibt einen riesigen Brunnen, der im Sommer als kühlendes Fußbad und im Winter zum Schlittschuhlaufen dient, und Rasenflächen, die den Hauptstädtern gleichsam zum Picknicken wie zum Demonstrieren taugen.

Plötzlich hebt Hund den Kopf und legt an Tempo zu, bis sich die Leine spannt. Hund zieht so gut wie nie, er gehört zu der Sorte Hund, die lieber flanieren als fetzen. »Warum hast du es denn so eilig?«, fragt Arie und beschleunigt seinen Schritt. Ob er baden will? Aber Hund lässt den Brunnen links liegen, steuert stattdessen schnurstracks auf das Rijksmuseum zu, das vor gar nicht so langer Zeit aufwendig renoviert wurde und seitdem immer so aussieht, als warte es darauf, dass die Königin mit einer Kutsche vorfährt und umgehend einzieht. Den passenden kleinen Menschenauflauf gibt es schon mal. Beim Näherkommen stellt Arie fest, dass die Leute nicht der Königin, sondern einem kleinen Ballett-Ensemble zuschauen. Und lauschen. Aries Blick fällt auf die Geigerin, eine Frau mit langem grauem Zopf und grünem Leinenkleid. Hund bleibt stehen und legt den Kopf schief. Musik, denkt Arie, er mag die Musik. Arie kennt sich da nicht so gut aus, sein Musikkonsum beschränkt sich bislang auf das, was vor und nach den Nachrichten im Radio oder auf den Nachbarbooten läuft. Da ist zum Beispiel der alte und etwas schwerhörige Willem, der außer dem Vornamen nichts mit Willem Bot gemein hat und der oft und laut Frank Boeijen und Doe Maar hört. Und Roddelroosje, die regelmäßig Heizöl und den neusten Tratsch liefert und dazu bei wilden Punk-Klängen Bier trinkt. Diese Musik hier ist sanfter, verspielter, wie ein kleiner Bach in den Bergen. Arie wippt unwillkürlich auf den Fußballen.

Die fünf Tänzerinnen tragen enganliegende Anzüge und

darüber etwas, das ein wenig an Baumflechten oder Algen erinnert. Die größte der Frauen schätzt er auf an die siebzig. Der Tänzerin, die am schönsten springen kann, sieht man an, dass sie gerne isst, und die mit der bunt gestreiften Mähne bewegt sich mit der ätherischen Grazie eines Einhorns. Keine der Tänzerinnen sieht so aus, wie sich Arie eine Ballerina bislang vorgestellt hat: klein, zierlich, jung, die Haare zu einem strengen Knoten hochgesteckt.

Als die Musik aufhört und die Frauen kurz aussehen, als würden sie im Spagat einschlafen, ist es Arie, als wäre er kurz ganz woanders gewesen. Er klatscht begeistert, dann streichelt er Hund über den Kopf. »Vielleicht sollten wir öfter zum Ballett gehen«, sagt er.

»Großartige Idee.« Schräg vor Arie steht die Geigerin, ohne Geige, dafür mit einem Packen Zettel in der Hand. »Freitags um fünf haben wir kostenlose Probestunden.«

Probestunden? Arie versucht, dieses Wort in einen sinnvollen Zusammenhang einzusortieren. Was für nette Lachfältchen diese Frau hat.

»Für alle, die Ballett einmal ausprobieren wollen«, schiebt sie erklärend nach, vermutlich, so denkt Arie, weil er ein bisschen beschränkt guckt. Es dauert noch ein, zwei Sekunden, dann begreift er, was sie meint: »Mein Sohn ist schon zu alt, um noch mit Ballett anzufangen«, sagt er entschuldigend und ein bisschen geschmeichelt. »Er taucht auch lieber.«

»Ich hatte eher an dich gedacht.« Sie hält ihm einen Zettel hin. Gerade weit genug weg, dass er ihn auch ohne Brille lesen kann. *Ballett für alle*, steht da.

Arie räuspert sich. »Ich bin viel zu unbeweglich«, sagt er.

»Noch«, sagt sie.

In Aries Kopfkino betritt ein in die Jahre gekommener Ex-Polizist die Bühne, in einer Ganzkörper-Radlerhose, die hinter jedes überflüssige Gramm ein Ausrufezeichen setzt. Im imaginären Zuschauersaal lachen die Ersten. Arie ist eher zum Weinen zumute. Wie hat Elin ihn doch gleich in ihrem ersten Buch beschrieben? Richtig, als zerknitterten alten Seebären, der noch dazu geschieden und vorbestraft ist. Was leider alles der Wahrheit entspricht.

Mit leerem Kopf sieht er seiner Hand dabei zu, wie sie den Zettel entgegennimmt.

»Dann bis Freitag«, sagt die Frau.

»Mal sehen«, sagt Arie und steckt den Zettel ein.

Nie im Leben, denkt er auf dem Nachhauseweg. Aber dann knistert die Einladung zur Probestunde in seiner Hosentasche, und plötzlich fühlt er sich einen Moment lang so leicht, dass sein nächster Schritt ein kleiner Hüpfer wird.

9

Dienstagmorgen. Aber die Sonne, die ist in Sonntagsstimmung. Ganz gemächlich knipst sie das Licht an. Färbt erst den Himmel pastellblau und wirft dann der Stadt einen zartrosa Schleier über.

Jack sitzt in Boxershorts und T-Shirt auf der Fensterbank in Maddies und Isas Wohnung, die jetzt irgendwie auch seine Wohnung ist, ein Bein angezogen auf dem Fensterbrett, das andere liegt halb draußen auf dem Dach, das noch kalt ist von der Nacht. Es riecht nach Frühling und Meer. Ihm ist danach, ganz rauszuklettern, erst ein bisschen in der Sonne auf dem Dach sitzen, mit Croissant und Kaffee und vielleicht einer Zigarette, weil das so gut zum Bild passt, und dann über die Dächer von Amsterdam laufen, als wäre er eine Katze, immer weiter, bis zum Hafen vielleicht, wo irgendein Boot mit Kurs auf die Ferne noch einen Schiffskater sucht.

Jack seufzt. Eine Weile hat er gedacht, dass es doch noch ganz gut klappen könnte, mit ihm und der Sesshaftigkeit. Liebe auf den zweiten Blick sozusagen, wie damals mit seinem Kumpel Harry. Zwei Schuljahre lang hatten sie sich gerauft, dann waren sie beste Freunde geworden, hatten später sogar zusammen ein paar Spielautomaten manipuliert, bis bei Jack die Polizei und bei Harry ein beknackter Herzfehler der Sache ein Ende gemacht hatte.

Ach, Harry. Er hätte bestimmt gewusst, was hilft, wenn es trotz aller guten Vorsätze wieder in den Füßen kribbelt, wenn die Stadt allzu bekannt wird, die Wohnung zu eng und die Routinen ins Fleisch schneiden. »Rucksack packen und loslaufen?«, hört Jack die Stimme des toten Freundes in seinem Kopf. Und dann sagt Harry noch, dass Fernweh möglicherweise gar kein Zustand, sondern ein Persönlichkeitsmerkmal ist.

Schräg hinter Jack murmelt Maddie etwas im Schlaf und reißt Jack aus seinen Gedanken. Er dreht sich um. Maddie liegt auf der Seite, halb nackt, die Decke ist nach unten gerutscht. Jack springt auf den alten Dielenboden und schließt das Fenster, bevor er sich neben sie legt. Er zieht die Decke über sie beide, streicht Maddie eine Haarsträhne aus dem Gesicht und küsst sie auf die Stirn. »Bester Wecker«, lächelt Maddie und öffnet die Augen. Dann streckt sie eine Hand nach ihm aus.

Möglicherweise gibt es doch Dinge, die besser sind, als in die Ferne zu segeln.

»Blumen pflücken«, tönt es fünf Minuten später aus dem Nachbarzimmer. Jack macht ein Geräusch wie ein Ballon, aus dem die Luft entweicht, und lässt sich zurück auf sein Kissen fallen. Maddie seufzt.

»Es ist Frühling. Und Jip hat gelbe Socken an«, spricht Isa weiter, sehr langsam und viel zu laut. Jack weiß schon, wie es weitergeht. Mit Janneke, die zusammen mit ihrem

Freund Jip allerlei Abenteuer auf einer Wiese erlebt. Es ist eine der Geschichten, die Maddie öfters vorlesen muss. So oft, dass Isa sie inzwischen fast auswendig kennt und nun ihrerseits Janneke, ihrem Stoffhasen, der der berühmten Kinderbuchserie seinen Namen verdankt, erzählt.

Maddie steht auf, sie trägt nur ihren Slip, quetscht sich vorbei am Couchtisch aus alten Holzpaletten und geht zu der kleinen gelben Kochzeile auf der anderen Seite des Raumes. Die Sonne geht nun richtig ab, sie strahlt so in die Küchenecke, dass die Schränke ganz golden schimmern und Maddies schlafwuschelige Haare aussehen, als wären sie aus flüssigem Karamell gegossen.

»Uiuiui, jetzt wird es spannend, Janneke«, sagt Isa nebenan. »Aber du musst keine Angst haben.«

Jack denkt, dass das Schicksal schon einen sehr schrägen Humor haben muss. Ausgerechnet er, der kaum länger als ein paar Jahre an einem Ort verweilen kann, chronische Bindungsprobleme hat und nie Kinder wollte, ist nun fast Tag und Nacht mit einer Frau und ihrer Schwester zusammen, die zwar schon über zwanzig, aber geistig auf dem Stand einer Sechsjährigen ist. Maddie gibt es nur im Paket mit Isa – das wusste er von Anfang an, auch wenn Isa da wenigstens tagsüber im Café Anders war. Was er nicht wusste, war, wie schlecht er wirklich darin ist, sich auf einen Lebensentwurf festzulegen, und wie wenig Talent er dafür hat, Verantwortung zu übernehmen.

»Kaffee?«, fragt Maddie.

»Sicher«, sagt Jack. Er versucht, nicht allzu sehr raushängen zu lassen, wie genervt er gerade ist. Aber gut gelaunt klingt anders.

Maddie löffelt Kaffeepulver in die Bialetti. »Wir könnten uns auch nach einer größeren Wohnung umschauen.« Nebenan erzählt Isa, wie Jip mit seinen nun nicht mehr gelben Socken in einem Matschgraben steht.

»Dann müssen wir nur noch mit Arie sprechen, dass wir ab sofort doppeltes Gehalt brauchen«, sagt Jack. Maddies und Isas Wohnung ist zwar klein, und im Treppenhaus gibt es schimmelige Ecken, aber die Lage ist unschlagbar, und die Miete ist so bezahlbar, als wäre Ende der 1990er die Zeit stehen geblieben. Offenbar hat der allen unbekannte Hausbesitzer schon genug Kohle und ein Herz für Geringverdiener.

»Nicht, wenn wir Richtung Stadtrand ziehen.«

»In eine dieser gemütlichen Hochhaussiedlungen?«

Maddie dreht sich zu ihm um und hebt die Arme zu einer Man-kann-eben-nicht-alles-haben-Geste.

Jack steigt in seine Jeans und räumt das Bettzeug weg. Tagsüber fungiert das Sofa nämlich auch als Essecke. »So mir nichts, dir nichts würde ich an deiner Stelle so eine coole Wohnung mit Grachtenblick nicht aufgeben.«

»Mir nichts, dir nichts«, wiederholt Maddie, ihre Augen in Habachtstellung. »Du meinst, für so einen Kerl wie dich?«

Jack antwortet mit einem schiefen Grinsen.

Was soll er auch sagen? Dass er in letzter Zeit öfter übers Weiterziehen nachdenkt, als ihm selbst lieb ist? Dass es sich anfühlt, als hätte er mit Maddie das große Los gezogen, aber als wäre er mit der richtigen Frau im falschen Leben? Das klingt doch nach pathetischem, selbstbezogenem Idioten.

»Idiot«, sagt Maddie, aber ohne Wut in der Stimme. Die Bialetti beginnt zu blubbern.

»Wir wollen Kakao und Früüühstück«, singt Isa und tanzt mit Janneke in die Wohn-Schlaf-Küche, dreht sich in ihrem rosa Blümchennachthemd einmal um die eigene Achse und hält dann plötzlich inne, um von Maddie zu Jack und wieder zurück zu schauen. Für zwischenmenschliche Spannungen hat Isa ein untrügliches Gespür. Privatsphäre hingegen ist ihr in etwa so fremd wie Quantenchromodynamik. »Habt ihr Streit?«

»Noch nicht«, sagt Maddie und geht in den Flur, wo der Kleiderschrank steht. Jack stellt sich an den Herd und macht die Milch für Isas Kakao warm.

Eine halbe Stunde brauchen Jack, Maddie, Isa und Janneke bis zur Lakshmi. Die grimmige Grachtenstadt von gestern ist in der warmen Frühlingssonne aufgetaut, gibt sich nun luftig-leicht und farbenfroh, so als wäre sie eigentlich schon immer viel mehr Venedig als Amsterdam gewesen. In den Grachten schnäbeln Schwäne, die Amsterdamer tragen übergroße Sonnenbrillen und ein Lächeln, aus den Häusern kommt Musik, und der Besitzer des Eiscafés trägt in Flipflops Stühle und Tische nach draußen.

Auch die Hausboot-Detektive sitzen heute draußen. Fru Gunilla turnt auf der Reling herum, Hund steht daneben und sieht ihr zu. »Damit er sie retten kann, wenn sie ins Wasser fällt«, vermutet Isa, während sie an Bord gehen.

»Ich glaube ja eher, dass er sich fragt, warum sich irgendjemand freiwillig so viel bewegt«, sagt Arie, der heute mal nicht an einer Tasse Kaffee, sondern an einem Glas Wasser nippt.

Isa schüttelt den Kopf. »Hund will ein Held sein.«

»Wer will das nicht?«, entgegnet Jack.

Arie stellt das halbvolle Glas auf den Tisch. Glücklich sieht er heute zwar auch nicht aus, aber immerhin nicht mehr ganz so miesepetrig. »Elin kommt heute nicht, sie hat Kopfweh und braucht einen Waldtag. Wir können also anfangen.« Er wendet sich an Jan. »Wie ist es gestern gelaufen?«

Jan hatte am Montagabend noch einmal Wiebke Bot besucht, um mit ihr über den Vikunja-Wollstoff zu sprechen.

»Sie hat erzählt, dass ihr Vater ihr einmal einen Vikunja-Schal von einer Geschäftsreise mitgebracht hat. Davon, dass er damit auch gehandelt hat, wusste sie nichts. Bengt Bjerker war ihr ein Begriff, aber nur, weil sie letzten Sommer ein Kleid aus seiner Kollektion gekauft hat.«

»Das hat uns also nicht weitergebracht«, sagt Maddie.

»Nicht so schnell«, sagt Jan, beugt sich vor, greift in die Tasche, die zwischen seinen Füßen steht, und nimmt ein zu einem dicken Viereck gefaltetes Stück weißen Stoff heraus. »Wiebke hat mich gefragt, ob dieser Stoffhandel etwas mit dem Tod ihres Vaters zu tun hat. Ich habe gesagt, dass es dafür wenig konkrete Hinweise gibt, aber dass wir das auch nicht ausschließen könnten. Sie hat dann noch mal im Haus gesucht und diese Stoffprobe in Willems Büro gefunden.«

Synchron beugen sich die anderen vor und streichen über den hellen Wollstoff. »Genauso hell wie Janneke früher mal war und fast so weich wie Fru Gunilla«, sagt Isa. »Daraus könnte ich was Schönes nähen.«

»Ja, also, Fru Gunilla …«, beginnt Jan und guckt ziemlich zerknirscht.

»Fühlt sich definitiv besser an als mein alter Norwegerpulli«, findet Arie. »Aber 20 000 Euro pro Meter würde ich dafür nun auch nicht ausgeben.«

»Jan, ist dir schlecht?«, fragt Maddie.

»Ein bisschen.« Jan holt tief Luft. Dann sagt er: »Ich habe den Stoff gestern in meinem Kleiderschrank verstaut. Keine Ahnung, ob sich Fru Gunilla dadrinnen versteckt hatte oder ob ich die Tür nicht richtig zugemacht habe, auf jeden Fall …«

»Sie hat auf den Stoff gepinkelt«, vermutet Jack.

Jan schüttelt mit unglücklicher Miene den Kopf und schlägt den Stoff auseinander. »Angeknabbert«, sagt er und deutet auf eine ausgefranste Ecke, an der etwa zwei Zentimeter fehlen.

Arie stöhnt und vergräbt sein Gesicht in den Händen. Jack vermutet, dass dieses hier einer der Momente ist, in denen sich der Gründer der Hausboot-Detektei zurück in seinen alten Job wünscht. Aufs Revier, wo es Asservatenkammern statt Kleiderschränke gibt und top ausgebildete Kollegen statt vorbestrafter Freunde mit kriminell veranlagten Haustieren.

»Es tut mir leid«, sagt Jan.

Die Schuldige hüpft derweil unbekümmert von der Reling auf den Tisch. »Hat es dir wenigstens geschmeckt?«, will Isa wissen.

»Der teuerste Eichhörnchen-Snack der Welt«, sagt Jack.

»Nicht witzig«, findet Arie. »Könnt ihr mich daran erinnern, dass ich so eine Unternehmensversicherung abschließe?«

Maddie schaut ihre Schwester an. »Hast du deine Stoffschere dabei?«

»Klar«, sagt Isa und versteht sofort, worauf Maddie hinauswill. »Wir schneiden einfach einen schmalen Streifen ab. Ist ja gar nicht viel.«

»Merkt kein Mensch«, findet auch Jack.

Während Isa schneidet, sehr sorgfältig und mit der Zungenspitze zwischen den Lippen, betrachtet Maddie den Stoff. »Was denkst du?«, fragt Jack.

»Dieser Kaschmirskandal. Wisst ihr noch? Das war vor ein paar Jahren groß in allen Medien, weil aufgeflogen war, dass in vielen Kaschmirprodukten alles, nur kein Kaschmir drin ist. Die Produzenten strecken oder ersetzen die seltenen und teuren Fasern mit gewöhnlicher Wolle oder Viskose, bearbeiten die dann irgendwie chemisch, hängen ein Kaschmirsiegel dran und verdienen sich eine goldene Nase.«

»Du meinst, dieser Vikunja-Stoff könnte eine Fälschung sein?«, fragt Jan hoffnungsvoll.

»Kann ich den Streifen behalten?«, fragt Isa. Aber Arie bringt ihn in die Kombüse. »Du bekommst ihn, wenn wir mit dem Fall fertig sind.«

»Das mit der Fälschung war nur so eine Idee«, sagt Maddie. »Aber möglich wäre es doch. Willem verkauft gefälschten Stoff zu irren Preisen an diesen Bengt Bjerker und vielleicht auch noch an andere Designer. Irgendjemand findet das heraus und will sich rächen.«

»Indem er ihm LSD in den Kaffee kippt?«, zweifelt Jan.

»Das ist eine komische Methode, aber das wussten wir ja schon«, antwortet Maddie.

»Ob der Stoff echt ist oder nicht, sollte sich leicht prüfen lassen.« Arie nimmt sein Smartphone aus der Tasche.

Völlig falsche Fährte, glaubt Jack. »Ich finde, Elins Theorie von neulich ergibt mehr Sinn. Die Haushälterin oder vielleicht auch irgendeine Ex-Geliebte wollte ihm eins auswischen und hat ihm LSD ins Essen gemischt, vermutlich gar nicht mit der Absicht, ihn zu töten.«

»Mayari habe ich gestern auch noch kurz gesehen«, sagt Jan. »Sie hat mir Kaffee gebracht. Später hat Wiebke mir erzählt, dass sie ihr eine Stunde zuvor gekündigt hat, zum Ende des Monats. Eine neue Bleibe muss sie sich jetzt natürlich auch suchen.«

»Nach zehn Jahren«, sagt Maddie. »Das ist hart.«

»Hat man ihr aber überhaupt nicht angemerkt.«

»Vielleicht ist das etwas Kulturelles«, mutmaßt Jack. »Gibt es nicht diese asiatische Weisheit? Wer lächelt, statt zu toben, ist immer der Sieger.«

»Das Haus will Wiebke auch verkaufen«, berichtet Jan weiter.

Arie schaut von seinem Telefon auf. »Kann sie gar nicht. Jedenfalls nicht vor der Testamentseröffnung.«

»Danach habe ich auch gefragt. Die Testamentseröffnung ist am Montag, und Wiebke meinte, das wäre reine Formsache. Aber natürlich wartet sie noch bis nächste Woche, bevor sie einen Makler kontaktiert.«

»Wo wohnen Wiebke und ihre Tochter sonst eigentlich?«, wundert sich Jack.

»In einer Penthouse-Wohnung in Amsterdam Nord«, weiß Arie. »Sie hat gesagt, das Haus des Vaters wäre ihr zu groß. Aber sie überlegt, ein bisschen weiter raus zu ziehen. Ihre Tochter hätte wohl gerne ein Pony.«

»Ich möchte auch ein Pony«, sagt Isa.

»Am besten teilen wir uns heute auf. Jan und ich könnten versuchen, Mayari einmal alleine, ohne Wiebke, zu erwischen. Die anderen könnten derweil abklären lassen, ob dieser Stoff echt ist«, schlägt Arie vor und hält sein Telefon hoch. »Ich habe mal recherchiert: In der Berenstraat gibt es eine Frau, die sich offenbar damit auskennt: Nore Timmer. Sie hat neben Modedesign auch Textilchemie und -veredelung studiert. Seit fünf Jahren lebt sie hier und organisiert die Amsterdam Fashion Week, zuvor hat sie aber fast zehn Jahre lang bei einem renommierten Textilforschungsinstitut in Aachen gearbeitet. Ich rufe gleich mal in ihrem Büro an und frage, ob sie heute spontan einen Termin frei hat.«

»Amsterdam Fashion Week«, sagt Isa ehrfürchtig. »Wenn ihr diese Nore besucht, will ich mit.«

10

Nore Timmers Büro liegt in einer umgebauten Altbauwohnung mitten im Grachtenviertel, zu Fuß keine zehn Minuten von der Lakshmi entfernt. Am Telefon hat sie gesagt, dass sie wirklich »sehr, sehr busy« sei, wegen der bevorstehenden Fashion Week und überhaupt, aber dieser Vikunja-Stoff interessiere sie jetzt doch.

»Ist die Amsterdam Fashion Week nicht erst Ende August?«, fragt Jack, während sie auf das schmucke Kaufmannshaus zusteuern.

Maddie wirft ihm einen Blick zu. Er sieht jetzt wieder aus wie immer: leichtfüßig, mit frechem Katergesicht und in den Augenwinkeln dieser vergnügte Spott. Obwohl: *Wie immer* stimmt vielleicht gar nicht mehr. In letzter Zeit, also nicht nur, wenn Isa den Guten-Morgen-Sex verdirbt, ist Jack nämlich oft genervt, zappelig und hat diesen leicht abwesenden Ausdruck, für den sie ihn am liebsten schütteln will, würde sich das nicht so sinnlos anfühlen. Sie wusste es schließlich von Anfang an: Jack Addington ist kein Mann, der ewig bleibt. Er würde sie mit derselben Leichtigkeit verlassen, mit der er sich in sie verliebt hatte. »Ein Peter Pan«, hat Juanita gesagt.

»Auch Peter Pans werden erwachsen, wenn sie nicht zwischen zwei Buchdeckeln gefangen sind«, hat Maddie geantwortet, obwohl sie da schon ahnte, dass das möglicherweise nicht stimmt.

Isa reißt sie aus ihren Gedanken: »Die Vorbereitungen für die Fashion Week laufen seit Wochen auf Hochtouren. Das hat die Frau im Radio erzählt.« Während sie spricht, schwenkt sie ihre große Tasche mit Zeichnungen und Stoffresten hin und her. Oben gucken Jannekes lange Ohren heraus und wippen im Takt.

Maddie drückt die schwere Haustür auf. »Zum Glück wird es bestimmt nicht lange dauern, zu überprüfen, ob ein Wollstoff echt ist.«

Zehn Minuten später weiß Maddie, dass sie mit dieser Einschätzung ziemlich danebenlag. »Einer guten Fälschung merkt man erst einmal nicht an, ob dem Edelhaar andere Fasern wie Viskose, Schafwolle oder Yakhaar beigemischt wurden. Sicher sein kann man nur nach einer Untersuchung im Labor«, sagt Nore Timmer, eine Frau, die laut ihrer Website Mitte vierzig ist, dank überraschend faltenfreier Haut und dynamisch gelockter Mähne aber mindestens zehn Jahre jünger aussieht. Vor ihr auf dem großen Schreibtisch steht ein Wasserglas, aus dem sie alle zwei Minuten trinkt, daneben eine halb volle Karaffe, auf deren Boden Bergkristalle, Amethyste und Rosenquarze liegen. Für Besucher gibt es ein Tablett mit sauberen Gläsern und einer Flasche Sprudelwasser. An den Wänden hängen Plakate vergangener Modeveranstaltungen und Fotos von Models.

»Aber wenn man den Unterschied weder sieht noch fühlt, ist es dann nicht eigentlich egal, ob man einen Schal aus Vikunja-Wolle oder aus Viskose trägt?«, fragt Jack und kassiert dafür einen Himmel-was-es-für-dumme-Leute-gibt–Blick.

»Die Fälscher benutzen unter anderem Silikon und Weichmacher, damit sich der Stoff täuschend echt anfühlt. Ein paar Waschgänge später kratzt der teure Kaschmirpulli dann aber doch genauso wie Omas alte Wollsocken – jedenfalls, wenn der Anteil der Fremdfasern mehr als fünfzehn Prozent beträgt.«

»Macht das Labor eine DNA-Analyse?«, fragt Maddie.

Nore Timmer schüttelt den Kopf. »Durch das viele Waschen und mitunter auch Färben während der Herstellung wird das Erbgut in den Fasern zu sehr zerstört. Deshalb legen die Gutachter die Fasern unter das Elektronenmikroskop. Die Schuppen unterscheiden sich je nach Faserart in ihrer Oberflächenstruktur. Wobei manche Fälscher inzwischen sogar angefangen haben, die Schuppen chemisch zu modifizieren.«

»Und dann?«, will Jack wissen.

Isa wippt auf ihrem Stuhl vor und zurück, das tut sie immer, wenn sie etwas sagen möchte, sich aber nicht richtig traut oder nicht die richtigen Worte findet. Maddie legt ihr eine Hand auf den Unterarm. »Später«, heißt das in Schwesternsprache.

»Es gibt noch andere Testmöglichkeiten. Neu ist die Massenspektrometrie, bei der die Tierhaare durch den Nachweis von artspezifischen Peptiden identifiziert werden.«

Anders als Maddie, die keine Ahnung hat, was eine Spektrometrie oder Peptiden sind, und auch keine große Lust verspürt, daran etwas zu ändern, sieht man Nore Timmer an, wie sehr sie dieses Thema begeistert.

»Warum hast du eigentlich bei diesem deutschen Textilforschungsinstitut aufgehört?«, fragt Maddie.

Nore Timmer betrachtet die Edelsteine in der Karaffe. »Mir hat der Glamour gefehlt, das Tempo der Modewelt, die irren Leute. Außerdem sind zehn Jahre eine lange Zeit, da musste ich mal etwas anderes machen.«

»Versteh ich«, murmelt Jack. Dann fragt er etwas lauter. »Was in der Vikunja-Faser ist es eigentlich, das sie so besonders angenehm macht?«

»Vor allem die Faserfeinheit.« Timmer trinkt einen Schluck, dann erklärt sie weiter: »Der durchschnittliche Faserdurchmesser von Schafwolle liegt je nach Schaf und Qualität zwischen 24 bis zu über 40 Mikrometer. Bei Kaschmir liegt die Obergrenze bei 19 Mikrometer. Und bei Vikunja-Wolle misst der Haardurchmesser nur 8 bis 13 Mikrometer. Damit ist Vikunja nach Seide die feinste aller tierischen Fasern.« Sie zögert kurz, dann fügt sie hinzu: »Zumindest, wenn man bei den legal erwerblichen Fasern bleiben will.«

»Und was, wenn nicht?«, fragt Jack.

»Dann kauft man Shahtoosh, die auch als Königswolle bezeichnet wird. Gibt es aber selbst auf dem Schwarzmarkt nur noch selten und zu extrem hohen Preisen.«

»Shahtoosh – gehören die auch zu den Kamelen?«, wundert sich Maddie.

»Das Tier, das die Shahtoosh-Wolle produziert, heißt

Tschiru, auch Tibet-Antilope genannt«, klärt Nore Timmer auf. »Das Problem ist, dass sich die Tschirus nicht einfach einfangen und scheren lassen. Man muss sie vor dem Scheren also töten. Pro Schal etwa drei bis fünf Tiere.«

»Wie gemein«, braust Isa auf.

»Die Modebranche ist nicht die einzige Schuldige«, sagt Nore in einem Ton, der Maddie denken lässt, dass sie wohl selbst mindestens einen Shahtoosh-Schal im Kleiderschrank liegen hat. »Die Tschirus wurden nämlich auch in Massen für ihre Hörner geschlachtet, weil die angeblich eine heilende Wirkung haben. Inzwischen sind sie aber geschützt.«

»Das wäre doch mal eine super Geschäftsidee«, sagt Jack, mehr zu Maddie als zu Nore Timmer. »Wir pachten eine Weide, stellen ein paar Tschirus darauf, scheren die einmal pro Jahr und werden steinreich. Und falls es schwierig ist, an Tschirus zu kommen, nehmen wir Vikunjas.«

Nore Timmer lächelt, fast ohne Lachfältchen, aber mit ebenmäßigen, porzellanweißen Zähnen und ironischem Glitzern in den Augen. »Vielleicht ist es nicht ganz überraschend, dass schon andere auf diese brillante Idee gekommen sind. Leider taugt sie nichts. Das liegt zum einen daran, dass die klimatischen Bedingungen hier und in vielen anderen Ländern nicht so streng sind wie in den gebirgigen Heimatregionen der Tiere. Das führt dazu, dass der Unterfellflaum weniger stark wächst und die Fasern gröber werden. Man hat auch schon versucht, Vikunjas in Südamerika einzuzäunen, aber dann haben sie anders und mehr gefressen. Und das hat ebenfalls Einfluss auf die Fellqualität.«

Jemand klopft und öffnet die Zimmertür. Maddie blickt

über ihre Schulter und sieht eine Frau um die zwanzig, in Stiefeln bis zu den Oberschenkeln und einem engen Jeanskleid, das ihr bis knapp über den Hintern reicht. »Sorry, Nore, ich wollte nur kurz Bescheid geben, dass die ersten Plakate aus der Druckerei gekommen sind. Könntest du da mal draufschauen?«

Nore nickt. »Ich komme in fünf Minuten.«

Die Tür schließt sich, und Maddie denkt, dass Nore sie nun sicherlich verabschieden wird. Tatsächlich aber streicht sie ohne sichtbare Eile über den Stoff. »Falls der hier echt sein sollte, ist er eine Menge wert. Den Tieren wächst, außer bei den wenigen Albinos, nur am Bauch weißes Unterfell. Weiß ist also besonders selten und deshalb besonders teuer. Färben lässt sich Vikunja-Wolle so gut wie nicht.«

»Was ist eine Menge?«

»Bis zu 600 Euro für ein Kilogramm Rohwolle. Ist die Wolle schon gewaschen, gesponnen und gewebt, kann der Kilopreis sogar bis auf 10 000 Euro ansteigen.«

»Wird Stoff sonst nicht immer in Metern abgerechnet?«, fragt Maddie.

Nore Timmer zuckt mit den Schultern, entweder will sie sagen, dass sie das nicht festgelegt hat, oder dass das gerade ja wohl völlig egal ist.

»Könnte ein Kilogramm Vikunja-Wollstoff auch mal 20 000 Euro kosten?«, fragt Maddie.

Nore Timmer stutzt. »20 000? Das ist schon sehr viel.«

»Nicht, wenn das gar keine Vikunja-Wolle ist, sondern Shahtoosh«, sagt Jack, plötzlich sehr aufgeregt. »Das wäre doch der perfekte Weg, den illegalen Stoff zu schmuggeln: Man gibt ihm einfach einen anderen Namen.«

Isa nimmt ihre Tasche auf den Schoß und wühlt darin herum, während sie im Sekundentakt ihre Nase hochzieht. Die Wollexpertin, die Isa bei ihrem Eintreffen noch professionell freundlich begrüßt und anschließend ignoriert hat, guckt, als hätte sie eine Nacktschnecke in ihrem Wasserglas entdeckt.

Erst als Maddie ihrer Schwester ein Taschentuch reicht, wendet Nore sich wieder Jack zu. »Das wäre in der Tat eine wirtschaftlich lohnende Sache, aber leider auch strafbar.« Sie deutet auf den Stoff. »Woher kommt der eigentlich?«

»Das wissen wir nicht. Wir sind nur im Auftrag eines Kunden tätig«, lügt Maddie, obwohl sie es eigentlich besser wissen sollte.

Isa putzt sich noch lautstark die Nase, dann ruft sie aufgeregt: »Hast du vergessen? Den Stoff habt ihr doch von diesem toten Willem.«

Maddie schließt kurz die Augen. Nie wieder wird sie Isa zu einem Termin mitnehmen.

Nore Timmer hingegen lächelt. »Vom toten Willem also. Willem Bot meinst du sicherlich. So viele Leute, die in Amsterdam mit Vikunja-Stoff handeln beziehungsweise handelten, gibt es ja nicht.«

Sie steht auf, entschuldigt sich kurz und verlässt den Raum. Vermutlich muss sie mal pinkeln, was nicht weiter verwunderlich ist, bei ihrem Wasserkonsum.

»Ich kann mich gut an Sachen erinnern«, triumphiert Isa.

»Jetzt musst du nur noch lernen, nicht immer alles auszuplaudern«, sagt Maddie.

»Lügen. Du meinst, ich soll lügen?« Isa guckt entsetzt und nimmt Janneke aus der Tasche.

»Im richtigen Moment still sein würde für den Anfang schon reichen.«

Darauf will Isa noch etwas sagen, aber Nore Timmer kommt zurück.

»Wenn Willem Stoff verkauft hat, war das immer beste Qualität.«

»Du kanntest ihn also?«, fragt Jack.

Nore Timmer nickt. »Wer kannte ihn denn nicht?«

»Privat oder geschäftlich?«

»Ich bin nicht sicher, ob Willem viel Zeit für Privates hatte. Er hat rund um die Uhr gearbeitet, gleichzeitig war er immer sehr freundlich und korrekt.«

Das, denkt Maddie, deckt sich mit dem, was Wiebke erzählt hat.

»Ich kannte ihn, weil wir für die Fashion Week regelmäßig Models, Designer und geladene Gäste in seinen Immobilien unterbringen konnten. Die Hotels haben nicht immer ausreichend Kapazitäten. Außerdem hat Willem die Fashion Week finanziell unterstützt, genau wie viele andere kulturelle Veranstaltungen. Sein Tod ist eine Tragödie für die ganze Stadt.«

Vielleicht ist es doch nicht so schlecht, dass Isa ihren Mund nicht halten konnte. Hier scheint jemand das Opfer ganz gut zu kennen. Maddie fragt: »Fällt dir irgendjemand ein, der von Willem Bots Tod profitieren könnte?«

Nore Timmers Augen verengen sich zu schmalen Schlitzen. »Ich dachte, es war ein Unfalltod? Jedenfalls stand es so in der Zeitung.«

»Nicht alles, was in der Zeitung steht, stimmt«, sagt Jack.

Nore Timmer schüttet Wasser nach, ein Teil landet im

Glas, ein Teil auf dem Schreibtisch. Während sie mit einem Stofftaschentuch die Pfütze trocknet, sagt sie: »Und was hat das Ganze mit Vikunja-Stoff zu tun?«

»Das wissen wir noch nicht ganz genau«, sagt Maddie.

»Wenn ich es richtig verstehe, ermittelt ihr also ein wenig ins Blaue hinein«, stellt Nore Timmer fest. »Und ihr wollt trotzdem in einen Labortest investieren?«

Jack nickt.

»Ich kann es gerne für euch wegschicken, wenn es von mir kommt, beeilen sie sich ein bisschen mit dem Auftrag«, bietet Nore an. »Sonst kann es mitunter Wochen dauern, bis ein Ergebnis da ist.«

»Gerne«, nimmt Maddie das Angebot an.

Nore Timmer steht auf, geht zur Schrankwand und nimmt einen kleinen Karton heraus, in den sie den Stoff vorsichtig legt. »Ich kümmere mich gleich darum. Und dann sollte ich mir wohl dringend mal die Plakate anschauen.«

Maddie und Jack stehen auf. Isa und Janneke bleiben sitzen.

»Komm, Isa«, sagt Maddie.

»Ich will mitmachen!«, sagt Isa. Ihre Stimme zittert ein bisschen, ist dafür aber umso lauter.

Nore Timmer schaut fragend zu Maddie. »Bei der Fashion Week«, schiebt Isa nach.

Nore Timmer nickt wissend, als bekäme sie täglich Hunderte solcher Anfragen. »Die Models werden von den Designern gebucht. Damit haben wir nichts zu tun. Aber bewirb dich doch einfach mal bei einer *inclusive* Model Agency.«

»Nicht als Model. Als Designerin.«

Isa zieht ihr Skizzenbuch aus der Tasche und legt es vor Nore Timmer auf den Tisch. Aber die schlägt es nicht auf, sondern sagt: »Die Fashion Week ist kein Ort für …«

Jemanden mit geistiger Beeinträchtigung, denkt Maddie den Satz zu Ende. So viel zu *inclusive*.

Nore Timmer fällt wohl auch ein, dass sie sich anders ausdrücken sollte, wenn sie nicht demnächst auf Social Media lesen will, dass die *Diversity*, mit der die Fashion Week im Vorjahr geworben hat, ziemlich für den Arsch ist. Sie seufzt. »Leider steht das Programm schon.«

»Dann nächstes Jahr«, beharrt Isa. Mutig ist sie, denkt Maddie, plötzlich ziemlich stolz auf ihre Schwester. Nore Timmer, die trotz ihres Zahnpastalächelns nicht verbergen kann, dass sie genervt ist, blättert durch die Entwürfe. »Du musst auch hinschauen«, sagt Isa.

Go, go, go, feuert Maddie ihre kleine Schwester in Gedanken an. Jack sagt: »Isa ist eine großartige Upcycling-Designerin. Sie macht aus Stoffen und Kleidern vom Flohmarkt neue Sachen. Das ist doch gerade voll im Trend.«

Isa springt auf und umarmt Jack. »Danke!«, ruft sie. Etwas leiser fügt sie hinzu. »Sorry, dass ich dich früher immer Pupskopf genannt habe.«

Maddie muss lachen, Nore Timmers Lippen ziehen sich zu einem pinken Schrumpelball zusammen. »Es tut mir leid. Das entspricht leider nicht den qualitativen Standards der Amsterdam Fashion Week und trifft auch nicht den aktuellen Geschmack. Kapuzenpullis, die sind zum Beispiel schon seit Jahren ein No-Go, jedenfalls für alle über vierzehn.« Sie wendet sich direkt an Isa: »Vielleicht solltest du erst einmal auf eine Modeschule gehen, und dann kommst du noch einmal her.«

Isa gibt nicht so schnell auf. »Jan ist schon über dreißig und trägt immer Kapuzenpullis, damit sein Eichhörnchen in der Tasche schlafen kann.«

»Sein Eichhörnchen«, wiederholt Nore Timmer ungläubig.

»Das hier habe ich auch selbst genäht«, sagt Isa, steht auf und dreht sich in ihrem bunten Kleid im Lagenlook.

Nore Timmer schaut erst demonstrativ auf die Uhr, dann zu Isa. »Genau das meine ich. Dein Kleid sieht lustig aus, keine Frage. Aber so ein Muster, das trägt auf. Solche Sachen würdest du auf der Modeschule lernen.«

Isa zupft Maddie am Ärmel. »Trägt auf? Meint sie, dass ich in dem Kleid dick aussehe?«

»Ich glaube schon«, sagt Maddie und denkt, dass sie doch langsam gehen sollten, bevor Nore Timmer richtig gemein wird und Maddie alles vergisst, was sie beim Antiaggressionstraining gelernt hat. Das hier ist vergebene Müh.

Nore Timmer klappt Isas Skizzenbuch zu und gibt es ihr zurück. An Maddie und Jack gewandt sagt sie: »Ich melde mich, sobald die Laborergebnisse da sind, ja?« Isa zieht ihre Nase hoch.

»War das bei Coco van Bell auch so?«, fragt Isa, als sie wieder auf der Straße stehen. Ihre Stimme klingt unentschieden, zwischen Stolz und Heulanfall.

»Bestimmt«, sagt Maddie. »Das geht allen erfolgreichen Designern am Anfang so.«

»Spaß macht das aber nicht«, sagt Isa.

»Nein«, gibt Maddie zu und nimmt sich vor, zu recherchieren, ob es in der Stadt in nächster Zeit ein paar kleinere, alternative Modeveranstaltungen gibt. Irgendwie müssen sie Isas Kollektion in die Öffentlichkeit bringen.

Sie denkt immer noch darüber nach, als sie schon wieder bei Aries Hausboot sind. Ganz still liegt die Lakshmi im Wasser, Hund liegt ebenso still an Deck. Die Tür steht ein Stück offen, es riecht leicht nach Zigarettenrauch.

»Warte«, sagt Maddie, als Isa an Bord gehen will, auch wenn sie nicht richtig benennen kann, woher dieses Gefühl kommt. »Irgendetwas stimmt hier nicht.«

11

Es fehlt nicht viel. »Sollen wir die Polizei rufen?«, fragt Jan. Die Detektive stehen an Deck der Lakshmi, nur Hund liegt immer noch. Hund, der offenbar kein Wachhund ist.

»Vielleicht hatten sie Würstchen dabei«, verteidigt Isa ihn. Sie geht neben dem Neufundländer in die Hocke und streichelt die schwarzen Schlappohren.

»Keine Polizei«, sagt Arie. »Die waren Profi genug, um keine Spuren zu hinterlassen.« Außerdem mag Arie die Polizei seit seinem unrühmlichen Abgang nicht mehr besonders, aber das sagt er nicht.

»Wiebke Bot sollten wir schon informieren, oder?«, sagt Jan.

Arie nickt. »Ich hoffe, es gibt Kopien von den Unterlagen.«

Willem Bots Unterlagen, die sind nämlich weg. Der Ordner mit der Buchhaltung, aber auch die Papierschnipsel, auf denen Willem Bot handschriftlich *Mike* notiert hatte, einschließlich der Wäscheklammer, mit denen Elin sie an die Küchenlampe geklemmt hat. Immerhin ist der Zettel, den Maddie zwischen die Bücher gelegt hat, noch da.

Jack kratzt sich an seinem Dreitagebart. »Langsam glaube ich, dass Wiebke recht hat: Willem ist keinen einfachen Unfalltod gestorben.«

»Meint ihr, dass das hier …«, Maddie macht eine Geste zur aufgebrochenen Tür, »… Willems Mörder war?«

»Möglich. Oder wir sind nicht die Einzigen, die auf der Suche nach einem potenziellen Täter sind. In jedem Fall wäre es gut, wenn wir diesen Mike finden würden«, sagt Arie. Er sieht müde aus und ist ein bisschen blass um die Nase, findet Jan. Obwohl er sich nicht sicher ist, ob das nun an den Einbrechern oder dem Intervallfasten liegt.

Arie wählt eine Nummer und wartet, dann steckt er das Telefon wieder ein. »Wiebke geht nicht dran. Sie kann uns helfen, den Kreis der Verdächtigen zu verkleinern. Der Einbrecher kann eigentlich nur jemand sein, der wusste, dass wir im Fall Willem Bot ermitteln.«

»Wir fragen sie also einfach, wem sie von ihrem Auftrag an uns erzählt hat«, schlussfolgert Maddie.

Als Erstes klappern sie dann aber die anderen Boote in der Gracht ab. Könnte doch sein, dass jemand etwas gesehen hat. Aber die Nachbarn sind entweder gar nicht da oder waren mit eigenen Dingen zu sehr beschäftigt, um zu beobachten, welche ungebetenen Gäste am Vormittag die Lakshmi besucht haben.

Arie zieht das Blatt Papier, das sie in mühsamer Kleinarbeit zusammengepuzzelt haben, aus dem Buch heraus, in das Maddie es vor zwei Tagen gesteckt hatte. Und das die Einbrecher offenbar übersehen haben. »Ich würde sagen, jetzt haben wir auch Grund genug, diese Kaatje Hommel zu besuchen. Das machen wir morgen. Jetzt probiere ich es erst noch mal bei Wiebke, und dann trinken wir was auf den Schreck.«

Jans Telefon piept. *Wo bist du?*, blinkt eine Nachricht auf. Die ist von Juanita. Und die ist von ihrem Tiny-House-Workshop in Belgien zurück und steht am Bahnhof. »Ich wollte Juanita abholen, ich Idiot«, ruft Jan, dann tippt er hektisch auf ihren Namen, um sie anzurufen.

»Passiert den Besten«, sagt Jack.

»Schon«, entgegnet Maddie. »Aber Jan bürstet auch Juanitas Haar und serviert Drei-Gänge-Menüs bei Kerzenschein.«

Tuut, tuut, macht es, dann meldet sich Juanita. »Es tut mir leid, ich habe dich vergessen«, sagt Jan, seine Stimme überschlägt sich ein bisschen.

»So schnell?« Sie klingt mehr amüsiert als gekränkt, trotzdem beeilt Jan sich, ihr von dem Einbruch zu erzählen. Dann sagt er: »Ich radel gleich los, dann bin ich in zehn Minuten bei dir.«

»Lass mal, ich komme zu euch. Nach so einer Sache braucht man viele Freunde und viel gutes Trostessen«, sagt Juanita, und in Jan schwappt das Glück über.

»Jan leuchtet«, stellt Maddie fest.

»Juanita kommt, und sie bringt Essen mit. Sollen wir auch Elin Bescheid sagen?«

»Elin hat doch heute frei«, erinnert Jack.

»Stimmt. Aber sie vermisst uns sicher schon«, findet Arie, und Jan tippt: *Einbruch auf der Lakshmi. Trostessen an Deck. Hast du Lust und Hunger?*

Sie setzen sich. Draußen auf die Klappstühle, was ein

bisschen ungemütlich ist, weil sich die Sonne hinter den Wolken versteckt und der Wind ordentlich pustet. Aber in der Kombüse spürt man noch die Eindringlinge. Und gegen die Kälte gibt es zum Glück Wolldecken.

Zehn Minuten später hat Arie endlich mit Wiebke gesprochen. »Sie schaut nach, ob Willem seine Buchhaltung digitalisiert hat. Sie war ziemlich beunruhigt, hat Sorge, dass man auch in Willems Haus einbrechen könnte.«

»Hast du gefragt, wer davon weiß, dass sie uns beauftragt hat?«, fragt Jack.

»Mayari hat es natürlich mitbekommen«, sagt Arie. »Ansonsten kann sich Wiebke nicht erinnern, es irgendjemandem erzählt zu haben.«

»Mayari kann aber nicht hier eingebrochen haben, schließlich haben Arie und ich uns zur selben Zeit mit ihr vor dem thailändischen Tempel getroffen«, erklärt Jan.

»Sie könnte Komplizen haben, oder sie hat es jemandem weitererzählt«, gibt Maddie zu bedenken. Dann fragt sie aber, wie das Gespräch gelaufen ist.

»Nicht sehr ergiebig. Mayari kam aus dem Schwärmen gar nicht mehr raus: engagiert, eloquent, belesen, humorvoll. Ich zitiere: Der beste Arbeitgeber der Welt, ein liebevoller Vater und Großvater und wahnsinnig großzügig«, fasst Arie zusammen.

»Würde man ja gar nicht meinen, bei jemandem, der sich selbst gegenüber so knausrig ist«, bemerkt Jack.

»Hat Mayari auch etwas zu Wiebke, dem Hausverkauf und ihrer Kündigung gesagt?«

»Sie hat gelächelt und gesagt, dass in schwierigen Zeiten

eben schwierige Entscheidungen getroffen werden müssten«, berichtet Jan.

Maddie guckt ungläubig. »Klingt erstaunlich entspannt für jemanden, der ohne Job dasteht und sich eine neue Bleibe suchen muss.«

»Vielleicht kann sie bei Freunden unterkommen oder hat Geld zur Seite gelegt«, schlägt Jack vor.

»Wer hat Geld zur Seite gelegt?«, fragt Elin, während sie an Bord kommt.

Die anderen bringen sie auf den aktuellen Stand. »Krass«, sagt Elin. Und: »Hier wurde echt eingebrochen?« Sie wirft Hund einen Blick zu.

Dann denkt Elin eine Weile nach und sagt schließlich: »Vielleicht hatten Willem und Mayari ein Verhältnis. Dann hat er sie betrogen, und sie wollte ihm das heimzahlen. Dazu würde auch das LSD passen. Schon ein bisschen gemein, vor allem, wenn sie wusste, dass er Drogen nicht gut verträgt, aber mit seinem Tod gerechnet hat sie sicherlich nicht.«

»Ausschließen können wir das nicht«, sagt Arie, dann wendet er sich an Maddie und Jack. »Und wie lief es bei euch?«

Die beiden berichten von ihrem Treffen mit Nore Timmer. »Es dauert sicher ein paar Tage, bis wir das Ergebnis aus dem Labor bekommen«, vermutet Maddie.

Isa hat zugehört. Jedenfalls verlässt sie ihren Platz bei Hund, baut sich vor den anderen auf, zieht ihre dicke Strickjacke auf und dreht sich einmal im Kreis. »Findet ihr, dass das Kleid mich dick macht?«

Elins Gesicht verfinstert sich. »Hat dir das diese Nore Timmer eingeredet, Isa?«

Isa nickt traurig.

»Isa hat die Gelegenheit genutzt und sich als Modedesignerin für die Fashion Week beworben«, erklärt Maddie.

»Hast du sie in die Gracht geworfen?«, erkundigt sich Arie. Wäre schließlich nicht das erste Mal, dass Maddie handgreiflich wird, wenn jemand ihre Schwester beleidigt.

»Nur in Gedanken«, sagt Maddie mit grimmigem Grinsen.

»Irgendwann bekommst du deine Modenschau, Isa«, sagt Jack. »Und dann kommst du ganz groß raus.«

Mit solchen Versprechen sollte man lieber vorsichtig sein, geht es Jan durch den Kopf. Isa strahlt.

Dann kommt Juanita. Auf dem Rücken trägt sie ihren Rucksack, über ihrer linken Schulter baumelt eine prall gefüllte Einkaufstasche, vor sich balanciert sie einen Turm aus Pizzakartons. »Zum Nachtisch gibt es Erdbeerkuchen und Irish Coffee mit Sahne.« Jan nimmt ihr die Pizzen ab und küsst sie auf den Mund.

Arie schaut auf die Uhr und guckt betrübt.

»Vierzehn Uhr«, stellt Jack fest. »Heißt das, du musst noch eine Stunde warten, bis du etwas essen darfst?«

»Ich habe noch gar nichts abgenommen«, sagt Arie. »Und energiegeladen fühle ich mich auch nicht.«

Juanita schaut fragend zu Jan. »Intervallfasten«, erklärt er.

»Wie traurig«, sagt sie.

Arie steht auf und geht in die Kombüse, um Teller zu holen.

»Ich hole Gläser«, sagt Jan und geht hinterher. Augenscheinlich hat sich, bis auf Willems fehlende Unterlagen, durch den Einbruch nichts in der Küche der Lakshmi verändert, trotzdem wirkt der Raum fremd, irgendwie bedrohlich, der Schatten der Diebe noch zwischen Schiffsrumpf und den alten Holzplanken.

»Immerhin haben sie keine Schubladen rausgerissen und nichts kaputt gemacht«, sagt Arie. »Denn dann haben die Opfer oft wochenlang mit Angst und Schlafstörungen zu kämpfen. Etwa zehn Prozent müssen sogar umziehen, was aber in den wenigsten Fällen gegen die Angst hilft.«

»Gibt es etwas, das hilft?«, fragt Jan.

Arie nimmt sieben Teller aus dem Schrank. »Ein besseres Schloss an der Tür und Pizzaessen mit Freunden.« Er stellt die Teller auf der Spüle ab, geht zur Waschmaschine hinüber, schiebt den Vorhang zur Seite, nimmt einen Stift und streicht das Wort »Schokoriegel« in der achten Hausregel durch. »Diäten«, schreibt er in kleinen Buchstaben darüber. »Ich versuche es lieber mit Fitness statt Fasten.«

»Joggen oder Studio?«, fragt Jan.

Arie grinst, so dass sich Jan nicht ganz sicher ist, ob das, was er als Nächstes sagt, ernst oder als Spaß gemeint ist: »Am Freitag habe ich meine erste Ballettstunde.«

12

Kaatje Hommel späht durch das kleine Guckloch in ihrer Wohnungstür. Eigentlich ist das so gar nicht ihre Art, bis vor kurzem hat sie nicht mal nachts die Tür abgeschlossen. Und hat sie nicht auch schon großartige Erfahrungen damit gemacht, mit Fremden Tee zu trinken? Aber die Stadt ist krimineller geworden. Immer wieder hört sie von Bekannten, die Geld, Erbschmuck, ganze Wohnungen an Immobilienhaie, Einbrecher oder falsche Polizisten verloren haben. Da ist so ein bisschen Vorsicht vielleicht nicht das Schlechteste. Trotzdem unkt Kaatjes alte Hippieseele, dass sie auf dem besten Weg ist, eine bange Schrulle zu werden, als sie am Mittwochmorgen erst einmal nachschaut, wer da vor ihrer Tür steht.

Vier Unbekannte. Eine große Frau im Gammellook. Daneben eine kleinere mit Spitznase und einer bunten Patchwork-Bluse. Ein Mann mit Bauch und einer mit Bart.

Wie Einbrecher sehen sie schon mal nicht aus, jedenfalls nicht so, wie sich Kaatje Einbrecher vorstellt. Wie Immobilienhaie und Versicherungsvertreter auch nicht, die tragen nämlich Anzug und kommen allein. Zum Spendensammeln sind sie vermutlich auch nicht hier, dann hätten sie sicher ihre Haare gebürstet. Zeugen Jehovas? Aber die, die schon mal mit Kaatje über den Weltuntergang reden wollten und einmal auch darüber, dass Masturbieren Sünde ist, hatten nicht so entspannt gelächelt. Journalisten vielleicht. Die sind erfahrungsgemäß ähnlich nachlässig gekleidet, aber auch eher Einzelgänger als Herdentiere. Oder neue Nachbarn? Kaatje erinnert sich, dass oben im sechsten Stock eine der großen Wohnungen frei geworden ist. Oder war es im fünften?

Sie kommt nicht mehr drauf, weil sich der Bauch des bärtigen Mannes plötzlich bewegt. Also nicht wirklich der Bauch, aber etwas in der Tasche seines Kapuzenpullovers. Kaatje sieht eine kleine schwarze Nase, Tasthaare und ein Stückchen Fell. Eine zahme Ratte, glaubt Kaatje, freut sich und denkt: Bitte, lass es neue Nachbarn sein. Dann öffnet sie die Tür.

Die vier Menschen lächeln sie an, das Tier klettert nun ganz aus der Tasche. »Ein Eichhörnchen! Das ist ja noch besser als eine Ratte!«, ruft Kaatje und hat sämtliche Vorsicht vergessen.

»Finde ich auch«, sagt der Mann, dessen Bart fast den gleichen Rotton hat wie das Fell seines Nagers.

»Kommt doch rein«, sagt Kaatje.

Während sich die Besucher im Flur die Schuhe ausziehen, stellt Kaatje schon mal den Wasserkessel auf den Herd und eine offene Packung mit Keksen auf den Tisch. Es sind Kekse aus dem Supermarkt, die letzten Tage hatte sie keine Lust zum Backen.

»Ich habe mich noch gar nicht vorgestellt«, sagt sie, als die anderen schließlich in die Küche kommen. »Ich bin

Kaatje und wohne schon ewig hier. Und ihr seid sicher die neuen Nachbarn von oben, oder?«

Das Eichhörnchen schwingt sich von der Schulter des Mannes zu einer Stuhllehne und springt mit einem gezielten Satz zur Kekspackung. »Fru Gunilla«, mahnt der Mann mit einer Stimme, die, auch wenn sie gerade versucht, furchtbar streng zu tun, doch mehr wie frisch geröstete Marshmallows am Lagerfeuer klingt.

Offenbar auch für Eichhörnchen. Jedenfalls beugt es sich vor, schnappt sich einen Keks und flitzt damit hinter den nächsten Blumentopf. »Entschuldigung, meistens benimmt sie sich besser«, sagt der Mann, nun zu Kaatje. Dann hält er ihr die Hand hin. »Jan van Dijk.«

Der ältere Mann heißt Arie Poepjes. Die Frauen stellen sich als Elin Blomgren und Maddie Hornix vor. Dann sagt Arie: »Leider sind wir nicht die neuen Nachbarn. Wir kommen von der Hausboot-Detektei.«

Hausboot-Detektei, wo hat sie das neulich gehört? Und was wollen die bei ihr?

Der Kessel pfeift, Kaatje nimmt die bauchige Keramikkanne und schwarzen Assamtee vom Regal, weil der gleichzeitig an- und abregt und das möglicherweise genau das ist, was sie gerade braucht. Kaatje löffelt Teeblätter in die Kanne, schüttet das heiße, nicht ganz kochende Wasser hinein und denkt eine Weile nach. Als sie fertig ist, fragt sie: »Stimmt das echt, oder ist das eine neue Betrugsmasche?«

»Wir untersuchen den Tod von Willem Bot«, beeilt sich Arie aufzuklären.

»In meiner Wohnung?«, fragt Kaatje.

Elin antwortet mit einer Gegenfrage. »Kanntest du ihn?«

Kaatje runzelt die Stirn. »Aus der Zeitung. Da habe ich auch gelesen, dass sein Tod ein Unfall war.«

»Es gibt da noch ein paar Zweifel«, sagt Arie.

»Kümmert sich um so etwas nicht die Polizei?«

»Ach, die Polizei«, sagt Jan und macht eine wegwerfende Handbewegung.

»Auch wahr«, findet Kaatje. Trotzdem: »Wie soll ich euch da weiterhelfen?«

»Willem Bot hatte sich deinen Namen notiert«, sagt Arie.

»Warum sollte er das tun?«, fragt Kaatje.

»Wir dachten, das könntest du uns sagen.«

Kaatje schenkt allen Tee ein. Hätte sie gewusst, dass es Detektive sind, hätte sie die Tür zugelassen – Eichhörnchen hin oder her. Aber wo sie jetzt schon einmal hier sind, könnte es auch ganz interessant werden. »Vielleicht gibt es noch eine andere Kaatje Hommel. Oder es ging um dieses alte Projekt. Ich habe mal zusammen mit Obdachlosen Rote Amerikanische Sumpfkrebse aus den Grachten gefischt.«

»Haben wir gelesen«, sagt Jan und lächelt.

»Nun, Willem Bot vielleicht auch«, überlegt Kaatje. »Vielleicht wollte er das Projekt unterstützen. Er war ein großzügiger Geldgeber, habe ich gehört.« Sie nimmt eine Zeitung vom Tisch und blättert ein bisschen darin herum, dann sagt sie triumphierend: »Hier ist der Nachruf! Da steht, dass das kulturelle Leben der Stadt ohne Willem Bot ein anderes wäre. *Ein großer Verlust für Amsterdam*, steht da auch.«

»Aber es ist schon eine ganze Weile her, dass du das mit den Sumpfkrebsen gemacht hast, und das war auch eher Umweltschutz als Kultur«, bemerkt Elin.

»Schon«, sagt Kaatje. »Aber was weiß denn ich? Im Nachruf steht auch, dass Willem Bot einen Gnadenhof für alte Tiere in Zunderdorp mitgegründet hat. Ist also nicht so, dass er sich nur für Musik und Mode interessiert hat.«

Richtig überzeugt sehen die Detektive nicht aus. Eigentlich ist es nicht Kaatjes Job, die Theorien zu liefern, aber eine hat sie dennoch: »Hat er nicht auch in Immobilien investiert?«

Arie nickt.

»Da habt ihr es. Vielleicht wollte er das Haus hier kaufen. Obwohl er da besser mit den Eigentümern als mit einer alten Mieterin gesprochen hätte.«

»Du hast Willem Bot also nie persönlich kennengelernt?«, hakt Arie noch einmal nach.

Kaatje wackelt mit ihrem Zeigefinger. »Ich mag alt sein, aber vergesslich bin ich nicht.«

Arie sieht nicht aus, als ob er ihr glaubt.

»Denkt ihr, ich habe Willem Bot vor den Laster geschubst?«

»Nicht direkt«, sagt Arie.

In diesem Moment fällt mit einem großen Rumpeln der Strickkorb von der Fensterbank. »Fru Gunilla«, stöhnt Jan und springt auf, um Wolle, Nadeln und Strickbücher vom Boden einzusammeln. Die Mütze, bei der nur noch die Fäden vernäht werden müssen, kriegt er allerdings nicht mehr zu fassen. Die rennt nämlich etwas kopflos über den Küchenboden.

Kaatje lacht. »Ich bin nicht sicher, ob ihr als Detektive taugt, aber unterhaltsam seid ihr auf alle Fälle.«

Elin beugt sich vor, bekommt den Bommel der Mütze

zu fassen und nimmt sie hoch. Zurück bleibt eine sichtlich verwirrte Fru Gunilla, die sich mit zwei großen Sprüngen in Jans Bauchtasche flüchtet. Und plötzlich fällt Kaatje wieder ein, wo sie von der Hausboot-Detektei schon einmal gehört hat. »Ihr seid die aus den Büchern«, ruft sie begeistert aus.

Arie verzieht wenig begeistert das Gesicht, Elin hingegen strahlt. »Hast du sie gelesen?«

»In der Bücherei gesehen«, sagt Kaatje, nimmt ihr Telefon zur Hand und schaut nach. »Hier ist es: *Die Hausboot-Detektei* von Amy Achterop.«

»Mein Pseudonym«, sagt Elin.

Kaatje liest die Inhaltsangabe des ersten Falles. »Klingt wie ausgedacht, ist aber echt, oder? True Crime aus Amsterdam.«

»Eigentlich klingt doch alles im Leben wie ausgedacht«, bemerkt Elin.

Kaatje scrollt sich durch die Rezensionen. *Eine gute Idee, lässt aber jede Spannung vermissen*, kommentiert eine Leserin. *Solche Freunde will ich auch haben*, findet eine andere. Ein Herr aus Zeeland schreibt: *Ein vorbestrafter, depressiver Ex-Bulle, der keine Ahnung von Polizeiarbeit hat, macht eine Detektei auf. Dann holt er sich vier andere Loser dazu, obwohl er noch keinen einzigen Auftrag hat. Völlig unlogisch. Wenn er nicht gut allein sein kann, hätte er doch auch einen Gesangverein oder Kegelclub gründen können.*

Kaatje legt das Telefon zur Seite und schaut Arie an. Depressiv sieht er heute nicht aus, ein bisschen unausgeschlafen vielleicht. Sie schiebt die Kekse ein Stück in seine Richtung und fragt: »Warum hast du nicht lieber einen Gesangverein gegründet?« Warum jemand keinen Kegelclub gründen will, erklärt sich ja von selbst.

Arie guckt verwirrt. »Die Frage eines Lesers«, seufzt Elin.

»Oh«, sagt Arie, dann holt er tief Luft, wirft einen entschuldigenden Blick in die Runde und beginnt zu singen.

»Naar Oostland wil ik varen, daar woont er mijn zoetelief.«

So falsch und schief schmettert er das alte Volkslied, dass Kaatje vergisst, dass er sie eben noch mit seinen Fragen genervt hat, und ihn spontan umarmen will. Stattdessen stimmt sie mit ein. »Over bergen en over dalen, fris over die heiden, daar woont er mijn zoetelief.«

Sie grinsen sich an. Eigentlich ein guter Zeitpunkt, um einen Joint rumgehen zu lassen, denkt Kaatje.

»Es gibt auch Leute, denen die Serie wirklich gefällt«, sagt Elin. »Abgesehen davon liebe ich diese Mütze.«

»Danke«, sagt Kaatje und sieht, wie Maddies Blick ein bisschen zu lange auf dem Päckchen verweilt, das bereits adressiert auf der alten Kommode in der Ecke steht. »Du kennst also Bengt Bjerker«, sagt sie, plötzlich wieder ganz Detektivin. Und das, wo es gerade so fluffig wurde.

»Aber ja«, sagt Kaatje und bemüht sich, gut gelaunt zu bleiben. »Bengt habe ich vor Jahren auf einem Festival in Frankreich kennengelernt.«

»Seid ihr befreundet?«, fragt Arie.

»Eher gut bekannt«, sagt Kaatje. »Er kauft manchmal Mützen von mir. In Schweden ist es kalt, und mir hilft es, die Miete zu zahlen.«

Arie runzelt die Stirn. Klar, er war mal bei der Polizei, er hat eine feine Spürnase. »Bengt Bjerkers Namen haben wir in Willem Bots Sachen auch gefunden.«

Als er gesungen hat, fand sie ihn netter. »Vielleicht wollte er etwas von ihm kaufen?«, schlägt sie vor.

Maddie streckt ihre Hand nach der Mütze aus. Es ist ein besonders schönes Exemplar, mit einem aus Skandinavien inspirierten Muster in Rottönen und einem fröhlichen rosafarbenen Riesenbommel. Maddie scheint sich aber mehr dafür zu interessieren, wie sich die Mütze anfühlt. »Was ist das für eine Wolle? Die ist superweich.«

»Alpaka«, sagt Kaatje.

»Nimmst du manchmal auch andere Wolle? Vikunja oder Kaschmir oder so?«

Das ist eine ausgesprochen merkwürdige Frage. »Alpaka-Wolle ist schon teuer genug.«

»Mmhh«, macht Maddie.

Zeit, diese junge Frau auf andere Gedanken zu bringen, findet Kaatje. »Stimmt es, dass du früher Krav-Maga-Trainerin warst? Das steht in der Buchbeschreibung.«

Maddie bejaht.

»Ich könnte nämlich ein paar Tipps zur Selbstverteidigung gebrauchen. Ihr wisst ja selbst, wie viele Schurken inzwischen in der Stadt unterwegs sind.«

»Klar«, sagt Maddie, steht auf und nickt Arie zu. »Wir zeigen dir was.«

Eine halbe Stunde später weiß Kaatje Hommel zum Beispiel, was sie tun kann, wenn jemand sie am Arm packt: je nach Griff die Hand schnell nach oben oder seitlich wegziehen und gegen die Handgelenke des Angreifers schlagen. Sie hat geübt, den freien Ellbogen nach hinten zu rammen, wenn jemand sie von hinten am Arm festhält, und gelernt, dass ein kräftiger Tritt ins Gemächt einen Mann bis zu einer Viertelstunde kampfuntauglich machen kann. Andere empfindliche Punkte sind das Schienbein (kräftig treten), die Mulde unter dem Ohrläppchen (mit dem Finger reindrücken) sowie die Nase (von unten mit der Handkante dagegenschlagen).

»Danke«, sagt Kaatje schließlich. »Und jetzt ist es Zeit für mein Mittagsschläfchen.«

13

Arie hängt einen blauen Nistkasten auf, bemalt mit bunten Blumen und Schmetterlingen, die aussehen, als hätte ein Kind zum Pinsel gegriffen. »Meint ihr, das gefällt den Vögeln?«, fragt Arie, als Maddie und Jack an Bord kommen.

Maddie sieht Farbspritzer auf Aries Händen, seine Hose hat auch etwas abbekommen. »Keine Frage. Hast du das heute Nacht gemacht?«

»Konnte mal wieder nicht schlafen«, sagt Arie. »Da dachte ich, ich kann genauso gut mal was Sinnvolles machen. Obwohl es wahrscheinlich für dieses Jahr schon zu spät ist für die Brutsaison.«

»Brüten kleine Singvögel nicht mehrfach pro Jahr?«, erinnert sich Maddie. »Vielleicht zieht hier noch vor dem Sommer eine süße Meisenfamilie ein.«

»Süß ist anders«, widerspricht Jack.

Maddie schaut ihn an, als hätte er soeben gestanden, dass er sich bei Vollmond in einen Werwolf verwandelt.

»Habe ich neulich in einer Tierdoku gesehen: Manchmal konkurrieren Kohlmeisen mit diesen schwarz-weißen Vögeln um den Nistplatz … Wie heißen die gleich wieder? Pied Flycatcher auf Englisch.«

Weiß keiner, deshalb schaut Jack es nach. »Trauerschnäpper. Die Kohlmeisen picken die kleineren Trauerschnäpper tot und fressen anschließend das Gehirn auf.«

Maddie verzieht das Gesicht, lächelt aber dann doch wieder, als kurz darauf zwei Kohlmeisen mit lautem Tschilpen über die Gracht hinweg in die Baumkronen fliegen. »Vielleicht sind sie so niedlich, dass man ihnen sogar einen fiesen Mord verzeiht.«

Dann will sie eine viel dringendere Sache ansprechen. Zu der sie aber auch erst einmal nicht kommt, weil in diesem Moment Jan und Elin ihre Räder abstellen. Die haben auf dem Weg noch den Stoff von Nore Timmer abgeholt. Verrückt schnell ist das gegangen, schließlich haben sie den Stoff erst am Dienstag abgegeben. Heute ist Donnerstag.

»Am Dienstag per Express-Service weggeschickt, am Mittwoch unter die Lupe genommen und noch am Abend per Kurier zurück«, versucht Arie das Blitztempo nachzuvollziehen.

»Connections«, hat Nore Timmer gesagt.

»Und?«, fragt Jack, während Elin ihre Fahrradtasche abstellt.

»Echte Vikunja-Wolle«, sagt Elin. »Jetzt mit Zertifikat vom Textilforschungsinstitut.«

»Schon ein bisschen schade«, sagt Jan. »Ich mochte unsere Theorie, dass Willem Bot mit Fälschungen gehandelt hat.«

»Aber den überzogenen Preis erklärt auch das Echtheitszertifikat nicht«, sagt Arie.

»Vielleicht war Willem Bot einfach ein genialer Feilscher«, spekuliert Jack.

»Wir könnten Bengt Bjerker einfach mal kontaktieren und fragen, warum er das doppelte des Marktpreises bezahlt hat«, schlägt Elin vor.

»Jetzt trinken wir erst mal Kaffee«, bestimmt Arie.

Kurz darauf sitzen sie an Deck in der Sonne, trinken Instantkaffee und essen Rhabarberkuchen mit Sahne. Hund hat von Arie einen großen Knochen bekommen, und Fru Gunilla versteckt ihre Haselnüsse, weil sie lieber auch Kuchen knabbern möchte.

»Erinnert ihr euch, dass Willem Bot auch Geschäfte mit anderen Modedesignern gemacht hat?«, fragt Maddie, die nun endlich loswerden will, was sie am Vorabend herausgefunden hat. Bislang hat sie nur mit Jack darüber gesprochen, aber der kann sich auf die Sache auch keinen Reim machen.

»Stimmt, so haben wir es in seiner Buchhaltung gelesen. Er hat sie beraten und ihnen geholfen, auf dem niederländischen Modemarkt Fuß zu fassen, und damit gutes Geld verdient«, sagt Jan.

»Ich hatte noch ein paar der Designernamen im Kopf. Das waren zum Beispiel Colombia Fashion, Salsa Dresses und Carmen Marrufo. Gestern Abend wollte ich mir ihre Kollektionen anschauen. Ich dachte, wenn sie sich gerade in den Niederlanden etablieren wollen, brauchen sie vielleicht auch hierzulande Designer.«

»Isa«, sagt Jan.

»Genau. Außerdem wollte ich nachschauen, ob sie angeben, Vikunja-Stoffe zu verwenden. Da dachte ich ja noch, dass wir vielleicht einer großen Stofffälschergeschichte auf der Spur sind.«

»Jetzt sag schon, was du rausgefunden hast«, drängelt Jack.

»Ich glaube, diese Designer gibt es gar nicht.«

»Wie meinst du das?«, fragt Elin.

»Die Modemarken sind zwar registriert, es gibt Kontaktadressen und in einem Fall auch eine einfache Website, in einem anderen einen Eintrag bei Wikipedia. Aber es gibt keine Kollektionen, und ich habe keinen Webshop gefunden, obwohl ich auf Englisch und Spanisch gesucht habe. Es gibt auch keine Fotos der Designer selbst.«

Jan sucht nach einer Erklärung. »Könnten sie in ihrer Karriere nicht noch ganz am Anfang stehen? Von Isa könnten wir doch auch noch nichts online kaufen.«

»Isa würde aber auch nicht viel Geld an einen Berater, in unserem Fall Willem Bot, zahlen, um ihre noch nicht vorhandene Modekollektion auf einem ausländischen Markt zu verkaufen«, entgegnet Maddie.

»Auch wahr«, sagt Jan.

»Briefkastenfirmen«, sagt Arie.

»Du meinst, diese Firmen, die Willem für seine Dienste bezahlt haben wollen, gibt es nur auf dem Papier?«, vergewissert sich Jack. »Das wäre illegal, oder?«

»Nicht zwangsläufig. Es gibt Lücken im Steuerrecht, die man mit Hilfe von Briefkastenfirmen nutzen kann. Das ist möglicherweise moralisch fragwürdig, rechtlich aber zulässig. Man könnte eine Briefkastenfirma auch nutzen, um einen Teil des eigenen Vermögens vor gierigen Erben oder dem Ehepartner zu verbergen. Ebenfalls nicht verboten, solange das Vermögen ordnungsgemäß versteuert ist«, weiß Arie. »Die Realität sieht aber meistens nach Steuerhinterziehung oder Geldwäsche aus. Dabei werden Briefkastenfirmen in Ländern mit niedrigem Steuersatz und einem Bankgeheimnis, das es erlaubt, anonyme Konten einzurichten, eröffnet. Dass in unserem Fall offizielle Rechnungen geschrieben wurden, deutet auf Geldwäsche hin. Beratertätigkeiten sind dafür prädestiniert, denn es kann kaum jemand nachprüfen, ob diese Beratungen tatsächlich stattgefunden haben.«

Auf dem Nachbarboot, an der Bug-Seite, trägt ein junges Pärchen ein Tablett mit Croissants und Kaffee auf die Terrasse. Sie winken begeistert: »Goedemorgen detectives!«

»Neue Nachbarn?«, fragt Jack leise.

»Nee, aber Marc und Hennie vermieten das Boot jetzt an Touristen, wenn sie selbst nicht da sind.«

»Wie unangenehm«, sagt Elin.

Die Detektive ziehen in die Kombüse um. Schade wegen der Sonne, aber es ist heute besser, keine Mithörer zu haben. »Ein richtiges Frühstück brauche ich auch noch, damit ich besser denken kann«, sagt Arie.

Als Aufbackbrötchen, Butter, Gouda und ein paar gekochte Eier auf dem Tisch stehen, macht Elin da weiter, wo sie zehn Minuten zuvor aufgehört haben: »Falls unsere Spekulationen stimmen, wäre Geldwäsche aber vermutlich nicht Willems einziges Vergehen, oder?«

»Stimmt. Geld, das gewaschen werden muss, wurde zuvor in der Regel mit ziemlich schmutzigen Machenschaften verdient: Raub, illegaler Waffen- oder Drogenhandel, Erpressung, Korruption, Zwangsprostitution, so etwas. Obwohl es inzwischen wohl auch Leute gibt, die Geldwäsche als eine Art Dienstleistung für andere Kriminelle anbieten.

Die Kollegen von der Abteilung für Wirtschaftskriminalität kennen sich da sicher besser aus.« Arie hält kurz inne, dann verbessert er sich. »Ex-Kollegen.«

»Das klingt aber nun nicht mehr nach Willem Bot, dem fleißigen Einzelgänger. Eher so, als wäre er Teil einer kriminellen Organisation«, sagt Maddie.

Jack stimmt ihr zu. »Falls auch nur ein Teil unserer Spekulationen stimmt, war unser Vorzeigegeschäftsmann jedenfalls weitaus weniger vorbildhaft, als alle glauben.«

Arie guckt nachdenklich. »Oder als alle vorgeben zu glauben.«

»Du meinst, all die Leute, die ihn jetzt öffentlich über den grünen Klee loben, wussten von seinen kriminellen Tätigkeiten?«, fragt Elin.

»Nicht alle, aber sicher einige. Das organisierte Verbrechen ist oft erstaunlich gut mit der Wirtschaft und Politik und manchmal sogar mit der Justiz vernetzt. Davon profitieren dann beide Seiten. Politiker, Zollbeamte, Polizisten oder Unternehmer verdienen nebenbei gutes Geld, zum Beispiel dafür, dass sie Bauaufträge gezielt vergeben, Lieferungen am Hafen durchwinken oder bei der Steuerprüfung nicht so genau hinschauen. Die Kriminellen müssen sich im Gegenzug weniger Sorgen machen, im Knast zu landen, gleichzeitig können sie politisch Einfluss nehmen und gute Geschäfte machen.«

»Wenn wir in diese Richtung ermitteln, werden wir uns keine Freunde machen«, bemerkt Jan.

»Stimmt. Aber im Moment interessiert mich erst einmal, womit Willem Bot wirklich sein Geld verdient hat. Und die Frage,was das alles mit seinem Tod zu tun hat.«

Maddie köpft ein Ei. »Ich dachte immer, Gangsterbosse würden anders ausgeschaltet. Erschossen, in die Luft gesprengt oder erst gefoltert und dann in Salzsäure aufgelöst. Auf jeden Fall nicht so, dass sie auf einem LSD-Trip offenbar mehr oder weniger zufällig vor ein Müllauto laufen.«

»Es könnte ja auch trotzdem noch Elins Theorie stimmen, dass sich nur jemand ein bisschen rächen wollte. Sein Tod wäre dann ein tragischer Unfall«, sagt Jan. »Wäre mir persönlich lieber, ich glaube nämlich, die organisierte Kriminalität ist eine Nummer zu groß für uns.«

Arie schiebt mit einem zufriedenen Seufzer den leeren Teller von sich. »Essen macht mich definitiv zum besseren Menschen.«

Elin starrt Arie ein paar Sekunden an, dann ruft sie aus: »Das ist es! Wer auch immer Willem das LSD gegeben hat, wollte ihm vielleicht gar nicht schaden, sondern helfen.«

»Die Tat eines Verrückten also?«, spöttelt Jack, aber Elin lässt sich davon nicht aus dem Konzept bringen: »Wenn ich mich nicht täusche, gibt es inzwischen wissenschaftliche Belege dafür, dass LSD einen positiven Effekt auf die Psyche haben kann, zum Beispiel bei Depressionen. Überlegt mal: Vielleicht ging es Willem gar nicht so gut. Wäre doch bei seinem überdisziplinierten Lebenswandel nicht mal verwunderlich. Und falls er tatsächlich in üble Geschäfte verwickelt war, hat das sicher auch nicht zum Seelenfrieden beigetragen. Ein Freund oder jemand anderes, der es gut mit ihm meinte, dachte, LSD könnte ihm helfen, wusste aber auch, dass Willem es nicht freiwillig ausprobieren würde. Also hat er oder sie es ihm heimlich in den Tee gemischt oder so.«

»Wäre dieser gute Samariter während des Trips nicht zur Sicherheit in Willems Nähe geblieben?«, fragt Jack.

Elin zuckt mit den Schultern. »Kann ja was dazwischengekommen sein.«

Arie überlegt. »So gesehen ist natürlich noch eine Variante möglich: Willem hat unter Depressionen gelitten und irgendwo gelesen, dass LSD dagegen helfen kann. Und obwohl er Drogen nicht besonders gut vertrug und gegen Drogenkonsum jeglicher Art war, hat er beschlossen, eine Ausnahme zu machen und es auszuprobieren. Dann hat er einen irren Trip, hält das Müllauto für eine schöne Frau oder Elfe oder irgendein Wesen, das mit ihm tanzen will, und, zack, ist er tot.«

»Und wie bekommen wir jetzt raus, was stimmt?«, fragt Maddie.

»Wir beginnen damit, dass wir noch einmal mit Wiebke sprechen«, schlägt Arie vor.

»Das wird lustig«, sagt Jack. »Hallo, Wiebke, war dein Vater zufällig depressiv? Hat er Freunde mit ausgeprägtem Helfersyndrom? Ach, und kannst du uns sagen, was genau er mit dem organisierten Verbrechen zu tun hat?«

»Wir könnten es mit ein bisschen mehr Taktgefühl vorbringen«, sagt Maddie. »Obwohl das Timing nicht ideal ist. Morgen ist doch die Beerdigung, da hat Wiebke sicher tausend Sachen um die Ohren.«

»Wir könnten ihr den Stoff zurückbringen«, sagt Arie.

Elin nimmt den Stoff und das Zertifikat aus der Tasche. Fru Gunilla sprintet vom Sofa heran.

»Wenn du da noch mal dran knabberst, musst du in den Wald ziehen«, droht Jan.

»Gar keine schlechte Idee«, sagt Jack.

Fru Gunilla springt auf Jans Schulter und quiekt. Jan lacht. »Ja, du hast recht, das war gelogen.«

Maddie runzelt die Stirn. »War der nicht heller?«

»Der Stoff?«, fragt Elin.

»Das liegt sicher nur am Licht hier drinnen«, sagt Arie, steht aber auf und nimmt den von Fru Gunilla angeknabberten Stoffstreifen, den Isa abgeschnitten hat, aus einer der Küchenschubladen und hält ihn neben das große Stück.

»Heller«, sagt Maddie. »Sag ich doch.«

Arie setzt seine Lesebrille auf und geht mit den beiden Stoffstücken nach draußen ans Licht. Die anderen folgen.

»Das kann sich nicht beim Transport oder im Labor verfärbt haben, oder?«

Nein, sind sich alle einig, kann es nicht. »Ich würde aber nicht ausschließen, dass sie es im Labor versehentlich vertauscht haben«, überlegt Jan.

»Das wäre schon ein sehr seltsamer Zufall«, sagt Maddie. Sie denkt an Nore Timmer, die sie sowieso nicht leiden konnte. »Vielleicht hat Nore den echten Vikunja-Stoff behalten und uns das Zertifikat zusammen mit einer Fälschung zurückgegeben?«

Jack kaut auf seiner Unterlippe, dann sagt er: »Vielleicht sind wir hier doch einem großen Schmuggelgeschäft auf der Spur. Weißt du noch, Maddie, wie komisch Nore geguckt hat, als ich gesagt habe, der Stoff von Willem könnte auch Shahtoosh sein, weil das den hohen Preis erklären würde? Vielleicht stimmte das. Dann hat Nore den Shahtoosh-Webstoff behalten, uns dafür zertifizierten Vikunja-Stoff gegeben und damit ein gutes Geschäft gemacht.«

»Shahtoosh?«, wiederholt Arie verständnislos.

Maddie und Jack klären alle auf, erzählen, dass die feine Shahtoosh-Wolle von den Tschirus stammt, deren Schur allerdings nicht nur tierschutzwidrig, sondern auch verboten ist. »Was die Wolle auf dem Schwarzmarkt natürlich umso gefragter macht«, sagt Arie.

Er reibt sich die Schläfen, als könne er so sein Hirn ankurbeln. Kann er vielleicht auch, denn kurz darauf weiß er, was die nächsten Schritte sein sollten: »Wir schicken den Stoffstreifen ebenfalls zur Analyse und zur Sicherheit auch gleich noch mal den Stoff, den Wiebke uns zurückgegeben hat.«

14

Robin sitzt am Frühstückstisch. Ein Korb mit Croissants und frischen Brötchen steht darauf, ein Teller mit Käse, Erdbeermarmelade von Kaatje, eine Schüssel Obstsalat, zwei Gläser frisch gepresster Orangensaft, zwei Tassen, Teller, eine Kerze und ein Wasserglas mit ein paar Blumen, die Robin auf dem Rückweg vom Bäcker im Park gepflückt hat. Sie lassen ihre Köpfe hängen. Die Blumen und Robin. Die Blumen, weil sie sterben. Robin, weil der Kaffee schon lange kalt und der zweite Stuhl leer ist. »Jetzt geh doch wenigstens mal dran«, sagt er und versucht zum gefühlt hundertsten Mal, sie anzurufen. Aber Anouk antwortet nicht. Elf Uhr schon. Vor zwei Stunden waren sie verabredet.

Vielleicht hat sie sich im Tag vertan, denkt, sie hätten sich nicht für Donnerstag, sondern erst für Freitag verabredet. Oder ihre Mutter ist mal ernsthaft krank geworden. Oder sie hat ihr Telefon zu Hause vergessen und kann ihm deshalb nicht Bescheid geben, dass sie gerade einen ausgesetzten Welpen rettet. Den Welpen, den könnten sie mit nach Ibiza nehmen. So versucht Robin sich zu beruhigen, aber wie so oft, wenn es darauf ankommt, macht ihm seine Phantasie einen Strich durch die Rechnung. »Was, wenn sie einen Unfall hatte? Oder überfallen wurde?«, flüstert sie. Und: »Am wahrscheinlichsten ist allerdings, dass ihr schließlich doch aufgefallen ist, was für ein Loser du bist.«

Kann nicht sein, widerspricht Robin seinen eigenen Zweifeln, denn wenn Anouk ihn für einen Loser halten würde, hätte sie am Vortag doch wohl kaum ihre Reisetasche hiergelassen. »Wenn du nichts dagegen hast«, hat sie gesagt. »Da sind nur ein paar Sachen von mir drin. Falls ich mal über Nacht bleiben will.«

»Du kannst so lange bleiben, wie du willst«, hatte Robin gesagt und geglaubt, alles wäre gut.

Aber jetzt ist Anouk nicht da, und er hat zwei Stunden lang gegrübelt. Genug Zeit, um sich daran zu erinnern, wie nervös Anouk gewirkt hat. »Sicher die Hormone oder das Wetter«, hatte sie zuerst abgewiegelt, dann aber zugegeben, dass etwas sie ängstigte: »Ich glaube, ich sehe Gespenster, aber irgendwie habe ich in den letzten Tagen das Gefühl, als würde mich jemand beobachten.«

Robin war alarmiert gewesen. »Dein Ex?«

»Kann nicht sein, der hat sich mal wieder geprügelt und liegt ziemlich lädiert im Krankenhaus. Weiß ich von einer Bekannten.«

Das hatte Robin erleichtert. Vielleicht war es gar nichts. Er bildete sich schließlich auch oft Sachen ein.

Doch jetzt sieht es anders aus. Noch einmal versucht er, Anouk zu erreichen, ohne Erfolg. Er guckt auf ihren Insta-Account, aber dort hat sie schon seit Wochen nichts mehr veröffentlicht. Robin überlegt, ob er die Krankenhäuser abtelefonieren soll oder direkt zur Polizei gehen. Aber dann fällt ihm etwas Besseres ein: Er googelt *Liv Meulenbeck*.

Keine zehn Minuten später hat er Anouks Mutter am Apparat. »Hier ist Robin«, meldet er sich und versucht, nicht ganz so weinerlich zu klingen, wie er sich gerade fühlt. »Anouks Freund.«

»Ihr Freund also«, wiederholt seine künftige Schwiegermutter leicht schmatzend. Kaugummi vielleicht. »Die kleine Schlampe. Von mir hat sie das nicht.«

Oh nein, denkt Robin, er hätte sich nicht als ihr Freund vorstellen sollen. Anouk hatte ihre Beziehung offenbar auch zu Hause geheim gehalten. Vielleicht war ihre Mutter super altmodisch und streng katholisch oder einfach nicht ganz dicht. Egal, jetzt war es wichtiger, herauszufinden, wie es Anouk ging.

»Eigentlich waren wir heute Morgen verabredet. Aber Anouk ist nicht aufgetaucht, und ich kann sie nicht erreichen«, sagt Robin.

»So sind sie, die Mädchen von heute. Versetzen ihre Kerle und kümmern sich einen Scheißdreck um ihre alte Mutter.«

Robin schluckt. Anouk hatte durchblicken lassen, dass ihre Mutter anstrengend war, aber dass sie so schlimm ist, das hat sie nicht erzählt. Er versucht es weiter: »Ich mache mir Sorgen, dass etwas passiert ist.«

»Unkraut vergeht nicht«, sagt Liv und lacht, bis sie husten muss.

Robin beendet das Gespräch, tigert durchs Zimmer, schließlich nimmt er Anouks Tasche vom Schrank, stellt sie auf sein Bett und setzt sich daneben. Es fühlt sich falsch an, in ihren Sachen rumzuwühlen, aber besondere Situationen erfordern besondere Maßnahmen. Vielleicht findet er hier drin irgendeinen Hinweis. Er öffnet den Reißverschluss, muss unwillkürlich lächeln, als er ganz oben eine Zahnbürste in Originalverpackung und eine ebenfalls ungeöffnete Packung Kondome sieht. Darunter sind der weiche Nickipulli, den sie so gerne anzieht, ein heißes Spitzenhöschen, zwei T-Shirts, eine Hose, Socken und ein Handtuch. Darunter fühlt er etwas Hartes. Vielleicht das *Spanisch-für-Anfänger*-Buch, das er ihr geschenkt hat. Robin schiebt das Handtuch zur Seite und reißt die Augen auf. Das hier ist viel, viel zu viel.

15

»Beerdigungen sind fast so schlimm wie Hochzeiten«, sagt Elin, als sie am Freitagmorgen in die Kombüse der Lakshmi stolpert. »Mehr Schein als Sein, eine Menge schrecklicher Reden, ein vorzeitlicher Dresscode und im schlimmsten Fall noch eine Portion religiöser Unfug. Immerhin dic Partyspiele bleiben einem erspart.«

Sie trägt ein schickes schwarzes Kleid, das um die Taille herum vielleicht ein wenig eng sitzt, und hat äußerlich auch ansonsten wenig mit der Elin gemein, die Arie sonst kennt: Ihre Haare stehen nicht wild zu allen Seiten ab, sondern sind in einem kleinen Pferdeschwanz im Nacken gebändigt, ihre Füße stecken in schwarzen Pumps statt in den üblichen ausgetretenen Turnschuhen oder Westernstiefeln, und ihre Wangen sind heute nicht rosig, weil sie so schnell durch den Amsterdamer Wind geradelt ist, sondern vom Rouge. Arie denkt an die letzte Hochzeit, auf der Elin und auch die anderen Detektive im Zuge ihres ersten Falles waren. Sollte er vielleicht besser nicht ansprechen, wenn er Elins Laune nicht noch mehr verderben will. Stattdessen hält er die Luft an und knöpft probehalber sein Sakko zu. »Ich glaube, das ist in der letzten Wäsche ein bisschen eingelaufen.« Er lässt es offen. »Zum Leichenschmaus sind wir nicht eingeladen, zur eigentlichen Trauerfeier übrigens auch nicht, angeblich aus Platzmangel. Bleibt also nur noch die Beisetzung.«

»Fand Wiebke es merkwürdig, dass wir kommen wollen?«, fragt Jan.

»Fand sie. Aber ich habe ihr gesagt, dass es nicht ungewöhnlich ist, den Mörder unter den Trauergästen zu finden.«

»Was ist unser Plan?«, fragt Maddie.

»Unauffällig mit der Menge verschmelzen und Augen und Ohren offen halten«, sagt Arie. »Fast nirgendwo wird so viel gelogen wie auf Beerdigungen, aber diese Lügen können sehr aufschlussreich sein. Wer verzieht während der Trauerrede angewidert das Gesicht? Wessen Tränen wirken nicht echt? Was wird im Hintergrund geflüstert? Ich werde mich außerdem nach alten Bekannten umschauen.«

»Von der Polizei? Meinst du, die kommt auch?«, fragt Jan wenig erfreut.

»Kriminelle. Davon müssten eigentlich auch ein paar kommen, wenn Willem wirklich krumme Geschäfte gemacht hat.«

Letztendlich bewiesen hatten sie die Theorie, dass Willem Geld gewaschen und auch ansonsten keine saubere Weste gehabt hatte, zwar noch nicht, aber Arie hat wenig Zweifel.

»Ist es nicht auffällig, wenn wir da zu fünft antanzen?«, merkt Elin an.

»Was sie eigentlich fragt, ist: Darf ich zu Hause bleiben?«, übersetzt Maddie.

Elin seufzt. Hund, noch ein bisschen feucht und müffelnd vom Morgenspaziergang im Regen, tapst zu ihr und reibt seinen großen Kopf an ihrer Hand.

»Hund sagt, dass er dringend Gesellschaft braucht«, sagt Arie. Er war noch nie jemand, der seine Leute gerne auf Einsätze schickt, mit denen sie sich nicht wohlfühlen. Außerdem freut sich nicht nur Hund, sondern auch er darüber, wenn jemand auf dem Boot bleibt.

Eine halbe Stunde später betreten die vier übrigen Detektive (Fru Gunilla bleibt bei Juanita und Isa) den Zorgvlied. Der Friedhof ist dafür bekannt, dass hier ziemlich viele Berühmtheiten liegen – Politiker, Schauspieler, Schriftsteller, Künstler.

»Schaut mal!« Maddie deutet im Vorbeigehen auf die lebensgroße Statue eines Mannes, der ein Glas Bier in der Hand hält. »Manfred Langer«, weiß Arie. »Ihm hat in den 1990er Jahren die berühmte iT-Disco gehört.«

Jack lacht. »So einen Grabstein will ich auch mal.«

Willems letzte Ruhestätte, das Familiengrab der Bots, liegt sehr schön unter Ulmen, von denen jetzt vereinzelte dicke Tropfen auf die Erde und in die Krägen der Trauergäste fallen.

Jan schaut auf die Uhr. »Der Trauerzug müsste bald kommen.«

Das tut er dann auch. Angeführt von dem Sarg, den vier Männer tragen. Schau an, denkt Arie. Einer der Träger ist Dirk Dijksman, stadtbekannter Schläger, mehrfach vorbestraft wegen Körperverletzung und kleineren Raubüberfällen. Direkt hinter dem Sarg gehen Wiebke und ein junges Mädchen, ihre Tochter Charlotte wahrscheinlich. Wiebke trägt einen schwarzen Hosenanzug und eine riesige Sonnenbrille. Ihre Lippen sind fest zusammengepresst, und kurz denkt Arie, dass sie auf den ersten Blick eher wütend als traurig wirkt. Dann wird seine Aufmerksamkeit von Mayari in Anspruch genommen. Sie sieht aus wie eine Braut, trägt ein weißes, wallendes Kleid und kleine Perlen in den hochgesteckten Haaren, neben ihr geht ein Mann mit kahlgeschorenem Kopf. Arie runzelt die Stirn.

»In Thailand gilt neben Schwarz auch Weiß als Farbe der Trauer«, informiert ihn Jack flüsternd. Kann sein, aber was soll diese riesige bunt gestreifte Tasche? Aus Lautsprechern, die Arie nicht lokalisieren kann, tönt jetzt getragene Orgelmusik, während die vier Männer den Sarg langsam in die Grube absenken.

Arie richtet seinen Fokus auf die Trauergäste, er überschlägt, dass 150 bis 200 Leute anwesend sind. In zweiter Reihe sieht er die Bürgermeisterin, neben ihr steht der Vorsitzende des Bauamtes. Des Weiteren erkennt Arie den Direktor der Volksbank und den Intendanten von De Nationale Opera. Schräg dahinter steht eine auffallend schöne Brünette, deren Name ihm nicht einfällt, er ist sich aber sicher, sie aus dem Fernsehen zu kennen.

»Nore Timmer ist auch hier«, flüstert Maddie ihm zu. »Zwei Reihen hinter Wiebke, die Frau mit dem großen Hut und den blonden Locken.«

Ziemlich viele prominente Gäste, denkt Arie.

Die Musik verstummt, der Pfarrer spricht: »Wir begleiten Willem Bot auf seinem letzten Weg. Wer durch ihn

Gutes erlebt hat, wen er lieb hatte, danke Gott dafür. Wer von ihm enttäuscht oder verletzt wurde, vergebe ihm. Wer ihm Unrecht getan, wer ihm Liebe schuldig geblieben ist, bitte Gott um Vergebung. Gott sei mit uns und nehme unseren Dank und unsere Bitte an.«

Mann, Mann, Mann, denkt Arie, der den Gott seiner Landsleute noch nie besonders sympathisch fand. Von der Kirche ganz zu schweigen. Vielleicht sollte er sich beizeiten um seine eigene Beerdigung kümmern, vorsorglich den Pfarrer ausladen, die Kleiderordnung festlegen (farbenfroh) und aufschreiben, was er sich für den Leichenschmaus und die musikalische Begleitung wünscht (Picknick oder Grillparty mit ordentlich Alkohol und Rockmusik). Und auf so einem Friedhof will er auch nicht liegen, lieber soll seine Asche ins Meer gestreut werden.

Lautes Schluchzen holt ihn zurück in die Gegenwart. Mayari wringt verzweifelt die Hände und klagt in einer fremden Sprache. Einige der Anwesenden tauschen befremdete Blicke aus, die anderen stehen mit ernster Miene da, so steif, als hätten sie einen Stock verschluckt. Wiebke tupft sich mit einem Taschentuch die Tränen ab. Dirk Dijkman und der unbekannte Kahlkopf treten zu Mayari und tätscheln ihr ein bisschen unbeholfen die Schulter.

Vielleicht gehört lautstarkes Klagen auch zum thailändischen Trauerritual, denkt Arie. Oder Mayari macht Willems Tod mehr zu schaffen, als sie bislang zugegeben hat. Ob er doch mehr war als nur ihr Arbeitgeber? Oder ist sie so aufgewühlt, weil sie ein schlechtes Gewissen hat?

Der Pfarrer nimmt eine Schaufel Erde. »In der Hoffnung auf Gott, der Leben schafft und vollendet, nehmen wir

Abschied von Willem Bot. Erde zu Erde, Asche zu Asche, Staub zu Staub.«

Maddie stupst Arie mit dem Ellbogen an. Er beugt sich zu ihr hinunter, damit sie in sein Ohr flüstern kann. »Da hinten links, neben der Magnolie. Ist gerade erst gekommen.«

Vor dem Baum, der gerade seine weiß-pinken Blüten geöffnet hat, einige Meter von den anderen Trauergästen entfernt, steht ein Mann in Lederjacke und kaut Kaugummi. Groß und schlank ist er, nein, geradezu ausgemergelt, mit eingefallenen Gesichtszügen und tiefen Schatten unter den Augen. Seine Haare hängen ihm strähnig ins Gesicht, aber vielleicht ist daran auch nur der Amsterdamer Sprühregen schuld. Ansonsten sieht der Mann aus wie eine jüngere Version von Willem: dieselbe Cäsar-Nase, dasselbe markante Kinn, dieselben Augen, die manche als charismatisch und andere als stechend bezeichnen würden. Seine Hände hat er lässig in die Taschen seiner Jeans gesteckt, in seinem Blick meint Arie Belustigung zu erkennen.

»Vater unser im Himmel«, stimmt der Pfarrer an, und die meisten Gäste beten mit, während der feine Nieselregen plötzlich aufhört.

Nach dem Amen geht die Musik wieder an. Alle treten nacheinander ans Grab und werfen eine Rose auf den Sarg. Der Mann in Lederjacke tritt ebenfalls vor, in seiner Hand hält er jetzt einen Packen Papier. Aus der Nähe sieht er noch kaputter aus, so als hätte er eine schwere Krankheit oder langjährigen Drogenkonsum hinter sich. Als er den Mund öffnet, sieht Arie, dass ihm mehrere Zähne fehlen.

»Danke für nichts, du Arschloch«, sagt er und wirft die Papiere, die sich jetzt als Geburtstagskarten entpuppen, ins Grab. Ein paar der Umstehenden gucken peinlich berührt, tun aber weithin so, als wäre nichts passiert. Wiebke, die schon zur Seite getreten ist, um die Beileidsbekundungen in Empfang zu nehmen, ist erstarrt. Nur Dirk Dijkman reagiert. Mit erhobener Faust schnellt er auf den Mann zu. Arie springt nach vorne, aber der Pfarrer ist schneller. Er schiebt sich zwischen die beiden. Vielleicht glaubt er, das große Kreuz, das er an einer Kette um den Hals trägt, kann ihn schützen.

»Na, na, na«, sagt er noch, dann trifft ihn die Faust am Kinn, und er geht zu Boden. Arie packt Dirks Handgelenk, dreht es mit einer jahrelang einstudierten Bewegung nach hinten, fixiert den Arm mit einem Hebegriff auf dem Rücken und packt mit seiner freien Hand Dirks linke Schulter. Zu schade, dass er keine Handschellen mehr hat, denkt er noch, bevor Dirk mit aller Kraft seinen Kopf nach hinten wirft. Arie sieht den spärlich behaarten Schädel auf sich zukommen, weicht aus, hört die Bürgermeisterin quieken und bekommt im selben Augenblick Dirks Fuß vors Schienbein. Kurz zischt der Schmerz durch seinen Körper, Tränen schießen in seine Augen, dann geht Dirk mit einem Aufschrei zu Boden.

Wow, war ich das?, denkt Arie.

»Eine Frau«, stöhnt Dirk. »Mich hat noch nie eine Frau umgehauen.«

»Wurde dann ja auch mal höchste Zeit«, sagt Maddie, während sie seelenruhig ein paar Kabelbinder aus ihrer Hosentasche zieht und Dirk Dijkman damit fesselt. Aus den

Augenwinkeln bekommt Arie mit, wie eine breitschultrige Frau schützend ihren Arm um die Bürgermeisterin legt und sie Richtung Ausgang schiebt. Etliche andere Gäste folgen. Wiebke hält ihrer Tochter die Augen zu.

»Danke, Maddie«, sagt Arie. »Das war gute Arbeit.«

»Wieso hast du Kabelbinder dabei?«, wundert sich Jack, bekommt aber keine Antwort.

Der Pfarrer setzt sich auf und reibt sich das Kinn. Eine Frau kniet sich neben ihn und fragt, ob sie einen Krankenwagen oder die Polizei rufen soll.

»Das wird beides nicht nötig sein. Ich habe nur einen blauen Fleck, und er hat mich ja nicht mit Absicht geschlagen.« Dann greift er an das Kreuz um seinen Hals und sagt: »Gottes Güte ist grenzenlos.«

»Ich muss gleich kotzen«, sagt der Mann in Lederjacke, stimmt dem Geistlichen aber ansonsten zu: »Keine Bullen.«

»Die scheiß Bullen sind doch schon hier, Mann«, pöbelt Dirk Dijkman und deutet mit dem Kinn auf Arie.

»Er ist Detektiv«, stellt Wiebke klar, die nun zu der Gruppe tritt und sich an Maddie wendet. »Und das ist Dirk Dijkman. Mein Vater hat ihn gelegentlich als Fahrer engagiert. Du kannst ihn wieder losschneiden, Maddie, er wollte ja nur das Ansehen meines Vaters verteidigen.«

»Das Ansehen. Witzig«, sagt der Lederjackenmann.

Wiebke faucht ihn an: »Wieso bist du elender Junkie überhaupt hier?«

Arie denkt, dass das ziemlich eindeutig ist, aber der Mann antwortet trotzdem: »Um mich zu vergewissern, dass der Verbrecher wirklich tot ist, warum sonst?«

»Ihr seid Geschwister?«, fragt Jan.

»Halbgeschwister«, korrigiert Wiebke. »Waldo stammt aus der Beziehung mit der Ex-Freundin meines Vaters, Yvonne de Ridder.«

»Die in die USA ausgewandert ist«, erinnert sich Maddie.

»Richtig. Waldo ist leider irgendwann zurückgekommen. Mein Vater hat ihn unterstützt, wollte ihm den Einstieg in sein Unternehmen ermöglichen, aber er hat es vorgezogen, mit Drogen zu dealen. Dabei hat er die meisten gar nicht vertickt, sondern selbst genommen.«

Waldo will etwas entgegnen, aber seine Aufmerksamkeit wird von Mayari in Anspruch genommen. Die tritt nämlich gerade ans offene Grab und öffnet ihre große Tasche. Einen Moment lang glaubt Arie, dass sie als Nächstes eine Halbautomatik zieht und diese bizarre Veranstaltung endgültig zu etwas wird, das Tarantino erfunden haben könnte. Auch Waldo tritt vorsichtshalber einen Schritt zurück.

»Was um Himmels willen …«, beginnt Wiebke, und dann steht Mayari auf einmal mit drei Ballons da. Weiße, herzförmige Heliumballons mit verschiedenen Aufschriften: *Forever Love. We will miss you. Happy travels, my love.*

Im Hintergrund verlässt der nächste Schwung Gäste das Fest. Ein paar andere haben ihre Smartphones gezückt. Arie fragt sich kurz, wie lange sie wohl schon filmen.

»Mayari, das hier ist die Beerdigung meines Vaters, kein Kindergeburtstag und auch keine verdammte Hochzeitsfeier«, sagt Wiebke mit strenger Stimme, die eine leicht hysterische Note hat. »Pack diese Ballons wieder ein.«

»Die Ballons sind doch schön, Mama«, wagt ihre Tochter zu sagen. »Nur gut, dass der Regen aufgehört hat, sonst könnten sie gar nicht fliegen.«

Das könnte Hausarrest geben, denkt Arie, als er Wiebkes Gesichtsausdruck sieht. Mayari ist von allem wenig beeindruckt. Sie stimmt ein Lied in ihrer Muttersprache an und lässt die Ballons in den Himmel steigen.

»Wie kannst du dich so aufführen, nach allem, was meine Familie für dich getan hat? Mein Vater wäre so enttäuscht«, zischt Wiebke.

»Ich führe mich nicht auf, ich trauere. Und deinem Vater hätte diese Abschiedszeremonie sehr gefallen«, sagt Mayari.

Ihre Ruhe bringt Wiebke nur noch mehr auf. »Du ziehst noch heute aus. Ich will nicht, dass du eine Nacht länger in meinem Haus schläfst.«

»Noch ist es Willems Haus«, korrigiert Mayari, dann schaut sie nach oben, wo die Ballons kleinen Wolken ähnlich in der Luft hängen, und lächelt. »Aber natürlich werde ich deine Anweisungen befolgen.«

»Ganz schön frech, die Putzfrauen von heute«, sagt eine Männerstimme.

»Komm«, sagt Wiebke und nimmt die Hand ihrer Tochter.

Der Pfarrer rappelt sich hoch und breitet die Arme aus. »Gott sei mit euch.«

Maddie vergewissert sich, dass wirklich niemand die Polizei rufen will. Dann zieht sie ein kleines Taschenmesser und befreit Dirk Dijkman von den Kabelbindern. Er reibt sich die Handgelenke und zieht von dannen.

Es beginnt erneut zu regnen. Ein Ballon wird von einer

Böe gepackt und in den nächsten Busch geweht. *Forever Love* verfängt sich in den Ästen, dann platzt das Heliumherz mit lautem Knall. Waldo gackert los, dass sein dürrer Körper geschüttelt wird, dreht sich auf dem Absatz um und eilt davon. Maddie schaut Arie fragend an. Der schüttelt den Kopf – kein Grund, hinterherzurennen. Es würde nicht allzu schwierig sein, Willems Sohn ausfindig zu machen, nun, da sie von seiner Existenz wussten. Und für heute hatten sie sowieso schon reichlich neue Informationen gesammelt.

Ein paar Stunden später steht Arie in Unterhosen und Socken vor seinem Kleiderschrank. Er gähnt. Eigentlich hätte er jetzt mehr Lust, sich mit einer Tüte Chips und einem Bier aufs Sofa zu legen, aber ein bisschen tanzen ist nach so einem Tag bestimmt eine bessere Idee. Probehalber hebt er die Arme und ein Bein hoch, muss das Bein aber gleich wieder absetzen, um die Balance nicht zu verlieren.

»Auf einem Boot ist das extraschwierig«, erklärt er Hund.

Schwierig ist es auch, ein passendes Outfit zu finden. Die Shorts geben zu viel haarige Beine frei, eine Jogginghose ist ein bisschen eng geworden, die andere hat lauter Farbkleckser. Schließlich findet er eine graue, die zwar nicht besonders sexy, aber dafür bequem und sauber ist, dazu ein von Isa bemaltes T-Shirt.

»Dich nehme ich auch mit«, sagt Arie schließlich und nimmt die Leine vom Haken.

Ziemlich gut gelaunt machen sich der Detektiv und sein Hund auf den Weg zur ersten Ballettstunde. In ein paar

Jahren können sie vielleicht auch die Enkel oder Enkelinnen mitnehmen, das wäre ein großer Spaß. Arie fühlt sich ungewohnt jung und abenteuerlustig, ja fast schon unbeschwert – wäre da nicht der Nachhall von Waldos irrem Lachen in seinem Kopf.

16

Fedde und Dirk stehen knöcheltief in der Scheiße. Sowohl buchstäblich als auch im übertragenen Sinn, wobei Fedde de Koning gegen Ersteres nichts einzuwenden hat. Im Gegenteil: Das Mistmanagement auf seinem Gnadenhof gehört zu seinen liebsten Aufgaben. Es hat etwas Meditatives, mit der Schubkarre über die Weiden zu laufen und Köttel, Fladen und Äpfel abzusammeln. Er setzt auch gerne den Misthaufen um, so wie gerade jetzt. Nie mit dem Traktor, immer von Hand, weil das weniger Krach macht, keinen Diesel verbraucht und nebenbei auch noch ein prima Fitnesstraining ist. Er sticht mit der Mistgabel in den Haufen, ein Gemisch aus Tiermist, Stroh und altem Herbstlaub. Die Kacke dampft und riecht wie Waldboden nach einem Sommerregen. Das sind die besten Zeichen dafür, dass die Heißrotte in vollem Gang ist. Jetzt muss er nur noch regelmäßig lüften und das Ganze ordentlich feucht halten, um in wenigen Wochen wertvollen Kompost zu haben.

Fedde lächelt und sieht dabei sehr buddhistisch aus. Würde das nur immer im Leben so funktionieren, dass man mit ein bisschen Schweiß, frischer Luft und Regenwasser aus Scheiße Gold machen kann. Was Fedde wieder darauf bringt, dass nicht nur auf seinem Hof, sondern auch im Job die Kacke am Dampfen ist, wenn man denn bei diesem Bild bleiben möchte.

Dirk hat ihnen diesen Schlamassel eingebrockt, auch wenn sich Fedde eine Mitschuld gibt.

Im Rahmen seiner Nachforschungen zu Willems Tod hatte er Mayari im Tempel getroffen. Bislang kannte er sie nur flüchtig – einmal hatten sie zufällig das gleiche Meditations-Retreat besucht, und ansonsten hatte sie bei Treffen mit Willem den Kaffee serviert. Trotzdem wurde Fedde das Gefühl nicht los, dass Mayari mehr über die Geschäfte wusste, als sie zugab. Was sie leider nicht wusste, war, ob Willem sich in der Nacht oder am Morgen vor seinem Tod mit jemandem getroffen hatte – und wenn ja, mit wem.

»Willem hat seine Notizen wie immer geschreddert, und die dumme Wiebke hat alle Papierschnipsel plus Willems Buchhaltung an eine Detektei gegeben.«

»Detektei?«

»Ja, die Hausboot-Detektei, einer von denen hat wohl zufällig beobachtet, wie Willem vor das Müllauto gelaufen ist. Wiebke hat sich in den Kopf gesetzt, dass sie herausfinden könnten, wer wirklich für Willems Tod verantwortlich ist.«

Fedde war unvorsichtig genug gewesen, Dirk von dem Gespräch mit Mayari zu erzählen. Und der hatte kurzerhand diesem Hausboot einen Besuch abgestattet. Alle Unterlagen hatte er mitgenommen. Was an sich keine schlechte Idee gewesen war. Aber er hatte außerdem auf irgendeinem Papierschnipsel Mikes Namen gefunden. War anschließend noch mal zu Mikes Wohnung gefahren, diesmal war Mike da gewesen, hatte ihn krankenhausreif geschlagen und ihm eine Tasche mit Bargeld – 24 000 Euro – abgenommen.

»Dass Willem sich Mikes Namen notiert hat, ist doch ein klarer Hinweis darauf, dass Mike tatsächlich derjenige ist, der für Willems Tod verantwortlich sein könnte«, hatte Dirk argumentiert.

»Könnte«, hat Fedde geschrien, obwohl es dafür schon zu spät war und obwohl er Männer, die rumschreien, wenn sie nicht mehr weiterwissen, schrecklich findet. »Das ist Konjunktiv, Mann. Und selbst einem hirnlosen Gangster wie dir sollte klar sein, dass ein potenzieller Grund eben nicht immer Grund genug ist.«

»Ich war noch nie gut in Grammatik, außerdem hat es sich doch gelohnt«, hat Dirk entgegnet, mit trotzig vorgestrecktem Kinn und der hochgehaltenen Geldtasche.

»Die paar Kröten bringen uns auch nicht viel weiter. Hat er wenigstens gestanden?«

»Er war angeblich in Schweden im Urlaub, als Willem gestorben ist. Aber kann sein, dass er lügt. Und dann kamen Leute, und ich musste weg.«

»Der Teil mit dem Urlaub war ziemlich sicher gelogen.«

Aber wenn Mike wirklich in Schweden gewesen war, könnte das Willems Verdacht bestätigen, dachte Fedde: Mike und seine Leute waren dabei, ihnen eine wichtige Vertriebsregion wegzunehmen.

»Und jetzt?«, hatte Dirk gefragt, mit hörbarer Angst in der Stimme.

Das wussten ja alle: Von Leuten, die unüberlegt und auf eigene Faust handeln und dabei auch noch Fehler machen, trennte man sich bei Willem, ohne mit der Wimper zu zucken.

Aber jetzt ist Willem nicht mehr da, und auch wenn Fedde seit Dienstag häufiger denkt, dass er ohne Dirk vielleicht besser dastünde, findet *er* eben nicht, dass man langjährige Mitarbeiter wegen eines einzigen Fehltrittes in die nächste Reinkarnation schicken sollte.

Besser erst einmal zur Hofarbeit abkommandieren. »Dann können wir in Ruhe besprechen, wie wir jetzt weiter vorgehen«, hat er gesagt, meinte aber: Ein bisschen Mistschaufeln und Ziegenkraulen hat noch jeden geerdet.

Und er hatte recht. Nach anfänglichem Stöhnen ist Dirk nämlich begeistert bei der Sache. »Ehrlich gesagt dachte ich ja immer, dass du das hier nur als Tarnung machst. Also diesen ganzen Gnadenhof. Dachte, so Scheiße schaufeln und so, das macht doch keiner freiwillig«, gibt Dirk zu, während er sich für eine kurze Verschnaufpause auf die Mistgabel stützt. »Aber es macht richtig Spaß.«

»Du könntest Pfleger im Zoo oder auf einem Reiterhof oder so werden«, schlägt Fedde spontan vor.

Dirk nickt stolz. »Zu Tieren habe ich ja auch einen guten Draht. Besonders zu Hunden.« Dann weiten sich seine Augen. »Du schmeißt mich doch nicht gerade raus? Willem hat mal gesagt, dass er nur Jobs auf Lebenszeit vergibt.«

Ja, das hat Willem vermutlich wirklich so gesagt, denkt Fedde. Und der arme Dirk hat wahrscheinlich nicht begriffen, dass in diesem Satz genauso viel Drohung wie Versprechen steckt.

Der Misthaufen ist umgesetzt. Fedde holt ein paar Einmachgläser aus der Küche und stellt sie in die Schubkarre. Dann legt er zwei Spaten dazu und weist Dirk an, die Tasche mit Geld mitzunehmen.

»Wie die 'Ndrangheta. Die haben auch in Einmachgläsern verbuddelt. Aber dann sind einige Geldscheine verschimmelt«, sagt Dirk.

»Wir lassen die Gläser nicht so lange in der Erde. Nur bis es ein bisschen ruhiger geworden ist.«

Fedde schiebt die Schubkarre vom Hof weg, hin zu den alten Eichen, unter denen es immer recht trocken ist. »Ich fürchte, wir müssen den Job zu Ende bringen.«

Dirk schaut sich fragend um, als würde der Job irgendwo auf dem Feld warten, dann schaltet er. »Mike?«

Fedde stellt die Schubkarre ab. »So einer lässt sich nicht einfach verprügeln. Wir sollten uns um die Sache kümmern, bevor er oder einer seiner Leute zum Gegenschlag ausholt.«

»Soll ich ihn gleich im Krankenhaus kaltmachen?«

»Auf keinen Fall im Krankenhaus. Das ist viel zu auffällig und ganz schlechte PR. Wir warten, bis er wieder draußen ist.«

»Okay«, sagt Dirk, greift zum Spaten und buddelt los, als hätten sie gerade alle Probleme aus der Welt geschafft.

Fedde weiß, dass dem nicht so ist. Wahrscheinlich hat Mike ein paar Leute, die für ihn arbeiten, einer davon ist vermutlich dieser exzentrische Modefuzzi, der eine Weile zu Willems besten Abnehmern gehört hat. Er sollte sich mal mit ihm unterhalten. Denn Mikes Leute, die könnten ihnen wirklich gefährlich werden. Er stellt die Geldgläser in das Erdloch.

»Könntest du dich für einige Tage um den Hof kümmern?«

»Klar«, sagt Dirk und guckt wie ein kleiner Junge, dem man gerade gesagt hat, dass er im Cockpit mal das Steuer übernehmen kann. »Aber was machst du dann?«

Fedde streckt die Arme aus, bis die Gelenke knacken. »Ich mache eine Dienstreise Richtung Norden.«

17

Der Entführer will 120 000 Euro Lösegeld. »Wenn du sie lebend wiedersehen willst«, sagt er und schickt Robin gleich noch ein Foto. Es ist so eins, das sich nach dem ersten Anschauen selbst löscht, Robin aber trotzdem noch auf Jahre heimsuchen wird: Anouk mit vor Angst verzerrtem Gesicht, ein Messer am Hals.

Während Robins Eingeweide vorsorglich in den Panikmodus schalten, versucht er, sich krampfhaft daran zu erinnern, wie das bei Entführungen auf Netflix läuft.

»Ich will mit ihr sprechen«, sagt er schließlich, weil das die Helden in seinen Lieblingsfilmen auch immer sagen, obwohl deren Stimmen dabei weniger zittern.

»Am Samstag kannst du wieder mit ihr sprechen. Vorausgesetzt, du bringst mir die 120 000.«

»Ich habe 24 000.« Robin geht zu seinem Bett.

Am anderen Ende der Leitung ist Schweigen.

»Nicht auflegen«, fleht Robin. Ein bisschen Geld hat er auch noch auf seinem Konto, vielleicht könnte er auch einen Tausender von seiner Oma leihen. »Mit ein bisschen mehr Zeit würde ich auch 26 000 zusammenbekommen.«

Er steckt seine Hand in das Matratzenversteck. Für einen Moment setzt sein Herzschlag aus. Das Geld ist weg.

Am anderen Ende der Leitung ertönt ein kleiner Seufzer. »Ich fürchte, du hast die Spielregeln nicht kapiert. 120 000 Euro, habe ich gesagt. Für 26 000 bekommst du höchstens einen Teil von Anouk. Einen Arm zum Beispiel«, sagt die Stimme fröhlich, als würden sie gerade auf dem Markt stehen und über den Preis von Gurken verhandeln.

»Keinen Arm«, schreit Robin. Er muss die Polizei einschalten, natürlich.

»Ach, und wo wir bei Spielregeln sind: Falls du zu den Polypen gehst, schick ich dir ihren Kopf.«

Im Hintergrund hört Robin leises Wimmern. »Anouk!«, ruft er. »Ich hol dich da raus!«

»Wusste ich doch, dass sie auf dich zählen kann«, sagt der Entführer, ermahnt Robin aber dann doch, in Zukunft nicht mehr so rumzuschreien.

Robin legt sich flach auf den Boden, das Atmen fällt ihm schwer.

»Bist du Mike?«, rät er spontan. Mike, das ist Anouks Ex. Und der hat vielleicht rausgefunden, dass Anouk einen neuen Freund hat, und will sich rächen.

»Keine Ahnung, wer dieser Mike sein soll. Meine Freunde nennen mich Gott«, kommt zurück.

Ein Psychopath. Vielleicht ein Massenmörder, denkt Robin. Er muss Anouk befreien, koste es, was es wolle. Ihm fällt Anouks Tasche ein. Die ist noch da, samt Inhalt.

»Ich könnte dir etwas geben, was bestimmt 120 000 Euro wert ist«, schlägt er vor.

Doch Gott lässt sich auf keinen Handel ein, er will Bargeld. »Wenn du versuchst, mich reinzulegen, ist sie tot.«

Dann legt der Entführer auf.

Robin steht auf, reißt die Matratze vom Bett, dreht sie auf den Kopf, überzeugt, dass er sich eben geirrt haben muss. Aber die 24 000 Euro sind tatsächlich verschwunden. Ist jemand bei ihm eingebrochen? Hat Anouk dem Entführer verraten, wo das Geld liegt? Vielleicht unter Folter?

Robin legt sich wieder hin. Weil er im Liegen am besten denken kann und weil seine Beine gerade so weich sind, dass sie ihn nicht tragen.

Er könnte das Zeug aus Anouks Tasche nehmen und in Schweden verkaufen, dort hat er mit Bengt Bjerker immerhin schon einen Abnehmer. Das ist die gute Nachricht. Aber was ist, wenn er das Geld besorgt, der Typ Anouk aber trotzdem nicht freilässt? Soll schon vorgekommen sein. Oder wenn vorhin gar nicht die echte Anouk gewimmert hat, weil die echte Anouk schon tot ist?

Wenn er wenigstens nicht so allein wäre, jemanden hätte, der mit ihm einen Plan ausheckt, der ihm gut zuredet und der ihn am besten auch nach Schweden fahren will. Kurz überlegt er, ob er Kaatje anrufen soll. Aber seine Oma will er auf keinen Fall in Gefahr bringen, und anrufen geht auch nicht. Wer weiß, ob er nicht abgehört wird.

Robin schaut auf die Uhr. Samstag, der 13. April, drei Uhr nachmittags. Am Samstagnachmittag ist Elias immer im Fitnessstudio. In aller Eile sucht Robin ein paar Sportsachen zusammen und macht sich auf den Weg. Ihm bleiben noch sieben Tage, um 120 000 Euro aufzutreiben.

18

»Ach, schau an. Bengt Bjerker ist auch dabei«, sagt Jack und hält Arie sein Telefon mit einem kurzen Artikel über die im August anstehende Amsterdam Fashion Week hin. Sie sind auf dem Weg zum Notar zur Testamentseröffnung von Willem Bot, gerade sitzen sie schwitzend an der Bushaltestelle, weil das Wetter in typischer Amsterdam-Manier ohne Übergang von *kühl und nass* zu *heiß und schwül* geschaltet hat.

Arie krempelt seine Hemdsärmel hoch. »Für meinen Geschmack begegnet uns dieser Bengt Bjerker ein bisschen zu oft in diesem Fall.«

»Könnte das nicht daran liegen, dass er im Moment zu den gefragtesten Designern der Branche gehört?«

»Willem Bot hat ihm sündhaft teure Stoffe verkauft. Kaatje Hommel strickt Mützen für ihn, die in keiner seiner Kollektionen auftauchen. Das ist doch seltsam.«

»Vielleicht trägt er die Mützen privat und verschenkt auch welche.«

»Hast du dir die Bjerker-Klamotten mal angeschaut? Leute, die so etwas anziehen, holen sich im Winter eher eine Grippe, als dass sie bunte Bommelmützen tragen.«

Jack sucht nach einer anderen Erklärung: »Kann doch sein, dass er Kaatje finanziell unterstützen will, einfach, weil er sie mag und selbst genug Kohle hat. Weil er es nicht wie Almosen aussehen lassen will, kauft er ihre Mützen. Ist doch nett.«

»Könnte sein. Aber dann haben wir noch eine Verbindung: Nore Timmer, die auch mit Willem Bot zu tun hatte, lädt Bengt Bjerker zur Fashion Week ein. Klar, das könnte alles Zufall sein, aber ich werde das Gefühl nicht los, dass es da einen Zusammenhang gibt, den wir noch nicht verstehen.«

Jack zückt sein Smartphone und tippt Bengts Namen in die Suchmaschine ein. »Laut Wikipedia ist Bengt Bjerker 52 Jahre alt. Geboren in Stockholm, seit einigen Jahren lebt er aber auf einem ländlichen Anwesen bei Arvika, das ist eine kleine Stadt in der schwedischen Provinz Värmland. Er besuchte Modeschulen in Stockholm, Paris und New York, lebte auch einige Jahre in Italien. Er arbeitete unter anderem für so bekannte Designer wie Yves Saint Laurent und Versace, bevor ihm 2011 der Durchbruch mit einer eigenen Kollektion gelang. Heute gilt er als einer der einflussreichsten schwedischen Designer, steht aber immer wieder in der Kritik, weil er sehr untergewichtige Models auf seinen Shows laufen lässt.«

»Keine Verbindung zu den Niederlanden?«, fragt Arie.

Jack schüttelt den Kopf. »Jedenfalls nicht laut Wikipedia.« Er scrollt nach unten bis zum Absatz *Privatleben*. »Von 2012 bis 2015 war er verheiratet mit einer isländischen Schauspielerin. Keine Kinder, keine Skandale.«

Arie ruft kurz entschlossen Elin an und stellt auf Lautsprecher, damit Jack mithören kann. »Kannst du bitte recherchieren, ob es irgendetwas Interessantes zu Bengt Bjerker gibt? Vielleicht ist das auf Schwedisch leichter.«

»Kein Problem, in Schweden ist Datenschutz ein Fremdwort. Vielleicht finden wir so einen Hinweis auf illegale Geschäfte«, sagt Elin, nachdem Arie ihr die Sache erklärt hat. »Ach, und Arie?«

»Ja?«

»Wie war es eigentlich beim Ballett?«

Das will Jack auch wissen.

»Ich habe erwartungsgemäß wenig Talent, hatte aber überraschend viel Spaß«, sagt Arie und reibt sich den Oberschenkel. »Muskelkater habe ich auch. Glaubt ja keiner, dass ein bisschen Tanzen für Anfänger so anstrengend ist. Zlata hat gesagt, mit der Zeit geht es leichter, selbst in meinem Alter. Wusstet ihr, dass Ballett nicht nur gut für die Beweglichkeit ist, sondern auch das Raumgefühl und die Konzentrationsfähigkeit fördert?«

»Zlata ist also deine Ballettlehrerin. Ist sie nett?«, fragt Elin mit so einer Stimme, als hätte sie gerade den Bleistift gezückt, bereit, die nächste Liebesgeschichte aufzuschreiben.

»Sehr nett«, sagt Arie, und Jack bemerkt, wie er verlegen an seinem Ohrläppchen zupft. Das wurde auch Zeit, denkt er. Denn seit der unschönen Trennungsgeschichte von seiner Ex-Frau hat Arie, jedenfalls soweit Jack weiß, andere Frauen nicht mal angeschaut.

Arie wechselt das Thema und berichtet, dass sogar Hund mitkommen darf. »Er ist verrückt nach der Musik.«

Dreißig Minuten Busreise und einen kurzen Fußmarsch später warten Jack und Arie in einem überraschend unprätentiösen Gebäude am Stadtrand vor dem Büro des Notars, der sich laut Auskunft seiner Assistentin leider ein bisschen verspätet.

»Meinst du, Waldo kommt auch?«, fragt Jack.

»Es besteht keine Pflicht, bei einer Testamentsvollstreckung anwesend zu sein«, sagt Arie. »Aber erben wird er wohl. Wenigstens der Pflichtteil steht ihm zu.«

»Ihm steht gar nichts zu«, sagt Wiebke, die plötzlich hinter ihnen steht. »Vor einigen Jahren brauchte er dringend Geld, um Schulden abzubezahlen. Das hat mein Vater ihm gegeben, plus eine kleine Eigentumswohnung und einen Job in seinem Unternehmen. Als das mit dem Job nicht funktionierte, hat Papa noch einmal Geld draufgelegt, um ein Studium oder eine Ausbildung zu finanzieren. Hätte er genauso gut im Klo runterspülen können, aber immerhin hat er damals beim Notar schriftlich festhalten lassen, dass Waldo im Gegenzug auf alle Erbschaftsansprüche verzichtet.«

Falls es Waldo war, der dafür gesorgt hat, dass sein Vater vor das Müllauto rennt, steckte also keine Geldgier dahinter. Aber es gibt ja noch andere Gründe, um jemanden umzubringen.

»Warum hast du uns nicht früher erzählt, dass du einen Halbbruder hast?«, fragt Arie.

Wiebke verengt ihre Augen. »Ich dachte, er wäre längst wieder in den USA. Oder tot«, sagt sie, und es klingt, als ob sie Letzteres nicht nur *gedacht*, sondern *gehofft* hat.

»Aber wenn er gestorben wäre, hättest du das doch erfahren?«

»Nicht, wenn er irgendwo in der Gosse an einer Überdosis krepiert wäre.«

Diese Wiebke, denkt Jack, wird ihm immer unsympathischer.

Vielleicht sieht sie ihm an, was er denkt, vielleicht auch nicht. Auf jeden Fall fühlt sie sich bemüßigt, die Sache besser zu erklären. »Ihr müsst das verstehen. Waldo war für meinen Vater eine einzige Enttäuschung. Ausgerechnet er, der sich so für den Kampf gegen Drogen starkmachte, hatte einen Junkie als Sohn. Ich glaube, das hat ihm sehr zugesetzt, auch wenn er darüber fast nie gesprochen hat. Kaum jemand wusste überhaupt von Waldo. Ich habe diese Entscheidung respektiert und ihn darin unterstützt. Mein Vater hat so hart gearbeitet, auch für uns, dafür habe ich ihn immer bewundert. Selbst habe ich kaum je mehr als drei Worte mit meinem Halbbruder gewechselt, und aus oben genannten Gründen dachte ich auch nicht, dass er in diesem Fall eine Rolle spielen könnte.«

»Glaubst du das denn jetzt immer noch? Also nach Waldos Auftritt bei der Beerdigung?«, hakt Jack nach.

»Ich verstehe nicht, woher Waldos Hass kommt. Mein Vater hat doch immer alles getan, um ihm zu helfen. Trotzdem …«, Wiebke fasst sich mit leidender Miene an die Nasenwurzel, »… seinen eigenen Vater? Das will ich nicht glauben.«

»Wo ist Waldo jetzt?«, fragt Arie.

Natürlich hatten die Detektive am Wochenende schon versucht, das selbst herauszufinden, und dabei immerhin seine Mutter, Willems Ex-Freundin Yvonne de Ridder, in den

USA ausfindig gemacht. Arie hatte sie gleich ans Telefon gekriegt, die anderen hörten über Lautsprecher mit.

»Ach, er treibt sich noch immer in den Niederlanden rum?«, sagte Yvonne de Ridder mit fröhlicher Kleinmädchenstimme. »Grüßen Sie ihn doch von mir, wenn Sie ihn finden.«

Dann teilte sie ihnen noch mit, dass sie schon über ein Jahr nichts mehr von Waldo gehört hatte (»Und damals auch nur, weil er fünfhundert Dollar pumpen wollte, die ich aber auch nicht hatte«) und er noch nicht mal eine E-Mail-Adresse hatte.

»Das tut mir leid«, sagte Arie.

Dann erzählte er ihr, dass Willem Bot tot war.

»Vom *Müllauto* überfahren, sagen Sie?« Yvonne de Ridder lachte. »Das gefällt mir. Müll zu Müll.«

Aries Augenbrauen zuckten. »War er so schlimm?«

»Schlimmer. Nach außen ein charmanter, großzügiger Gewinnertyp. Innen ein Kontrollfreak, ein Egomane, von Geldgier besessen.«

Wie genau sie das meinte, wollte Yvonne de Ridder leider nicht erklären. Und als Arie sie auf mögliche illegale Geschäfte ihres Ex-Partners ansprach, war das Gespräch vorbei.

»Davon weiß ich nichts«, sagte sie brüsk, und plötzlich schwang so etwas wie Angst in ihrer Stimme mit.

Arie, das weiß Jack inzwischen, war bei der Polizei nie der *bad cop* gewesen, vor dem Leute im Verhör auspackten, weil sie sich fürchteten, er würde ihnen sonst den Kopf abreißen. Diesen Part hatte auf dem Revier sein damaliger Kollege und Freund Wessel übernommen (derselbe

Wessel, der jetzt mit Aries Ex-Frau verheiratet ist, in Aries früherem Haus wohnt und die Beförderung bekommen hat).

Arie war der, der leise sprach, der eine heiße Tasse Tee mit viel Zucker servierte und mit seinen sanften braunen Augen so aufmerksam zuhörte, dass die Verdächtigen verlässlich das Gefühl bekamen, mit ihrem besten Freund oder Seelsorger am Tisch zu sitzen – und alles gestanden. Aber am Sonntag hatte Arie sein Können nicht unter Beweis stellen können, denn Yvonne de Ridder hatte einfach aufgelegt, und ihr Telefon war seitdem ausgeschaltet.

Das alles lässt Jack Revue passieren, während sie beim Notar stehen und darauf warten, dass Wiebke ihnen verrät, wo Waldo ist.

»Keine Ahnung«, sagt sie schließlich. Dann verändert sich ihr Gesichtsausdruck. Jack sieht in ihren Augen erst Unglauben, dann Wut, ihr Kiefer knackt leise. Er dreht sich um und versteht, warum: Neben einem Anzugträger mit Teddybärausstrahlung, vermutlich der Notar, geht Mayari, heute in einem bestickten dunkelblauen Kleid.

»Frau Bot, entschuldigen Sie bitte meine Verspätung«, sagt der Mann und reicht Wiebke die Hand. Es wird sehr wenig gesiezt in den Niederlanden, beim Notar aber eben doch.

»Was macht sie hier?«, fragt Wiebke und deutet auf Mayari.

»Frau Bunmi ist der offiziellen Einladung gefolgt«, erklärt der Notar freundlich, dann wendet er sich an Jack und Arie. »Und Sie sind?«

Arie stellt Jack und sich vor und erklärt kurz die Situation.

»Detektive? Besteht denn Zweifel daran, dass Willem Bots Tod ein Unfall war?«

»Ja«, antwortet Wiebke.

»Trotzdem sieht es das Protokoll nicht vor, dass Sie während der Testamentseröffnung anwesend sind«, sagt der Notar, während er seinen großen, weichen Bauch kratzt.

»Ich habe nichts dagegen, wenn sie bleiben. Im Gegenteil: Ist vielleicht gar keine schlechte Idee, wenn es Zeugen gibt«, sagt Mayari mit einem undurchdringlichen Mona-Lisa-Lächeln. Der Notar nickt: »Bringen wir es hinter uns.«

Zehn Minuten später platzt die Bombe: »Das Wohnhaus am Vondelpark sowie 200 000 Euro vererbe ich an meine langjährige Haushälterin und liebe Freundin Mayari Bunmi.«

Für Mayari ist das offensichtlich keine Überraschung. Für Wiebke schon. Die umklammert ihre Stuhllehnen, bis ihre Knöchel ganz weiß werden und ihr Gesicht eine unnatürlich violette Röte annimmt, was auch eine Wagenladung Make-up nicht verbergen kann. Mit einem ausgestreckten Finger zeigt sie auf Mayari. »Sie! Sie hat meinen Vater umgebracht.«

»Aber, aber«, sagt der Notar und streicht über seinen Bart.

Mayari legt die Hände im Schoß übereinander wie beim Kaffeekränzchen. »Ich hätte Willem nie etwas angetan«, stellt sie klar. Dann schaut sie Wiebke an und sagt: »Heute bist wohl du dran mit Sachenpacken.«

Deshalb wollte Mayari Zeugen haben, denkt Jack: Damit

sie Wiebke bis zur Weißglut treiben kann, ohne ihr Leben zu riskieren.

Aber Wiebke ist auf einmal ganz ruhig, ihre Hände entspannen sich, der Farbton im Gesicht wechselt zurück auf eierschalenweiß mit rosa Anstrich. »Wer den Erblasser tötet, ist nicht nur moralisch, sondern auch vor dem Gesetz erbunwürdig, wenn ich mich nicht täusche«, sagt sie kalt.

»Das ist an sich korrekt«, bestätigt der Notar. »In diesem Fall müsste dafür allerdings erst einmal bewiesen sein …«

Wiebke bringt ihn mit einer Handbewegung zum Schweigen. »Es ist doch eindeutig. Sie hat die Großzügigkeit meines Vaters schamlos ausgenutzt, ihn wahrscheinlich mit Sex oder irgendeinem Voodoo-Zauber dazu gebracht, sie in seinem Testament zu bedenken. Und zwar nicht nur mit viel Geld, sondern auch mit dem Haus, das seit zwei Generationen im Besitz meiner Familie ist.«

Immerhin auch das Haus, das Wiebke sowieso verkaufen wollte, denkt Jack.

Wiebke fährt fort: »Dann hat sie ihm eines schönen Morgens das LSD in seinen Tee gemischt, wohl wissend, wie empfindlich er auf jede Art von Drogen reagiert, um der Zeit noch ein wenig auf die Sprünge zu helfen. Sie hatte Motiv und Gelegenheit, da gibt es also nicht mehr viel zu beweisen.«

Arie räuspert sich: »Jeder Mörder hat Motiv und Gelegenheit, in seltenen Fällen reicht auch eine Gelegenheit aus. Das macht aber andersherum noch nicht jeden, der Motiv und Gelegenheit hat, automatisch zum Täter.«

Der Notar wirft ihm einen dankbaren Blick zu. »Es ist ja

nicht so, dass Sie nichts bekommen«, erinnert er Wiebke daran, dass sie gerade zur Multimillionärin geworden ist.

»Glaub nur nicht, dass du damit durchkommst«, zischt Wiebke und schaut Mayari an.

Der Notar liest weiter. Wiebkes Tochter Charlotte erbt Gold und zwei Mietshäuser, die bis zu ihrer Volljährigkeit von Wiebke verwaltet werden sollen. 10 000 Euro gehen an die Drogenhilfe, 50 000 Euro an einen Gnadenhof für alte und ungewollte Tiere in Zunderdorp.

Zehn Minuten später ist das Treffen vorbei. »Jetzt müsst ihr nur noch die Beweise finden«, sagt Wiebke zu Arie und verschwindet so plötzlich, wie sie gekommen ist.

»Können wir uns kurz unterhalten?«, wendet sich Arie an Mayari.

»Ich habe Willem nichts in den Tee oder sonst wo reingemischt«, stellt sie noch einmal klar.

Arie deutet zu einem Café auf der anderen Straßenseite. »Dürfen wir dich trotzdem auf einen Kaffee einladen? Ich würde mit dir gerne über Willems Geschäfte sprechen.«

Mayari schaut auf ihre kleine goldene Armbanduhr. »Um zwölf Uhr habe ich einen Termin mit dem Schlüsseldienst, die tauschen alle Schlösser aus. Für einen Kaffee hätte ich also noch Zeit, auch wenn ich fürchte, dass ich euch nicht weiterhelfen kann.«

Wenn schon der Schlüsseldienst kommt, weiß sie also ganz sicher nicht erst seit heute, dass sie das Haus erben wird. Kein Wunder, dass sie bei der Beerdigung auf Wiebkes Aufforderung, das Haus zu verlassen, so entspannt reagiert hat, denkt Jack.

Das Café ist eines von der Sorte, die in Amsterdam fast ausgestorben ist, die man aber gelegentlich noch auf Durchreise irgendwo in der Pampa findet. Ein kleiner Raum, unbequeme Klappstühle, Holztische, ein paar Plastikblumen, in der Ecke ein Fernseher, auf dem eine Quizshow läuft. Ohne auf die Karte – ein laminiertes DIN-A4-Blatt – zu schauen, weiß Jack, dass hier weder Cold Brew Tonic noch Cappuccino mit Amarettini-Bröseln oder anderer moderner Schnickschnack serviert wird. Dafür gibt es frischen Filterkaffee, Kuhmilch und Würfelzucker. Und wer Hunger hat, dem macht die Besitzerin auch mitten in der Nacht noch ein Eier-Speck-Sandwich, von dem eine halbe Fußballmannschaft satt werden würde. Sie setzen sich an einen Tisch am Fenster, weit genug weg von dem einzigen anderen Gast, der zuhören könnte.

»Die Ballons zur Beerdigung, ist das ein Brauch aus Thailand?«, beginnt Jack das Gespräch, als auf dem Tisch drei dampfende rote Tassen stehen.

»Die Ballons sollen den Geist des Toten in ein anderes Leben hinübertragen«, sagt Mayari ernst.

Arie nickt. Mayari schaut die beiden Detektive an, dann hält sie sich eine Hand vor den Mund, als müsse sie sich ein Kichern verkneifen. »Sorry, das habe ich gerade erfunden. Die Wahrheit ist, dass ich Ballons mag und es eine schöne Geste fand.«

Arie beugt sich ein Stück vor. »Ich glaube, zur Wahrheit gehört auch, dass du Wiebke ärgern wolltest.«

Mayari dreht ihre Handflächen nach oben und legt den Kopf schief. »Ich fand es nicht besonders nett von ihr, mir einfach so zu kündigen. Abgesehen davon hat sie mich jahrelang behandelt, als wäre ich nicht mehr als die dumme thailändische Putzfrau, die nur dank ihres Vaters nicht verhungert.«

»Waren Willem und du ein Paar?«, fragt Arie.

Mayari schüttelt entschieden den Kopf. »Wir haben uns gut verstanden, mehr nicht.«

»Es ist ungewöhnlich, dass eine Haushälterin, mit der man sich gut versteht, das Familienanwesen erbt.«

»Willem hatte oft ungewöhnliche, aber brillante Ideen.«

»So brillant wie die Idee, Geld aus kriminellen Machenschaften mit Hilfe von Briefkastenfirmen zu waschen?«

Mayari blinzelt und rückt ein Stück mit dem Stuhl nach hinten. Sie legt eine Hand über die andere, guckt erstaunt und sagt, dass sie die Frage nicht verstehe.

»Was weißt du über Willems Geschäfte?«, versucht Arie es anders.

»Nichts«, sagt Mayari. »Ich war schließlich nicht seine Sekretärin.«

Sie lügt, denkt Jack.

Aber Arie bohrt nicht weiter nach, sondern wechselt das Thema. »Hatte Willem andere Beziehungen, von denen Wiebke nichts wusste? Eine Geliebte, eine heimliche Partnerin?«

»Nein«, sagt Mayari.

»Weil er noch um Wiebkes Mutter getrauert hat?«

»Wiebkes Mutter ist seit Jahrzehnten tot«, Mayari schaut ihn entgeistert an. »Man muss ein sehr großer Romantiker sein, um zu glauben, dass er da immer noch trauert.«

Arie guckt ein bisschen ertappt und trinkt einen Schluck.

»Ich glaube, er wollte sich nicht die Zeit nehmen für

eine ernsthafte Beziehung, er hatte ja die Firma, Wiebke und Charlotte, hatte sich an die Freiheiten des Singlelebens gewöhnt. Für den Sex ist er zu Prostituierten gegangen, das hat er mir mal erzählt. Aber vor einigen Monaten hat er wohl damit aufgehört.«

»Warum?«

Mayari rollt mit den Augen. »Ich habe ihn nicht gefragt. Vielleicht ist es ihm langweilig geworden, oder er hatte Potenzprobleme, oder er ist darauf gekommen, dass man mit seinem Geld Sinnvolleres anstellen kann.«

Arie will noch etwas anderes wissen: »Kennst du Waldo, Willems Sohn?«

»Flüchtig, vor der Beerdigung habe ich ihn jahrelang nicht gesehen. Und das Letzte, das Willem mir von ihm erzählt hat, war, dass Waldo einen Entzug in der Schweiz macht und dann in die USA zurückkehren würde. Das ist aber nun auch schon wieder zwei oder drei Jahre her.«

»Waldo ist offenbar nicht besonders gut auf seinen Vater zu sprechen«, sagt Arie.

»Das haben die Drogen gemacht, sie haben Waldos Hirn zerstört. Opium, Heroin, Koks, Ecstasy – eine Weile hat er das Zeug wohl konsumiert wie andere Leute Gummibärchen.«

Mayari steht auf, bedankt sich für den Kaffee und verabschiedet sich mit einer leichten Verbeugung. Arie bezahlt, dann verlassen auch Jack und er das Café.

Es ist seit dem Morgen noch wärmer geworden, wie eine weiße Lammfelldecke liegt der Himmel über der Stadt. »Da könnte man einmal Wind gebrauchen …«, beschwert sich Arie.

»Wir könnten ans Meer fahren und dort weiterarbeiten«, schlägt Jack vor, hört aber Aries Antwort nur noch mit halbem Ohr, weil seine Aufmerksamkeit ganz von einer Szene auf der anderen Straßenseite in Anspruch genommen wird. Dort klebt eine Frau mit kurzem Kleid und fast hüftlangem schwarzem Haar gerade Zettel an die Heckscheibe eines sumpfgrünen Geländewagens mit Dachzelt.

»What a beauty«, murmelt Jack. Die Frau schaut herüber, sieht Jacks Blick, lächelt und winkt. Jacks Herz macht einen Hüpfer, er winkt zurück.

19

Arie tanzt. Vielleicht nicht auf *Schwanensee*-Niveau, aber sein Körper schwingt zum Rhythmus von *Soy yo*, während er die Lakshmi vom Staub befreit. Eigentlich müsste er dafür viel zu müde sein, schließlich war er in der Nacht sogar zu müde, um zu schlafen. *Zu müde, um zu schlafen*, hat er an diesem frühen Dienstagmorgen gegen fünf gegoogelt, und *chronische Schlaflosigkeit*. Er weiß nun, dass er seine Schlafhygiene verbessern und seinen zirkadianen Rhythmus ins Gleichgewicht bringen sollte, aber noch nicht, was zum Teufel das bedeutet. Macht auch erst einmal nichts, weil sein übermüdetes Hirn dann plötzlich noch eine Notfallbatterie findet. Jetzt fühlt er sich so fiebrig-überdreht wie ein Achtzehnjähriger, der nach durchfeierter Nacht einen Wodka Redbull getrunken hat. Wer braucht schon Schlaf?

Er putzt und tanzt und grinst dabei vor sich hin, dreht die Musik auf, wirbelt mit dem Putzlappen über den Tisch, stampft mit den Füßen auf und lässt die Hüften kreisen, so dass dem Fettschwanzmaki auf seinem Schlaf-T-Shirt wahrscheinlich ganz schwindelig wird. Hund steht hechelnd in der Tür, wedelt mit dem Schwanz und tapst mit den Pfoten eine Art Salsa-Schritt. Wir brauchen alle mehr Musik in unserem Leben, denkt Arie.

»Soy yo! Soy yo!«, singt Arie mit Bomba Estéreo, einer Band, die Juanita empfohlen hat. Keine Ballettmusik im klassischen Sinne. Aber Zlata, das ist die bezaubernde Ballettlehrerin (und möglicherweise auch der Grund, warum Arie auch nächsten Freitag zum Ballett will), hat gesagt, mit dem Tanztraining sei es am Anfang wie beim Lesenlernen: »Ganz egal, was und wo, Hauptsache, man tut es oft und mit viel Freude.«

Richtig viel Platz zum Tanzen gibt es auf dem Hausboot nicht. An Deck würde es gehen, aber da gibt es eben auch Zuschauer. Egal. Arie dreht sich um die eigene Achse, wirft den Lappen in die Spüle und versucht einen Grand Jeté Richtung Wohnraum, wo er die Sofakissen aufschütteln will. Der Grand Jeté, das hat er am Freitag gelernt, wenn auch nur in der Theorie, ist ein Spagatsprung. Richtig ausgeführt sieht er so aus, als würde der Tänzer durch die Luft schweben, bevor er anmutig landet. Aries Grand Jeté erinnert eher an ein kurzbeiniges Wasserschwein, das über einen breiten Graben hüpft. Wenn man schon am Boden keinen Spagat kann, gelingt das auch in der Luft nicht, aber ohne ausreichend Schlaf vergisst man solche Kleinigkeiten schon mal. Es ziept kurz in den Hüften, Arie rudert mit den Armen und landet, durch eine leichte Kollision mit dem Türrahmen aus dem Gleichgewicht gebracht, mit der Fußaußenkante auf dem Boden. Das Gelenk gibt nach, das Boot schaukelt, und dann fühlt es sich an, als würde ihm jemand ein Messer in den Fuß rammen.

Als Jan zwanzig Minuten später aufs Boot kommt, sitzt Arie noch genau da, wo er hingefallen ist. Hund ist an seiner Seite und leckt Arie übers Bein – lieber wollte er übers Gesicht, das durfte er aber nicht.

»Was ist passiert?«, fragt Jan, während er Fru Gunilla aus der Tasche lässt. Sie hüpft einmal quer durchs Boot und dann auf Aries Kopf.

Arie deutet auf sein Fußgelenk, das inzwischen dick und blau geworden ist. »Umgeknickt.«

Jan hilft Arie, aufs Sofa umzuziehen. Dann nimmt er Eiswürfel aus dem Gefrierfach, schüttet sie in eine Plastiktüte, wickelt ein Geschirrhandtuch darum und legt das Paket auf Aries Fußgelenk.

Hund kann jetzt an Deck gehen, wo Arie am Vortag ein Planschbecken aufgebaut hat. Es ist erst neun, aber schon verrückt warm. So eine plötzliche Hitzewelle im April ist gar nicht nach dem Geschmack des Neufundländers, der noch nicht mal sein Winterfell ganz abgeworfen hat. Dafür mag er Wasser. Platsch. Fru Gunilla kann wie alle Eichhörnchen zwar theoretisch schwimmen, möchte das aber nicht ausprobieren. Sie sucht sich ein kühles Plätzchen in der Nähe des Eisbeutels.

»Das hilft, nicht wahr?«, sagt Arie, der seit dem Sturz kein bisschen aufgekratzt mehr ist, sondern nur noch sehr müde. Außerdem ist ihm wieder eingefallen, dass sie einen Auftrag haben. Deshalb fragt er Jan: »Hast du schon was von Maria gehört?« Maria ist eine von Jans Ex-Kolleginnen beim IND, dem Immigratie- en Naturalisatiedienst. Sie hat auch Zugriff auf die Daten anderer Behörden und versprochen nachzuschauen, ob sie etwas über Waldo findet.

»Habe ich, aber nichts Gutes«, sagt Jan. »Bei der Stadt ist er nämlich auch ein Unbekannter. Nicht registriert.«

Auch im Internet haben sie keine Spuren von Waldo gefunden. »Es war dumm, dass wir ihm am Freitag nicht hinterher sind«, sagt Arie. »Mein Fehler.«

»Was war dein Fehler?«, fragt Maddie, die gerade zur Tür reinkommt.

»Heute: übermütiges Tanzen«, sagt Arie, wackelt vorsichtig mit den Zehen des verletzten Fußes und gähnt. »Am Freitag: dass ich dachte, wir müssten Waldo nicht verfolgen, weil wir ihn leicht finden würden.«

»Darf ich?«, fragt Maddie und hebt den Eisbeutel hoch.

»Es tut schon weniger weh«, behauptet Arie, aber dann sagt Maddie doch, was er befürchtet hat: »Das musst du röntgen lassen.«

»Morgen, wenn es bis dahin nicht besser ist.«

Maddie schüttelt den Kopf. »Heute. Am besten jetzt gleich, Elin und Jack sind ja eh noch nicht da.«

»Elin recherchiert noch zu Bengt Bjerker«, weiß Arie. »Und Jack?«

»Hat Hummeln im Hintern und fährt noch ein bisschen mit dem Rad durch die Gegend, bevor er kommt.«

»Unser Detektei-Auto ist noch in der Werkstatt, oder?«, bemerkt Jan.

Arie nickt. »Ich bin nicht sicher, ob es da je wieder lebend rauskommt.«

Eigentlich ein Ärgernis, aber gerade findet Arie, dass das auch positive Seiten hat. Ohne Auto kein Arztbesuch, zumindest nicht, wenn man nicht zum nächsten Bus laufen kann.

»Wir nehmen ein Taxi«, bestimmt Maddie. »Und ich komme mit, damit du zwischendurch nicht die Flucht ergreifst.«

Arie seufzt. »Ich fürchte, es dauert noch, bis ich wieder wegrennen kann.«

»Mindestens sechs Wochen«, prophezeit der Arzt eine Stunde später. »Bis es einigermaßen ausgeheilt ist.«

Außerdem sagt er, dass man einen Bänderriss nicht auf die leichte Schulter nehmen sollte. Die nächsten Tage soll Arie den Fuß hochlegen, kühlen und schonen. Danach darf er ihn wieder vorsichtig belasten, allerdings muss er dabei Tag und Nacht eine Orthese, eine spezielle Gehschiene, tragen.

»Riesengroßer Mist«, findet Arie.

»Allerdings«, pflichtet ihm Elin bei, als sie sich alle wieder auf der Lakshmi einfinden. Sie sitzen an Deck unter dem Schatten zweier Sonnenschirme. Arie hat seinen gesunden Fuß zu Hund ins Planschbecken gestellt.

»Aber immerhin habe ich ein paar Neuigkeiten: Bengt Bjerker hat sich für das Cover einer kanadischen Modezeitschrift mal mit einem Joint fotografieren lassen. In Kanada hat das keinen gejuckt, in Schweden hat es aber für einige Aufregung gesorgt.«

»Wieso das?«, wundert sich Maddie.

»Weil der Besitz und Konsum von Cannabis in Schweden streng verboten ist.« Elin berichtet von der strikten Drogenpolitik ihres Heimatlandes, das ausschließlich auf Repressionen setzt und nicht einmal zwischen harten und weichen Drogen unterscheidet. »Wenn du mit einem Joint erwischt wirst oder zu Hause eine Cannabispflanze im Schrank hast, bekommst du eine Anzeige.«

»Mich zieht es ja zum Glück sowieso eher in den Süden«, sagt Jack, der heute selbst für seine Verhältnisse einen ausgesprochen gut gelaunten Eindruck macht, wenn er auch ein bisschen abwesend wirkt. Vielleicht läuft es gerade mit Maddie besonders gut, denkt Arie, oder morgendliche Radtouren sind gut für die Psyche. Kurz geht ihm durch den Kopf, dass Jacks gute Laune im schlechtesten Fall mit dieser langhaarigen Schönheit zu tun haben könnte, die Jack gestern nach dem Besuch beim Notar zugewunken hat, aber diesen Gedanken schiebt er schnell zur Seite.

»Es gibt auch Gerüchte, dass Bengt Bjerker nicht nur Marihuana raucht, sondern auch seine Models mit Koks versorgt. Ohnehin schaffen es in dieser Branche nur wenige, ohne appetithemmende Drogen so dünn zu sein und dem Druck standzuhalten. Aber nachweisen konnte man das Bengt Bjerker nie«, berichtet Elin weiter.

»Sind superdürre Models nicht längst out? Von wegen *Body Positivity* und so?«, sagt Maddie.

»Jedenfalls nicht bei Bjerker«, sagt Elin.

Jan packt Spargel und Kartoffeln aus. Während Arie und Maddie beim Arzt waren, war er auf dem Markt. »Müssen wir Bengt Bjerker jetzt auch auf die Liste der Verdächtigen setzen?«

»Es wimmelt in diesem Fall nur so von seltsamen Zufällen. Seltsame Zufälle und seltsame Fährten, die uns am Ende doch alle nur im Kreis laufen lassen«, stöhnt Arie, während er von einer seltsamen Unruhe ergriffen wird, aber keine Ahnung hat, ob das am Fall, am vielen Denken, an der Hitze, den Schmerzmitteln oder dem Schlafmangel liegt. »Irgendwas sagt mir, dass die Lösung des Rätsels die ganze Zeit direkt vor unserer Nase liegt.«

Arie gähnt, als plötzlich ein junger Mann, Typ Skateboard-Held, neben der Lakshmi auftaucht. »Hi, ich bin der Kurierfahrer. Ich habe ein Paket für Arie Poepjes.«

Automatisch versucht Arie aufzustehen, lässt sich dann aber stöhnend zurück auf den Liegestuhl sinken. Elin springt ein und schaut auf den Absender. »Die Stoffprobe vom Labor ist zurück.«

»Jetzt wird's spannend«, sagt Maddie.

Elin reißt das Packband auf und guckt in den Karton. »Der Stoff, den uns Nore Timmer untergeschoben hat, ist tatsächlich aus Vikunja-Wolle. Aber …« Elins Augen weiten sich, als sie das Schreiben des Labors überfliegt. »Der eigentliche Stoff, der aus Willems Haus, der ist weder Vikunja noch Shahtoosh. Der ist eine günstige Viskose-Büffelhaar-Mischung.«

»Jetzt versteh ich gar nichts mehr«, gibt Maddie zu. »Nore Timmer hat eine billige Fälschung gegen ein wertvolles Original getauscht? Und vor allem einige tausend Euro investiert, damit wir glauben, dass Willem ein anständiger Geschäftsmann war? Das macht doch überhaupt keinen Sinn.«

Arie ist plötzlich wieder hellwach. Für solche Momente ist er einmal Polizist geworden. Solche Momente, in denen der Körper das Adrenalin hochfährt, noch bevor der Verstand richtig begriffen hat, dass man auf der richtigen Spur ist. »Es ergibt nur Sinn, wenn Nore Timmer mit Willem

Bot gemeinsame Sache gemacht hat und verhindern will, dass wir ihr Geschäft mit gefälschten Stoffen auffliegen lassen. Sie ist Wollexpertin, wahrscheinlich kann kaum jemand so gute Fälschungen herstellen wie sie.«

»Laut der Buchhaltung war Bengt Bjerker in diesem Jahr der Einzige, der bei Willem den vermeintlichen Vikunja-Webstoff, also die Viskose-Büffelhaar-Mischung, gekauft hat«, erinnert sich Jan. »Er könnte sowohl Teil der Fälscherbande als auch geprelltes Opfer und damit unser Täter sein.«

»Aber er wohnt in Schweden«, gibt Maddie zu bedenken.

»Das ist weit, aber nicht so weit weg, dass man nicht mal eben in die Niederlande fahren könnte«, sagt Jack.

»Um jemandem LSD zu geben? Das wäre doch irre«, wendet Maddie ein.

Jack zuckt mit den Achseln. »Ich dachte immer, alle guten Modedesigner sind ein bisschen irre.«

Maddie rollt mit den Augen, Elin hebt die Hand. »Was haltet ihr davon, wenn ich mir diesen Bengt Bjerker mal näher anschaue? Ich wollte sowieso schon ewig mal wieder nach Schweden.«

20

Mit jeder Stunde Richtung Norden wird es wilder, rauer, kälter. Elin legt ihren Kopf an die Scheibe des Zugfensters und beobachtet, wie der Frühling wie im Zeitraffer wieder dem Winter weicht. Als Erstes verschwinden die Blumen, die Farben verblassen, bis Wiesen und Wälder sich nur noch an ein trotziges Graugrün klammern. Dann stehen die Birken, Weiden und Eichen plötzlich nackt da. Schmelzwasser sprudelt in den Bächen, über dem Moor fliegt eine Gruppe Kraniche.

»Bald sind wir da«, sagt Elin. Hund, der zu ihren Füßen liegt, schaut zu ihr hoch und sieht ein bisschen verwirrt aus. Kein Wunder, er ist es nicht gewohnt, von Arie getrennt oder überhaupt auf Reisen zu sein.

Wie es Arie wohl heute geht? Ganz leicht ist es ihm nicht gefallen, Hund mit ihr nach Schweden zu schicken, das war deutlich. »Aber ich kann im Moment sowieso nicht mit ihm raus, und ihm wird es im kühlen Norden gefallen. Außerdem ist es gut, wenn einer auf dich aufpasst.«

Jack hatte gespöttelt. »Nachdem er ja neulich bewiesen hat, was für ein guter Wachhund er ist.« Da war natürlich was dran, trotzdem gefiel Elin die Idee, diese Reise nicht allein, sondern zusammen mit dem großen Neufundländer anzutreten.

Am Mittwoch hat Elin Bengt Bjerkers Assistentin erreicht, eine halbe Stunde später hatte sie den Modedesigner selbst am Telefon. »Elin Blomgren? Bist du etwa die Schriftstellerin, die diese süße Krimiserie über Fru Gunilla geschrieben hat? Die Bücher liebe ich«, hatte er gesagt, was Elin glücklicher machte, als sie zugegeben hatte.

»Jetzt würde ich gerne eine Biographie über dich schreiben.«

»Über mich? Aber ich bin doch wirklich nicht interessant genug«, kokettierte er, und es war klar, dass er eigentlich dachte: Das wurde höchste Zeit.

Zufällig hatte Bengt Bjerker dann auch gleich ein paar Tage Zeit für ein erstes Kennenlernen. »Falls du nach Schweden kommen kannst, sonst ginge es erst wieder nach der Amsterdam Fashion Week im August.«

»Ich komme. Und bringe einen Hund mit«, hatte Elin gesagt und gleich einen Platz im Nachtzug gebucht.

Jetzt ist es schon Donnerstag. Noch vierzig Minuten bis zu ihrer Ankunft. Elin blättert in ihrer Kladde, in der sie sich Stichpunkte zum aktuellen Fall und auch zum nächsten Buch über die Hausboot-Detektei notiert. *Jan und Juanita weitestgehend rauslassen*, steht da, fett unterstrichen, auf ausdrücklichen Wunsch hin von Jan und Juanita. Sie wollen, dass ihre Beziehung privat bleibt – ein bisschen zumindest. »Keine Sorge, für mich wird es sowieso erst wieder interessant, wenn ihr euch öfters streitet«, hatte Elin sie beruhigt.

»Wieso das?«, wollte Juanita wissen.

»Weil zu viel Glück die Leute langweilt.«

Während der Zug nun durch ihre alte Heimat rattert, denkt Elin darüber nach, ob das eigentlich stimmt. In Büchern auf jeden Fall – ohne Konflikt keine Geschichte. Und im normalen Leben? War eine seltsame Sehnsucht nach Dualität, nach dem ständigen, in der Welt verankerten Wechsel zwischen Licht und Dunkelheit, Glück und Unglück, der Grund dafür, dass Menschen so viel kaputt machten, Beziehungen zerstörten und Kriege begannen?

Der Zug fährt ein, Elin steht auf, nimmt ihre Reisetasche von der Ablage und knöpft mit einiger Mühe ihre Hose zu.

Bengt Bjerker holt sie persönlich ab. Er wartet schon auf dem Bahnsteig, vor dem alten roten Backsteingebäude mit den großen grünen Sprossenfenstern, und Elin erkennt ihn sofort. Nicht an den dunklen Augen, dem weiß-grauen Bart oder dem lässigen Man-Bun, die sie von den Bildern im Internet kennt, sondern an seinem Outfit: ein langer, mit Perlen bestickter roter Mantel, darunter weiße Satinhosen und ein rosafarbenes Hemd. Wer so in einer schwedischen Kleinstadt rumläuft, ist entweder Modedesigner oder zu Besuch aus Berlin oder Stockholm.

»Wieso Arvika?«, ist dann auch eine der ersten Fragen, die sie ihm nach der Begrüßung stellt.

»Weil man ab einem gewissen Alter Elche inspirierender findet als Menschenmassen.« Bengt lächelt. »Und wie landet man in Amsterdam, wenn man aus Lappland kommt? Das Wetter oder der Trubel?«

»Am Anfang die Liebe. Die hat aber nicht gehalten«,

sagt Elin, die an diese Episode in ihrem Leben nur ungern denkt. »Jetzt die Freunde.«

Bengt nickt. »Möglicherweise die beste Form von Liebe.«

Er betrachtet sie, erkennt vermutlich auf einen Blick, dass es ihr bei Kleidung mehr darum geht, wie sie sich anfühlt (gerne weich und bequem), als wie sie aussieht. Sein Blick bleibt an ihrem Bauch hängen. Sie überlegt kurz, ob sie ihm sagen soll, dass sie nicht schwanger ist, nur ein Pommesbaby mit sich rumträgt oder außer der Reihe ihre Tage bekommt oder sich die Wechseljahre ankündigen. Letzteres hofft sie immer, wenn ihr Bauch so aufgebläht ist, dann hätte sie die monatliche Quälerei wenigstens hinter sich.

Aber da wendet sich Bengt schon Hund zu, streichelt ihm über den Rücken und sagt: »Aus deinem Fell könnte ich die halbe nächste Winterkollektion stricken lassen.«

Gute Vorlage, denkt Elin, und während sie Richtung Parkplatz gehen, plappert sie drauflos, als wäre das hier ganz normaler Smalltalk. »Auf jeden Fall originell: Wintermäntel aus Hundehaar. Obwohl andere Wolle vermutlich weicher wäre. Was nimmst du denn sonst so? Kaschmir oder Alpaka? Oder … wie heißt gleich noch diese superteure Wolle?«

Bengt Bjerker reagiert nicht.

»Jetzt weiß ich es wieder: Vikunja.«

Elin beobachtet ihn von der Seite, aber in seinem Gesicht regt sich nichts. »Ich glaube, du kennst dich da fast besser aus als ich. Ich mache nämlich nie was mit Wolle. Ist mir zu grob. Wenn schon tierische Fasern, dann Seide.«

Elin weiß nicht, ob sie sich über Bengt ärgert, weil er

sie so gekonnt anlügt, oder ob sie ihn dafür bewundert. Er hat den Stoff bei Willem für viel Geld (möglicherweise *zu viel* Geld) gekauft, da wird er wohl irgendetwas damit gemacht haben. Oder war er nur Zwischenhändler und hat den Stoff weiterverkauft? Hat der Stoffhandel nur auf dem Papier stattgefunden, als Teil eines ausgeklügelten Geldwäschesystems?

Sie steigen in Bengts Volvo, für Hund liegt eine Decke im Kofferraum. Es duftet ganz leicht nach süß-aromatischem Kraut.

»Ich habe gestern Abend noch gesehen, dass du inzwischen auch unter Pseudonym schreibst«, sagt Bengt Bjerker leichthin und startet den Motor. Elin schwant nichts Gutes.

»Klang so, als ob du eine dieser Hausboot-Detektivinnen bist und echte Fälle dokumentierst.«

Genau das hätte Elin vor Bengt lieber geheim gehalten. Er sollte auf keinen Fall auf die Idee kommen, dass dies der eigentliche Grund für ihren Besuch ist.

»Das ist Teil der Marketingstrategie«, sagt sie deshalb und lacht. »Weil sich True Crime so gut verkauft.«

»Aber die Hausboot-Detektei existiert wirklich, oder nicht?«

»Stimmt, aber die machen das, was Detektive im Allgemeinen eben so tun: untreue Ehemänner bespitzeln, gestohlene Hunde suchen, so etwas.«

Elin sieht Bengt an, dass er noch nicht restlos überzeugt ist. »Ich gestehe aber, dass ich mir große Mühe gebe, dass alles so klingt, als wäre es wirklich passiert. Ich lasse mich manchmal sogar von echten Geschehnissen in der Stadt inspirieren.«

»Zum Beispiel?«

»In Amsterdam passiert doch dauernd etwas. Wertvolle Kunstwerke werden aus Museen gestohlen, Staatsanwälte auf offener Straße erschossen. Neulich ist ein bekannter Geschäftsmann und Spendengeber der Stadt von einem Müllauto überfahren worden. Willem Bot, vielleicht hast du von ihm schon mal im Rahmen der Fashion Week gehört?«

Bengts Hände schließen sich mit einem Mal enger ums Lenkrad. Treffer, versenkt, denkt Elin.

»Vielleicht, ich habe so ein schlechtes Namensgedächtnis«, sagt Bengt. »War das denn ein Mord?«

»Laut Polizei ein Unfall. Aber es gibt Gerüchte. Angeblich soll ihn jemand unter Drogen gesetzt haben.«

»Drogen gibt es bei euch ja genug«, sagt Bengt ein wenig steif, während er auf einen Schotterweg abbiegt.

Der Wald lichtet sich, links von ihnen liegt ein dunkler See, vor ihnen eine Birkenallee, Wiesen und ein großes weißes Herrenhaus.

Elin hebt die Nase, schnüffelt demonstrativ und grinst. »Und hier?«

»Hier natürlich nicht!« Bengt spricht mit gespielt entrüsteter Stimme, dann lacht er.

Er lügt wie gedruckt, denkt Elin. Was die weiteren Nachforschungen nicht einfach machen wird. Trotzdem muss sie ihn fragen, was er zu den Gerüchten sagt, er würde seine Models mit Drogen versorgen. Später, wenn sie ihm beim Essen gegenübersitzt und ihm ins Gesicht schaut.

»Herzlich willkommen im Södergård!« Bengt stellt den Wagen ab.

Draußen umfängt sie ein kalter Wind. Elin schließt kurz die Augen und genießt. Natürlich, in Amsterdam windet es auch die ganze Zeit, aber das ist meist der salzige, ruppige Wind vom Meer, der über das flache Land und durch die Grachten fegt, immer in Eile, wie die Bewohner der Stadt. Der Wind hier tanzt über die Hügel und riecht nach Schnee und Flechten.

Hund springt aus dem Auto, öffnet das Maul und wedelt mit dem Schwanz. Sie gehen auf das Haus zu, Bengt trägt Elins Tasche. Was für ein schönes Gebäude, sicher weit über hundert Jahre alt. War das nicht verrückt, denkt Elin, dass sie in einer Stadt lebt, in der eine kleine Wohnung vermutlich mehr kostet als so ein Haus an einem schwedischen See.

Die Inneneinrichtung ist schlichter, als Elin erwartet hat. Es gibt viel weiß gebeiztes Holz, ein paar große Pflanzen, viele Bücher, teure, aber elegante Möbel. Elin hofft, dass Hund, der sich, von der Reise erschöpft, erst einmal für ein Nickerchen ins Wohnzimmer legt, hier nicht allzu viel Sabber und Haare verliert. Bengt führt sie in den ersten Stock und zeigt ihr das Zimmer, in dem sie wohnen wird.

»Treffen wir uns in einer Stunde unten, zum Essen?«

»Klingt gut«, sagt Elin.

Als Elin zwanzig Minuten später frisch geduscht und im Jerseykleid aus dem Badezimmer kommt, hört sie von unten Musik, ein Cellokonzert. Und dann klingelt es an der Tür.

21

Es ist der größte Hund, den Robin je gesehen hat. Durchs Fernglas und mit einer gehörigen Portion Grusel beobachtet er, wie die Bestie lang ausgestreckt hinter der großen Glastür in Bengt Bjerkers Wohnzimmer liegt, schwarz, mit blutunterlaufenen Augen, großen Zähnen und einem halb offenen Maul, aus dem der Sabber tropft. Schwerfällig und träge sieht das aus, aber das ist ein Täuschungsmanöver, wie es auch Bären, Nilpferde oder Krokodile beherrschen. Sie liegen reglos rum, mit so viel Masse, dass man glaubt, es bräuchte einen Kran, um sie zu bewegen. Aber kaum wittern sie Beute, werden sie schnell. Zu schnell für einen schmächtigen Niederländer, der im Sportunterricht immer ganz hinten mitgelaufen ist.

Es ist Donnerstag, der 18. April, und in zwei Tagen muss Robin mit 120 000 Euro zurück in Amsterdam sein. Wirklich kein guter Zeitpunkt, um herumzutrödeln. Außerdem ist es furchtbar kalt. Trotzdem beschließt Robin, noch ein wenig zu warten, hier in seinem Versteck am Waldrand. Eine Stunde vielleicht. Er hofft, dass der Höllenhund nicht dem schwedischen Designer, sondern seinem Besuch gehört und schnell wieder verschwindet.

Der Besuch kommt ebenfalls aus den Niederlanden. Das hat Robin am Kennzeichen des Jeeps gesehen, der in der Einfahrt steht. Robin ist mit dem Fahrrad gekommen. Nicht die ganze Strecke natürlich. Das größte Stück hat er mit dem Zug zurückgelegt, im Fahrradabteil und mit vollen Packtaschen, in seiner Trekkinghose alberne Fahrradklemmen, am Lenker einen Helm, mit dem er aussieht wie zwölf, und ein altmodisches Fernglas.

»So hält dich garantiert keiner an der Grenze an«, hat Elias gesagt. »Und wenn doch, erzählst du ihnen einfach, du würdest den Sommer über durch Skandinavien radeln und Vögel beobachten.«

Aber keiner hat ihn auch nur angeschaut, nicht an der deutschen, nicht an der dänischen und auch nicht an der schwedischen Grenze. Die letzten zwanzig Kilometer, die ist er dann auch wirklich geradelt. Freiwillig hätte er das nicht gemacht, nicht über diese Hügel, mit seinem alten Hollandrad mit gerade mal drei Gängen. Aber in dieser Einöde fährt nicht mal ein Bus. Viele Autos auch nicht. Dafür hat Robin einige rote und gelbe Holzhäuser gesehen. Außerdem einige Seen und Wald, unendlich viel dunklen Wald.

Dort hockt er also jetzt, umgeben von Kiefern, Fichten und Moosen, und blickt auf Bengt Bjerkers Anwesen. Zwischen ihm und dem alten, weißen Herrenhaus liegen etwa achtzig Meter Wiese. Es gibt auch einige Nebengebäude, darunter ein kleines Bootshaus am See. Im Sommer, wenn die Birken und Ahornbäume grün sind und der See in der Sonne glitzert, ist es bestimmt sehr schön hier. Jetzt, mit den noch kahlen Bäumen, an denen der Wind zerrt, und dem steingrauen Himmel, der schwer und bedrohlich wie eine Felslawine über dem Ganzen hängt, findet Robin das Szenario eher unheimlich.

Im Raum neben dem Wohnzimmer geht das Licht an. Robin nimmt das Fernglas zur Hand, sieht Bücherregale, einen Flügel, einen Beistelltisch, auf dem ein Päckchen liegt, im Hintergrund führt eine Treppe nach oben. Zwei Personen betreten das Zimmer. Ein kleiner Typ, der mit seinem kahlgeschorenen Kopf und der weinroten Kutte aussieht wie ein buddhistischer Mönch mit Schnurrbart, und ein schlanker, langer Mann in einem langen Kimono. Sie setzen sich in zwei Sessel.

Der Kimono-Mann ist Bengt Bjerker. Einmal hat Robin ihn schon getroffen, bei einem von Bjerkers Model-Castings in Amsterdam. Ihm steigt noch immer die Schamesröte ins Gesicht, wenn er daran denkt, wie die Leute ihn angeguckt haben: unentschieden zwischen Spott und Mitleid, dass jemand, der so unscheinbar aussieht wie er, von einer Laufstegkarriere auch nur träumen kann. In Wahrheit war das Casting nur Vorwand für ein erstes Verkaufsgespräch gewesen. Anouk hatte die Waren zufällig am Strand gefunden, völlig irre. Vermutlich waren sie irgendeinem Schmuggler vom Boot gefallen und angeschwemmt worden. Sicher, ganz korrekt wäre es gewesen, das Zeug zur Polizei zu bringen. »Aber das wäre ein bisschen langweilig«, sagte Anouk. Außerdem hatte es sich angefühlt wie ein kleiner Lottogewinn.

»Ich habe da eine Idee«, hatte Robin gesagt und sich auf einmal wie ein richtig cooler Typ gefühlt. Er hatte mit

Bengt gesprochen, der ja auch schon mit Kaatje Geschäfte machte. Mützengeschäfte, aber es war ja bekannt, dass Modedesigner jede Menge Stoff brauchten.

»Die Freundin von Kaatjes Enkel hat also was aus dem Meer gefischt, mmhh?«, hatte Bengt gesagt und gelacht.

Danach hatte alles gut geklappt. Robin nutzte Kaatjes Mützenpakete als Transportmittel, Bengt schickte via zwielichtiger Kuriere Bargeld, das er in T-Shirts aus der letzten Kollektion einwickelte. Anouk und er freuten sich über die florierenden Geschäfte, träumten von Ibiza, hatten wunderbaren Sex und sprachen von Liebe.

Es kommt Bewegung in die Szene im Wohnzimmer. Bengt gestikuliert, geht Richtung Treppe. Der Buddhist lächelt, steht auf, die beiden Männer treffen am Treppenabsatz aufeinander, der Besucher streicht Bengt über die Wange, fährt mit der Hand seinen Nacken entlang.

Auch mit Fernglas ist es auf die Entfernung schwierig, einen Gesichtsausdruck richtig zu deuten, aber Robin sieht, wie sich Bengts Lippen öffnen. Kurz glaubt er, gleich Zeuge einer Sexszene zu werden. Doch dann packt der Buddhist Bengts Kopf mit einer schnellen Handbewegung, dreht ihn mit einem Ruck zur Seite, und Bjerker gleitet Sekunden später wie ein schwerer Sack zu Boden.

Robin schreit unwillkürlich auf. Der Mörder schaut in seine Richtung, aber dann tritt er zu einem kleinen Beistelltisch und greift nach einem Paket. Robin kriecht tiefer ins Unterholz, glaubt, jeden Moment durch die Hand des Killers oder vor Angst sterben zu müssen. Er zieht sein Smartphone, um die Polizei anzurufen, zögert dann aber. Sie würden den toten Bengt finden und im besten Fall gleich seinen Mörder festnehmen. Sie würden aber auch ihn als Hauptzeugen mit aufs Revier mitnehmen, fragen, was er im Wald hinter Bengts Haus zu suchen hatte, eventuell seine Fahrradtaschen finden und ihn so lange festhalten, bis Anouk tot wäre. Anouk! Wie soll er denn jetzt so schnell jemand anderen finden, der ihm 120 000 Euro geben kann?

Das Telefon in seiner Hand vibriert. Vor Schreck lässt er es ins Moos fallen, hebt es aber wieder auf, als er Elias' Namen auf dem Display sieht.

»Ich habe Gott gefunden. Ätzender Typ.« Elias macht eine kleine Kunstpause, während es Robin vor Aufregung schwindelig wird. Dann fügt er hinzu: »Es ist tatsächlich dieser Mike, wie du vermutet hast. Anouk ist bei ihm …« Seine Stimme klingt merkwürdig gepresst.

»Dieses Schwein! Ist Anouk …?«, Robin stockt. »Kannst du sehen, ob es ihr gut geht?«

»Besser, als dir möglicherweise lieb ist.« Elias räuspert sich und fragt: »Hat Bjerker dir schon das Geld gegeben?«

»Nein.«

»Gut.«

Gut? Wieso gut? »Gar nicht gut. Bjerker ist nämlich tot.«

»Krass. Wie das?«

»Irgendein Typ, der aussieht wie ein Mönch, mit einem Jeep mit niederländischem Kennzeichen hat ihm gerade in seinem Haus das Genick gebrochen. Ich habe es durch das Fernglas beobachtet.«

»Du verarschst mich«, sagt Elias. »Ist außer den beiden noch wer im Haus?«

»Ein gefährlicher Riesenköter. Meinst du, ich sollte die

Polizei informieren? Aber ich habe nur noch morgen Zeit, um das Geld zu beschaffen, und keine Ahnung, wie ich das machen soll. Ich kann mich doch nicht in Stockholm oder Malmö auf den Marktplatz stellen und das Zeug in kleinen Tüten verticken.«

»Ehrlich gesagt ist es gut, dass du noch alles hast«, sagt Elias, und da ist er wieder, dieser komische Nachhall in seiner Stimme.

Es raschelt im Gebüsch. Robin fährt zusammen, für einen Sekundenbruchteil ist er überzeugt, der Killer steht neben ihm und wird ihm auch sein Genick brechen. Aber dann ist es nur ein Dachs. Er starrt ihn aus kleinen schwarzen Augen an, bevor er sich mit wiegenden Trippelschritten entfernt.

»Anouk ist nicht entführt worden. Du musst kein Geld besorgen«, sagt Elias.

Wahrscheinlich träumt er jetzt doch, denkt Robin.

»Anouk sitzt nicht gefesselt und geknebelt in irgendeinem Keller. Sie hüpft halb nackt durch die Wohnung ihres Ex-Mackers, der wohl gar nicht so sehr Ex ist.«

»Natürlich ist er ihr Ex!«

Robin fühlt, wie sein Puls steigt und sein Blutdruck sinkt, bis die Welt ein bisschen verschwommen aussieht. »Vielleicht spielt sie ihm nur etwas vor, damit er unvorsichtig ist und sie fliehen kann. Oder es ist dieses Stockholm-Syndrom, du weißt schon.«

Elias antwortet nicht, Elias schickt ein Foto.

Auf dem Bild steht Anouk am Fenster, mit bauchfreiem Top, in einer Hand ein großes Messer, in der anderen eine Paprika. Ihre roten Haare locken sich wild um ihr Gesicht.

Sie macht einen Kussmund, aber wahrscheinlich pfeift sie nur. Sie pfeift oft, während sie kocht.

Und bevor Robin nun etwas richtig Dämliches sagen kann, wie, dass Mike bestimmt mit gezogener Knarre schräg hinter ihr steht, um sie zu dieser kleinen Show zu zwingen, berichtet Elias, dass Mike auf dem Balkon sitzt und Bier trinkt.

Robin schaut nach oben. Er sieht die dunklen Baumwipfel im Wind wippen und dann, wie der nicht ganz so dunkle Himmel nach unten stürzt. Wie er auf der Erde landet und ihn zerquetscht, ganz und gar, bis er nur noch aus Zellenbrei besteht, das spürt er lediglich.

»Robin?«

Robins Hals ist wie zugeschnürt.

»Robin!«

»Sie hat …«, bringt Robin heraus, überrascht, dass dieser Schmerz ihn nicht umgebracht hat, dass er noch denken, noch sprechen kann – wenn auch nur einigermaßen. »Anouk, sie hat … sie wollte nur einen Deppen finden, der für sie und ihren Typ die Drecksarbeit erledigt. Sie wollte nie mit mir nach Ibiza.«

»So sieht's leider aus, Mann. Was ich nicht verstehe: Warum haben die sich diese kranke Entführungsgeschichte ausgedacht? Du hast doch sowieso schon Drogen für sie vertickt.«

Robin denkt daran, was Anouk neulich mal vorgeschlagen hat, als es darum ging, dass man für das Leben auf Ibiza viel Geld braucht, sehr viel Geld: *Oder jetzt ein bisschen mehr arbeiten, damit wir auf der Insel gemütlich in der Hängematte liegen können.* Sie wusste ja, dass Bengt Bjerker mehrfach gesagt hatte, dass er auch größere Lieferungen annehmen könnte. Doch Robin hatte die Idee zu riskant gefunden. Bei ihrem nächsten Besuch hatte Anouk ihre Tasche bei ihm gelassen.

Robin räuspert sich und sagt zu Elias: »Ich schätze, sie sind ungeduldig geworden, wollten möglichst schnell möglichst viel Kohle machen. Vielleicht wird Mike das Pflaster in Amsterdam zu heiß, laut Anouk lag er neulich nach einer Prügelei im Krankenhaus. Kann doch sein, dass es dabei auch um Drogen ging.«

»Vielleicht war die Prügelei die Warnung einer anderen Drogengang. Hört man doch immer wieder, dass die nicht zimperlich sind. Und jetzt hat Mike Angst um sein Leben und will zusammen mit Anouk und einem Koffer voller Geld so schnell wie möglich die Stadt verlassen«, spinnt Elias die Geschichte fort. »Obwohl sie den Stoff doch theoretisch auch einfach selbst hätten verkaufen können.«

»Theoretisch schon, praktisch wäre das schwierig geworden. Zum einen bin ich derjenige, der den Kontakt zu Bengt Bjerker hat. Zum anderen steht Mike vielleicht unter Beobachtung: von den Typen, die ihn krankenhausreif geschlagen haben, aber möglicherweise auch von der Polizei. Schließlich ist er vorbestraft. Vielleicht hat Anouk die Tasche auch deshalb bei mir deponiert, weil sie Angst hatten, dass irgendjemand Mikes Wohnung durchsucht. Und bei Anouk ging auch nicht, sie hat mir mal erzählt, dass ihre Mutter krankhaft neugierig ist. Kann aber auch sein, dass sie da schon diese Entführungsgeschichte geplant haben.«

»Verstehe. Trotzdem sind sie ein ziemliches Risiko eingegangen. Du hättest ja auch einfach zur Polizei gehen können.«

»Und Anouks Leben gefährden? Das hätte ich niemals gemacht, und ich fürchte, das war Anouk klar. Ich hätte sie ja nicht mal mit reingerissen, wenn ich beim Dealen erwischt worden wäre.«

»Und die 24 000 Euro aus deiner Matratze?«, fragt Elias.

»Die hat vielleicht auch Anouk mitgehen lassen. Oder sie hat Mike den Schlüssel gegeben.« Robin unterdrückt ein Schluchzen. »So viele Lügen. Ich war ein kompletter Idiot, dass ich auf die Sache reingefallen bin.«

Robin rechnet damit, dass Elias ihn daran erinnert, dass er ihn ja gleich vor Anouk gewarnt habe. Aber dann sagt sein Freund: »Auf so eine Liebesnummer sind auch schon Top-Geheimagenten hereingefallen, mach dir keinen Kopf. Die Frage ist aber: Wie geht's weiter?«

Das wüsste Robin auch gerne. Erst einmal liegt er auf dem feuchten Waldboden und zittert. Es reicht noch nicht, um die schreckliche Kälte zu vertreiben, aber irgendwo tief in ihm drin entfacht sich eine kleine wütende Flamme. »Die werden ganz schön blöd gucken, wenn sie rausfinden, dass ich das Zeug irgendwo in einen schwedischen Wald gekippt habe.«

»Blöd gucken und dir dann ein paar Körperteile abschneiden, bis du das Geld auch so auftreibst«, korrigiert Elias. »Alter, dieser Mike, das ist kein netter Kleinkrimineller, der ab und zu mal was aus dem Supermarkt mitgehen lässt. Der will einer von den ganz Großen werden, der neue Pate von Amsterdam, ein kriminelles Netzwerk in Europa aufbauen, so etwas.«

»Ich dachte, so etwas machen nur die Italiener oder Albaner. Oder die Russenmafia.«

»Das ist die Globalisierung, Mann. Da kann jeder beim organisierten Verbrechen mitmischen, auch wenn es ein strunzdoofer Kickboxer mit Hackfresse aus Holland ist.«

»Und was machen wir jetzt?«

Elias antwortet, ohne zu zögern: »Komm mit dem Nachtzug nach Hause und bring den Stoff wieder mit. Ich kenne jemanden, der uns weiterhelfen könnte.«

22

»Where is Waldo?«, fragt Jack. Als hätten sie diese Frage in den letzten Tagen nicht schon hundert Mal gestellt und als würden sie die Antwort schneller finden, wenn sie ins Englische wechseln.

Jack dreht sein Telefon um. »Schau mal: *Where is Waldo?* Das ist ein Kinderbuch.«

Maddie sieht das Cover eines Wimmelbilderbuchs. Es dauert einen Moment, dann erkennt sie ihn wieder: den berühmten Weltenbummler, den sie schon so oft zusammen mit Isa gesucht hat und der immer einen rot-weiß gestreiften Pulli, Brille und Pudelmütze trägt. »In Isas Büchern heißt er Wally, nicht Waldo.«

»Waldo in Nordamerika und Schweden, Wally im britischen Original und auch in den Niederlanden. Holger in Dänemark, Walter in Deutschland und so weiter«, findet Jack im Internet. »Warum die den Namen geändert haben, steht da nicht, vielleicht klingt Wally in den USA oder in Dänemark irgendwie doof.«

»Ich finde Wally viel netter als Waldo, das ist doch eher ein Name für einen alten Dackel als für einen Jungen. Und was meinst du, wie das für unseren echten Waldo in der

Schule in den USA gewesen sein muss? Da gab es bestimmt unzählige *Where-is-Waldo*-Witze.«

»Alter Dackel«, lacht Jack und tippt etwas in sein Telefon. Dann liest er vor: »Der Name Waldo ist eine Nebenform von Walter und bedeutet Herrscher des Heeres.«

»Sag ich ja: Geht gar nicht, der Name. An Waldos Stelle hätte ich ihn geändert.«

Maddie und Jack gucken sich an, dann sagen beide gleichzeitig: »Was sind wir blöd.«

Jack steht auf und holt zwei Flaschen Bier und zwei Zitronenscheiben aus dem Kühlschrank. Draußen setzt die Dämmerung ein. Durch das offene Fenster weht eine leichte Brise, trotzdem fühlt sich die Dachwohnung mehr nach Juli als nach April an. Isa summt nebenan, gerade so laut, dass sie das Rattern der Nähmaschine übertönt.

Jack schiebt die Zitrone in den Flaschenhals, trinkt einen Schluck und rülpst. »Hätten wir auch früher drauf kommen können, dass er vielleicht gar nicht mehr Waldo Bot heißt.«

»Und sowohl in den Niederlanden als auch in den USA ist es relativ leicht, seinen Namen zu ändern. Jetzt müssen wir nur noch herausfinden, wie er jetzt heißt«, sagt Maddie.

»Wally, wie das Original«, schlägt Jack vor, bekommt aber für *Wally Bot* auch keine Treffer.

»Wenn er schon seinen Namen geändert hat, dann sicher auch den Nachnamen, der ihn an den Vater erinnert«, vermutet Maddie und versucht *Wally de Ridder.* Den kennt die Suchmaschine. Aber es ist nicht der, den sie suchen.

»Seine Mutter müsste das doch wissen«, sagt Jack.

»Bin ich mir gar nicht so sicher. Und selbst wenn: Solange sie nicht ans Telefon geht, hilft uns das sowieso nicht.«

Jack schaut noch mal auf die Karte im Internet, auf der man sieht, wie der Bilderbuch-Waldo in verschiedenen Ländern heißt. »Willy, Effi, Holger«, zählt er ein paar auf.

»Alle nicht überwältigend«, sagt Maddie. »Aber es ist natürlich sowieso Quatsch zu denken, dass er einen dieser Alternativnamen genommen hat.«

»Ich finde die Idee mit dem Buchnamen so witzig, ich hätte das gemacht«, sagt Jack.

Maddie verkneift sich die Bemerkung, dass Jack aber auch einen etwas eigenwilligen Sinn für Humor hat, und versucht es mit der isländischen Variante: *Valli*. Zwei Minuten später springt sie so heftig auf, dass ihre Bierflasche umkippt.

»Spielt ihr Flaschendrehen?«, fragt Isa, die plötzlich in der Tür steht.

»Wir spielen Detektiv«, sagt Jack. »Kannst du einen Lappen holen?«

»Wir haben ihn: Valli de Ridder«, ruft Maddie aus. Sie nimmt Isa den Lappen ab und wischt das Bier auf.

»Ist Valli der Mörder?«, fragt Isa.

»Der Hypnotiseur«, sagt Jack.

Isa macht große Augen.

»Na ja, streng genommen Hypnotherapeut. Hier ist seine Internetseite.«

Jack setzt sich neben Maddie aufs Sofa, und sie lesen gemeinsam, dass er letztes Jahr die Ausbildung im medizinischen Hypnosezentrum erfolgreich abgeschlossen hat.

»Geht das eigentlich? Jemanden so zu hypnotisieren, dass er erst LSD nimmt und dann vors Auto läuft?«, fragt Jack und greift zu seinem Telefon.

»Wenn es geht, wäre das doch mal eine ausgesprochen originelle Mordmethode«, sagt Maddie. »Ich bin nur nicht ganz sicher, ob ein Hypnotherapeut das Gleiche macht wie ein Hypnotiseur.«

»Eigentlich sollen Hypnotherapeuten dabei helfen, mit dem Rauchen aufzuhören oder abzunehmen oder alte Traumata zu verarbeiten. Und ich glaube, Hypnotiseure sind die, die mit Shows durchs Land tingeln«, sagt Jack und vertieft sich anschließend in sein Telefon.

Nach einer Weile berichtet er: »Es wird auch unter Experten diskutiert, ob man jemanden mit Hypnose zu einem Verbrechen anstiften kann. Es gilt als nahezu unmöglich, dass dich jemand gegen deinen Willen zum Mörder macht. Falls du aber sowieso schon mit dem Gedanken spielst, jemanden zu töten, könntest du der Aufforderung unter Hypnose folgen. Da ist sich die Fachwelt nicht einig.«

»Klingt arg konstruiert.«

»Wir rufen Arie und Jan an. Mit Waldos neuem Namen müssten wir zumindest herausfinden können, wo er gerade steckt.«

»Geht ihr noch mal weg?«, fragt Isa.

»Vielleicht«, sagt Maddie.

»Juanita ist bei Jan im Bauwagen«, erinnert Isa und fügt sicherheitshalber hinzu, dass sie auf keinen Fall allein bleiben könnte.

Mitnehmen zu Waldo will Maddie ihre Schwester aber auch nicht. Bleibt der alte Onno aus dem zweiten Stock, der sich immer freut, wenn Isa ihm Gesellschaft leistet und ihm dabei hilft, seine Katzen zu bürsten.

»Klar kannst du heute Abend hierbleiben. Ich wollte dich sowieso fragen, ob du nicht etwas für mich nähen kannst«, sagt Onno, als sie kurze Zeit später bei ihm klingeln.

»Aber gerne, was denn?«, antwortet Isa.

»Einen bunten Frack.«

Maddie runzelt die Stirn. Onno verlässt nur ungern seine Wohnung und wenn, dann höchstens, um die Enten im Park zu füttern, neue herrenlose Katzen einzufangen oder um seine Schwester zu besuchen. Wozu braucht er einen Frack?

»Gehst du auf einen Ball?«, fragt Isa.

Onno schüttelt sich ein bisschen bei dieser Vorstellung. »Bloß nicht«, sagt er. »Ich will mich nur ein bisschen schick machen, wenn meine Katzen Geburtstag haben.«

Zwei Stunden später treffen sich die Detektive am Leidseplein vor dem Hans Brinker Budget Hotel, das damit wirbt, das schäbigste Hostel der Stadt, ja vielleicht der Welt zu sein. *The worst and the cheapest*, steht auf einem großen Plakat neben der dreckigen Eingangstür, auf einem anderen: *It can't get worse, but we do our best.*

»Genau mein Humor«, lacht Jack.

»Ich kann mir nicht vorstellen, warum man hier länger als ein paar Nächte bleiben möchte«, sagt Jan, als ihnen von drinnen der Geruch von Zigarettenrauch, Bratwurst und Blähungen entgegenschlägt. Er hat auf die Schnelle eine andere Kursteilnehmerin des Hypnosezentrums aufgetrieben. Die hat sich weismachen lassen, dass es um den verstorbenen Vater und irgendwelche Erbangelegenheiten geht, und verraten, dass Valli schon seit über einem Jahr in dem Hostel wohnt. Umsonst – im Gegenzug putzt er die Toiletten und Duschen. Die Detektive treten ein, langsam, weil der Boden klebt und weil Arie auf Krücken geht. Dass er überhaupt mitkommen konnte, liegt nur daran, dass das Detektei-Auto schneller als erwartet mit dem Prädikat *vorläufig fahrtauglich* aus der Werkstatt entlassen wurde.

Willem Bots Sohn sitzt auf einem Bett im Schlafsaal und wirft Klamotten in einen Rucksack. »Ziehst du aus?«, fragt Maddie.

Valli schaut auf. Er sieht immer noch fertig aus, aber besser als auf der Beerdigung, so als hätte er zwischendurch doch mal geschlafen und etwas gegessen. Seine Haare hat er auch gewaschen. »Willst du mein Bett übernehmen? Morgen bin ich weg.«

»Der *lucky Bastard* fliegt in die USA, der hat sogar einen Pass«, sagt ein breitschultriger Typ in einem der Nachbarbetten.

»Wir würden gerne mit dir über deinen Vater reden«, sagt Arie.

Valli schaut hoch, schaut sie zum ersten Mal richtig an. »Ey, euch habe ich doch schon auf der Beerdigung gesehen.«

»Wir versuchen herauszufinden, was wirklich passiert ist.«

»Laut Polizei hat der Alte doch LSD geschluckt und ist dann vor den Müllwagen gerannt. Schlechter Trip, würde ich sagen.«

»Die Sache ist, dass nicht alle glauben, dass Willem das LSD freiwillig genommen hat«, erwidert Arie.

»Seid ihr von den Bullen, oder was?«

»Privatermittler, Hausboot-Detektei.«

Valli macht seinen Rucksack zu. »Lasst mich raten. Meine herzige Halbschwester kann den Gedanken nicht ertragen, dass ihr lieber Papi doch mal auf Drogen war, und hat euch engagiert, damit ihr den wahren Mörder findet. Falls ihr gut in eurem Job seid, habt ihr inzwischen wahrscheinlich mehr Tatverdächtige, als euch lieb ist. Aber da ich als Einziger offen zugebe, wie erleichtert ich über seinen Tod bin, seid ihr zu mir gekommen.«

»So könnte man das zusammenfassen«, gibt Arie zu.

Dem Typ auf dem Nachbarbett klappt die Kinnlade runter. »Hast du deinen Vater umgebracht, Valli?«

»Nur darüber nachgedacht. Erledigt hat es zum Glück jemand anderes. Vielleicht konnte er sich auch irgendwann selbst nicht mehr ertragen und hat es eigenhändig beendet.«

Er hat seinen Vater wirklich nicht gemocht, denkt Maddie. Würde er das so offen zugeben und sich verdächtig machen, wenn er für Willems Tod verantwortlich wäre? Vielleicht, das konnte Teil der Strategie sein, so wie manche Täter selbst die Polizei riefen, um dadurch von der Liste der Verdächtigen gestrichen zu werden.

»Was weißt du über die Geschäfte deines Vaters?«, fragt Jan.

Offenbar eine gute Frage, denn Vallis Körperspannung verändert sich sichtbar, er presst die Füße auf den Boden, als wolle er im nächsten Moment aufspringen und losrennen, und blickt hektisch nach links und rechts. Noch jemand, dem schon bei dem Gedanken an Willem Bot angst und bange wird, denkt Maddie.

Die Detektive sagen nichts. Valli atmet tief ein und aus, er scheint nachzudenken, wird ruhiger. »Jetzt kann er mir ja nichts mehr tun«, murmelt er leise, als spreche er sich selbst Mut zu.

Dann sagt er lauter: »Ihr ladet mich auf eine Pizza ein, und ich erzähle euch, was ich weiß.«

»Deal«, sagt Arie.

Erst erzählt Valli aber gar nichts, sondern lässt sich Zeit mit seiner Bestellung beim Italiener um die Ecke, wo es aussieht wie in der Toskana, mit riesigen Fototapeten an den Wänden.

Und auch als der Kellner wieder weg ist, fragt er zunächst: »Was ist denn eure Theorie, wie ich ihn dazu gebracht habe, LSD zu nehmen? Freiwillig hätte er von mir doch nicht mal ein Glas Wasser genommen. Natürlich hätte ich ihn mit vorgehaltener Pistole zwingen können, aber dann wäre Erschießen die sicherere Variante gewesen. Abgesehen davon, dass ich gar keine Waffe besitze.«

»Außer Hypnose«, sagt Maddie.

Valli schaut sie mit großen Augen an, dann begreift er und fängt an zu lachen. Nicht so ein irres Lachen wie auf der Beerdigung, eher so ein aufrichtig erheitertes, das den Bauch zum Wackeln bringt. Als er fertig ist, wischt er sich die Lachtränen aus den Augenwinkeln. »Ich habe ihn also erst gegen seinen Willen hypnotisiert, dann zur Sicherheit dazu gebracht, sich LSD einzuwerfen, und ihm dann eingeredet, er müsse vor ein Auto springen? Ich glaube nicht, dass das überhaupt jemand kann. Ich kann so etwas jedenfalls nicht.«

»Wenn man es so sagt, klingt es tatsächlich eher unwahrscheinlich«, gibt Maddie zu.

Der Kellner bringt eine große Frutti di Mare, Pizzabrötchen und eine Cola für Valli. Die Detektive teilen sich eine große Platte Antipasti.

»Ihr haltet mich sicher für ein Monster, oder?«, fragt Valli mit halbvollem Mund.

»Warum sollten wir?«, fragt Arie.

»Na ja, weil ich so erleichtert bin, dass mein Erzeuger endlich das Zeitliche gesegnet hat.«

»Das könnte auch bedeuten, dass Willem das Monster war«, sagt Maddie.

Valli schaut sie an, ihre Blicke treffen sich.

»Ah«, sagt Valli nach einer Weile. »Ich bin also nicht der Einzige hier mit einer komplett verkorksten Familie.« Er trinkt einen Schluck, dann sagt er: »Okay, Willems Geschäfte. Was wisst ihr denn schon?«

»Wir wissen nicht viel. Aber nachdem wir seine Buchhaltung der letzten Jahre durchgegangen sind, vermuten wir, dass es um Geldwäsche geht«, sagt Jack.

Valli nickt.

»Wir wissen nur noch nicht, woher das Geld kommt.«

»Habt ihr eine Vermutung?«

»Erst dachten wir, dass er mit gefälschten Luxusstoffen gehandelt hat. Vikunja und so.«

Valli kaut in Ruhe, dann breitet sich ein großes Grinsen auf seinem Gesicht aus. Maddie zählt drei Zahnlücken.

»Stoff ist ziemlich nah dran, Vikunja nicht so.«

»Dann schmuggelt er doch Shahtoosh?«, fragt Jack.

»Ist Shahtoosh irgendeine neue Droge?«, will Valli wissen.

»Wollstoff aus den Fasern der Tschiru, auch Tibet-Antilopen genannt«, klärt Jack ihn auf, während sich Arie an den Kopf fasst.

»Natürlich, so passt alles zusammen!«, ruft er aus.

Die anderen schauen Arie fragend an.

»Drogen«, sagt Arie. »Willem Bot hat sein Geld mit Drogen verdient.«

»Er hat das Zeug am Anfang vor allem in Westeuropa verkauft, dann aber einen Absatzmarkt in Skandinavien aufgebaut, weil das lukrativer war und es noch nicht so viel Konkurrenz gab«, bestätigt Valli.

»Das erklärt auch, warum er sein Haus so abgesichert hat«, sagt Arie. »Er war gar kein paranoider Verschwörungstheoretiker, er hat einfach vernünftige Sicherheitsmaßnahmen zum Schutz vor der Polizei und anderen Drogenclans ergriffen.«

»Verstehe ich nicht! Er war doch strikt gegen jede Form von Drogenkonsum und hat sogar der Drogenhilfe Geld vermacht«, wendet Jan ein.

»Klar war er dagegen, er hat schließlich gesehen, was das Zeug mit den Leuten macht. Du kannst kein erfolgreiches Drogenkartell aufbauen, wenn deine Leute dauernd an der Nadel hängen oder auf dem Klo rumlungern und Linien ziehen. Junkies sind unzuverlässig, sie schnupfen das Zeug, das sie verkaufen sollen, im Zweifel lieber selbst, sie werden öfters von der Polizei kontrolliert und so weiter.

Außerdem ist es viel besser für so ein Saubermann-Image, wenn man alle Welt wissen lässt, dass man sich gegen Drogen einsetzt. Genau das war Teil seines Geschäftsmodells: der nette, großzügige Geschäftsmann, der sich in der Gesellschaft engagiert, die richtigen Sachen sagt und dem man gar nicht erst zutraut, dass er in kriminelle Machenschaften verwickelt ist.«

»Weiß Wiebke davon?«, fragt Jan.

Valli lacht auf. »Wiebke würde wahrscheinlich schon in Ohnmacht fallen, wenn sie wüsste, dass ihr toller Papa mal falsch geparkt hat. Ich habe keine Ahnung, wie er das geschafft hat, aber sie hat nie etwas mitbekommen, sollte nie als seine Nachfolgerin aufgebaut werden.«

»Du aber schon, nicht wahr?«, stellt Maddie fest.

»Ich aber schon. Bis ich einmal probieren wollte, was wir da eigentlich verticken.« Er macht eine Handbewegung zu seinem Gesicht. »Man sieht es vermutlich: bei einem Mal ist es nicht geblieben. Mein Vater hat mich dafür gehasst, mich als Schwächling beschimpft, mir gedroht, dass etwas Schlimmes passieren würde, wenn ich sein Imperium zum Einsturz bringen würde. Ich hatte einen Totalabsturz, war lange in psychiatrischer Behandlung. Inzwischen bin ich clean, und es geht mir einigermaßen gut.«

»Was für Drogen hat er verkauft?«, fragt Arie.

»Hauptsächlich Kokain.«

»Weißt du, woher er es hatte?«

»Aus Kolumbien. Von da per Schiff nach Antwerpen und dann über irgendeinen Mittelsmann weiter.«

»Werden die Containerschiffe nicht kontrolliert?«, wundert sich Jack.

»Schon, aber nicht alle. Außerdem schmiert ein gut organisierter Drogenring in jedem Hafen mindestens einen Zollbeamten«, weiß Arie. »Dazu kommt, dass die Verstecke immer besser werden. Früher waren das mal Bananenkisten, Autoreifen, Bilderrahmen, Gehhilfen, Kinderspielzeug oder Schuhsohlen – das ist für die Schmuggler einfach und kostengünstig, dafür ist das Risiko, entdeckt zu werden, größer. Inzwischen wird Kokain vor dem Transport nach Übersee deshalb manchmal sogar in Trägermaterialien wie Holzkohle oder Kunststoff gepresst oder in Teppiche eingewebt. Dann gehen die Trägermaterialien vom Hafen in zum Beispiel Antwerpen an ein Drogenlabor, wo kriminelle Spezialisten die Droge wieder extrahieren. Dann erst wird sie weiterverkauft und zum Teil für den Transport innerhalb Europas neu versteckt. Den Transport zu den Kunden übernehmen Kuriere, die in der Hierarchie der Drogenkartelle ganz unten stehen. Sie werden am ehesten geschnappt und gehen dann in den Knast, während den wahren Drahtziehern nichts nachgewiesen werden kann. Trotzdem verwunderlich, dass Willem nie wegen der Sache verdächtigt wurde. Ich wüsste jedenfalls nicht, dass die Amsterdamer Polizei ihn auf dem Schirm hat.«

Valli lacht. »Du meinst die Polizei, die erst seit einigen Jahren überhaupt ein Drogendezernat eingerichtet hat und chronisch unterbesetzt ist? Klar, manchmal ist irgendein Paket an der Grenze rausgezogen worden, aber nie konnte irgendwas mit Willem in Verbindung gebracht werden. Und zur Sicherheit war er ja hervorragend vernetzt. Du verdächtigst nicht so leicht jemanden, der deine letzte

Wahl finanziert hat oder der mit dem Staatsanwalt Tennis spielen geht.«

»Gab es Hintermänner, oder war Willem der Boss? Und wer war noch in die Drogengeschäfte verwickelt?«, bohrt Jack weiter.

»Keine Ahnung«, sagt Valli.

Sein Blick flackert, und es ist ziemlich eindeutig: Eine Ahnung hat er schon, möglicherweise auch Namen und Adressen, aber er wird nichts preisgeben. Verständlich, denn die möglichen Hintermänner und Verbündeten sind schließlich noch am Leben, könnten Valli sicher auch in den USA ausfindig machen.

Maddie sieht Arie an, was er denkt: Wenn er noch bei der Polizei wäre, könnte er Valli daran hindern, morgen das Land zu verlassen. Er könnte ihn ordentlich verhören. Er könnte ihm Zeugenschutz anbieten und mit seiner Hilfe vielleicht einem gefährlichen Netzwerk Krimineller das Handwerk legen. So fragt er nur: »Dirk Dijkman hat auch für ihn gearbeitet, oder?«

»Als Fahrer, ja. Zu viele Muskeln, zu wenig Grips. Ich weiß ehrlich gesagt nicht, ob er außer Rumchauffieren noch etwas anderes gemacht hat.«

Jan guckt so, als könne er die ganze Geschichte noch immer nicht richtig glauben: »Hast du eine Theorie, wer Willem das LSD gegeben haben könnte? Und warum?«

»Nö, ist mir ehrlich gesagt auch egal«, sagt Valli, ohne jemanden anzuschauen, dann stopft er sich das letzte Stück Pizza in den Mund, sagt, dass er jetzt fertig packen und schlafen müsse. »Schönen Abend noch«, und weg ist er, noch bevor Arie »Moment noch, bitte« sagen kann.

Wahrscheinlich hat Valli schon einen Verdacht, will ihn aber nicht aussprechen, denkt Maddie. Falls er nicht doch selbst hinter der Sache steckt. Sie beschäftigt aber noch etwas ganz anderes: »Wie passt denn jetzt eigentlich der Vikunja-Stoff ins Bild?«

»Ich vermute, dass Willem probeweise Kokain in Stoffe einweben ließ, die er dann als Vikunja ausgegeben hat, um den hohen Preis zu rechtfertigen. Auch wenn ich mir nicht hundertprozentig sicher bin, ob das technisch möglich ist«, sagt Arie. »Aber dass dünne Koksröhrchen in Teppiche eingearbeitet werden, ist inzwischen schon ein alter Schuh, es müsste also gehen.«

»Nore Timmer muss von diesem Handel gewusst und finanziell profitiert haben«, wird Maddie plötzlich klar. »Vielleicht war sogar sie diejenige, die Willem dabei geholfen hat, das Koks in die Stoffe einzuweben. Immerhin ist sie Textilexpertin.«

»Und damit das Ganze nicht auffliegt, hat sie versucht, uns weiszumachen, Willem hätte mit echtem Vikunja-Webstoff gehandelt«, vollendet Jack ihren Gedanken. Dann schaut er auf die Uhr und steht auf. »Ich muss noch mal los, habe was Wichtiges vergessen«, sagt er, drückt Maddie einen flüchtigen Kuss auf die Wange und ist genauso schnell verschwunden wie davor schon Valli.

»Ich finde, Jack benimmt sich in letzter Zeit manchmal komisch«, sagt Jan.

»Da bist du nicht der Einzige«, sagt Maddie.

»Im Moment mache ich mir ehrlich gesagt mehr Sorgen um Elin«, sagt Arie. »Ich hatte ja keine Ahnung, dass es um Drogen geht, sonst hätte ich sie niemals zu diesem Bengt

Bjerker fahren lassen. Denn der scheint auch in das Ganze verwickelt zu sein. Vielleicht nur als Abnehmer, möglicherweise aber auch als Geschäftspartner im Norden.«

»Für einen ernsthaften Geschäftspartner hat er doch viel zu wenig eingekauft«, findet Maddie. Trotzdem wählt sie Elins Nummer. Ohne Erfolg.

Es wird nicht besser, als Maddie nach Hause kommt. Elin ist weiterhin nicht erreichbar, Jack treibt sich weiß Gott wo herum, Isa wirkt seltsam durch den Wind, und zu allem Überfluss rufen zwanzig Minuten später ihre Eltern an. Beim ersten Mal geht sie gar nicht dran, aber dann läutet es schon wieder, und Isa sagt in dieser Bitte-nicht-schimpfen-Stimme, die nichts Gutes verheißt: »Mit mir haben sie eben schon gesprochen.«

»Hallo«, meldet sich Maddie.

Ihr Vater hält sich gar nicht erst mit Begrüßungsformeln auf. »Stimmt es, dass Isa ihren Job gekündigt hat?«

»Korrekt«, bestätigt Maddie.

»Warum?«

Maddie antwortet nicht, woraufhin er weiterspricht: »Sie hat deiner Mutter eben erzählt, dass sie jetzt eine berühmte Modedesignerin wird.«

Da hat die Mutter jetzt vor Schreck wahrscheinlich mal wieder Migräne bekommen, denkt Maddie, während der Vater weiterspricht: »Isa hat gesagt, bei der Amsterdam Fashion Week hätte man sie leider abgelehnt, aber Juanita – ich nehme an, das ist deine seltsame Freundin – hätte gesagt, manchmal müsse man etwas eben hundertmal versuchen, bis es klappt.« Der Vater unterbricht seinen Bericht für ein kurzes höhnisches Lachen. »Und dann, dann würde sie uns zu ihrer ersten Show einladen.«

»Da habe ich meine Zweifel.«

Nach einem für Maddie unverständlichen Wortaustausch am anderen Ende der Leitung und möglicherweise einem Gerangel ums Telefon meldet sich die Mutter zu Wort: »Erstaunlich, dass du noch so viel Verstand hast, wenigstens das zu begreifen: Deine Schwester ist geistig behindert, sie wird nie eine eigene Modenschau haben. Sie könnte nicht mal den Vertrag unterschreiben. Abgesehen davon, dass wirklich niemand diese Vogelscheuchenkreationen auf irgendeinem Laufsteg sehen möchte.«

Maddie spannt die Muskeln in ihren Oberschenkeln an und lässt dann wieder locker. Die Psychologin beim Antiaggressionstraining hatte diese Übung für Situationen empfohlen, in denen man das dringende Bedürfnis empfindet, jemanden zu schlagen. Hilft nicht, aber schlagen geht am Telefon ja sowieso nicht.

»Ich meinte das anders«, sagt Maddie schließlich. »Ich habe große Zweifel daran, dass sie euch wirklich einladen wird.« Dann legt sie auf.

»Ich hätte es ihnen nicht sagen sollen, oder?«, fragt Isa kleinlaut.

Nein, hättest du nicht, denkt Maddie, die das ungute Gefühl hat, dass das noch mehr Probleme als einen unangenehmen Anruf nach sich ziehen könnte. »Mach dir keine Sorgen«, sagt sie. »Erzähl mir lieber, wie Onnos Frack aussehen wird.«

»Wunderbar«, beginnt Isa. Während sie erzählt, von glänzenden Stoffen und wilden Farben, stellt sich Maddie an den Herd, um noch einen Kakao mit Sahne zu machen. Eigentlich viel zu heiß für so etwas, aber nach Kakao mit Sahne kann Isa fast immer gut schlafen. Als ihre Schwester im Bett liegt, versucht sie noch einmal, Elin zu erreichen.

Aber das Telefon der Freundin ist ausgeschaltet.

23

Es ist zu spät, um umzukehren. Er hat sie schon gesehen. Trotzdem überlegt Elin in adrenalingetränkter Hast, ob sie zurück in ihr Zimmer rennen, das Bett vor die Tür schieben und die Polizei anrufen soll. Aber sie ist in Värmland, wo die Polizisten rar und die Anfahrtswege lang sind.

Und wenn sie im ersten Stock aus dem Fenster springt? So hoch wie die Decken hier sind, bricht sie sich vermutlich ein Bein, ist leichte Beute und liegt anschließend im Gras wie Bengt Bjerker am Fuße dieser Treppe: seltsam verdreht und unzweifelhaft tot.

Sie könnte kämpfen, stark ist sie schließlich. Sie zweifelt aber, ob ein bisschen Muskelkraft einen Profi beeindrucken würde. Und der Typ, der da in einer Art Dalai-Lama-Outfit unten neben dem toten Designer steht und sie freundlich, mit leichtem Bedauern anschaut, fast so, als täte es ihm ein bisschen leid, sie gleich abmurksen zu müssen, der ist ein Profi. Daran besteht kein Zweifel, nicht, nachdem sie gesehen hat, wie er Bengt mit einer routinierten, ja fast schon eleganten Bewegung das Genick gebrochen hat.

Das ist vielleicht ihr einziger Vorteil: Er hat nicht gesehen, dass sie es gesehen hat. Sie wird sich dumm stellen und das naive Frauchen spielen – eine Methode, die schließlich schon unzähligen Frauen vor ihr zu Geld und Macht verholfen oder sie vor dem Tod bewahrt hat.

Mit einem erschreckten Aufschrei (da muss sie sich mit dem Theaterspielen gar nicht so anstrengen) rennt sie also die Treppe hinunter, beugt sich über Bengt, aber so, dass sie möglichst viel Abstand zum Mörder hat, und fragt mit einer guten Dosis Hysterie, was passiert sei.

Im Hintergrund spielt immer noch klassische Musik, gerade irgendwas irritierend Fröhliches von Mozart, obwohl Elin den Komponisten nur rät. Der Typ guckt, als hätte er kein Wort verstanden. Hat er vermutlich auch nicht, sie hat nämlich Schwedisch gesprochen. Dieser Herr hier kommt also nicht aus Schweden, sondern aus …?

»Bist du Bengts Frau?«, fragt er auf Holländisch.

Ach, schau an, denkt Elin. Sie bemüht sich, nun ebenfalls zu gucken, als hätte sie kein Wort verstanden. Sie hat sich nämlich gerade in dieser Sekunde überlegt, dass es möglicherweise von Vorteil sein könnte, wenn er nicht weiß, dass sie im selben Land wohnen.

»What happened?«, versucht sie. Auch er wechselt ins Englische und erklärt, Bengt sei unglücklich die Treppe hinuntergestürzt.

»Sollen wir einen Krankenwagen rufen?«, fragt sie.

Der andere schüttelt den Kopf. »Zu spät, schon tot.«

Er legt seine Hände zusammen, verbeugt sich leicht vor dem Toten und sagt: »Gute Reise, lieber Bengt.«

Namaste, denkt Elin, und auch, dass das dabei rauskommt, wenn die Leute zu viele dieser Achtsamkeitsbücher lesen. Fast muss sie lachen. Der Mörder geht in die

Hocke und schließt Bengts Augen. Er trägt dünne braune Lederhandschuhe. So kalt ist es draußen auch nicht. Aber, klar, praktisch, wegen der Fingerabdrücke.

Wo ist eigentlich Hund? Liegt sicher noch vor der Terrassentür und schläft. Sie kann auf dem Weg nach draußen einen Umweg übers Wohnzimmer machen und ihn mit rausnehmen. Elin macht einen Schritt rückwärts. »Ich geh dann mal.«

»Es tut mir sehr leid, aber das geht leider nicht.« Der Mörder tritt auf sie zu und umfängt sie, bevor sie sich wehren oder weglaufen kann, so als wäre er ein alter Freund, der sie spontan umarmen will. Wenn nur sein Griff nicht so fest wäre und wenn sie durch sein Hemd nicht die Konturen einer kleinen Pistole spüren würde. Hat er vermutlich für den Fall dabei, dass Handarbeit mal nicht ausreicht.

Elin zieht ein Knie hoch, trifft aber nicht wie geplant in die Weichteile, sondern nur leeren Raum. »Hund«, ruft sie und sieht ein belustigtes Aufflackern in den Augen des Mannes, der vermutlich denkt, sie würde ihn beschimpfen.

Aus den versteckten Lautsprechern kommt jetzt Tschaikowskys *Mazurka*, das erkennt sie, weil sie in der Schule darüber mal eine Arbeit schreiben musste. Sie will auf keinen Fall mit einem bescheuerten Hochzeitsmarsch als Soundtrack sterben.

Und dann geht alles ganz schnell. Erst ist da ein schlurfendes Tapsen, dann klingt es, als ob ein Elefant über das Parkett galoppiert. Im nächsten Moment schiebt sich ein Fellkoloss zwischen sie, legt schwanzwedelnd zwei große schwarze Pfoten auf die Schultern des Mörders. Er bringt ihn zum Taumeln, dann zu Fall, stellt sich über ihn und schleckt ihm quer übers Gesicht.

»Nicht schießen, er tut nichts!«, ruft Elin, die vor ihrem inneren Auge schon sieht, wie der Typ die Pistole zieht und ihrem Lebensretter eine Kugel ins Herz jagt.

»Ich erschieße keine Hunde. Schon gar nicht so einen süßen, der mich so überschwänglich begrüßt.« Der Typ krault Hund nun hinterm Ohr.

»Aber die Besitzerin von so einem süßen Hund willst du doch um die Ecke bringen? Nimm es mir nicht übel, aber das ist doch gestört.« Elin überlegt, ob sie sich umdrehen und abhauen soll, aber wahrscheinlich kann sie nicht schneller rennen, als eine Kugel fliegt.

Der Mann zwirbelt an seinem Schnurrbart herum und betrachtet sie. Auch sein Blick bleibt an ihrem Bauch hängen, und über sein Gesicht huscht ein Ausdruck des Entsetzens. Elin weiß, dass sie über einen klugen Fluchtplan nachdenken sollte, stattdessen erinnert ihr Gehirn sie daran, dass es ja durchaus mal Zeiten gab, in denen sie sich gewünscht hatte, dass ihr die Männer nicht nur auf den Busen starren.

»Bist du etwa schwanger?«

Schwanger? Das ist ziemlich unverschämt.

»Ich wüsste nicht, dass das verboten ist«, gibt Elin ein bisschen angefressen zurück.

Der Typ steht auf, murmelt auf Holländisch etwas von Hund und Kind, streckt ihr die Hand hin und wechselt wieder ins Englische. »Ich bin Fedde.«

Elin verschränkt die Arme über ihrem vermeintlichen Babybauch. »Elin.«

»Wo kommst du her?«

»Lappland, ungefähr 1700 Kilometer weiter nördlich«, sagt Elin. Stimmt irgendwie ja auch.

»Und was hast du bei Bengt gemacht?«

Kurz überlegt Elin, ob sie sich eine Geschichte ausdenken soll, aber dann fällt ihr ein, dass sie ja schon eine hat: »Ich wollte eine Biographie über ihn schreiben, ich bin Schriftstellerin.«

Feddes Züge entspannen sich. Alle halten Schriftstellerinnen für harmlos, eine immense Fehleinschätzung. »Wer weiß, dass du hier bist?«

»Er«, sagt Elin und deutet auf Hund, der sich inzwischen auf den Rücken gerollt hat, damit Fedde ihn am Bauch kraulen kann. Heißt es nicht, Tiere hätten so eine gute Menschenkenntnis? Andererseits: Vielleicht ist Hunds Rumgekuschel auch ein gewitztes Ablenkungsmanöver.

»Das mit der Biographie war eine spontane Idee, Bengt und ich haben erst gestern telefoniert, und dann habe ich mich gleich in den Zug gesetzt.«

»Und jetzt? Schreibst du die Biographie trotzdem?«

Was für eine dämliche Frage. »Keine Ahnung, aber immerhin kenne ich jetzt schon das Ende.« Himmel, sie hat auch schon mal bessere Witze gemacht, aber Feddes Mundwinkel zucken.

Dann betrachtet Fedde Hund, guckt aus dem Fenster und sagt schließlich unerwartet: »Hol deine Sachen. Ich nehme euch ein Stück mit.«

»Richtung Lappland oder Richtung Bahnhof?«

»Richtung Amsterdam, damit du nicht doch noch die Polizei alarmierst, bevor ich außer Landes bin. Von Amsterdam aus gibt es sicher passable Zugverbindungen zurück. Wenn du dann doch noch die Polizei alarmierst, würde ich es begrüßen, wenn du bei der Version mit dem Treppensturz bleibst und mich nicht erwähnst.«

Er trägt das sehr nett vor, aber Elin ist schon klar, dass das hier nicht als höfliche Bitte, sondern als »Wenn du das nicht machst, stirbst du doch noch«-Drohung gemeint ist.

»Wenn es nach mir geht, rede ich lieber gar nicht mit der Polizei«, sagt Elin. Sie deutet auf Bengt. »Aber was wird mit ihm?«

»Er beginnt bald sein nächstes Leben«, sagt Fedde, und schon wieder muss Elin ein unangebrachtes Lachen unterdrücken. »Was seinen Körper betrifft – der wird in den nächsten Tagen sicher von irgendjemandem entdeckt.«

Zehn Minuten später sitzen sie in Feddes Auto und fahren durch die Dämmerung. Hund schnarcht auf dem Rücksitz, Elins Reisetasche liegt im Kofferraum, neben einigen Wollmützen, die sehr stark an die erinnern, die sie bei Kaatje gesehen hat. Hat Fedde die etwa bei Bengt mitgehen lassen?

»Es ist ein schönes Land«, sagt Fedde, während sie über eine Hügelkuppe fahren. Vor ihnen erstrecken sich dunkle Wälder, unterbrochen von Seen und kleinen Weideinseln, in deren Mitte bunte Holzhäuser stehen. Im Westen schimmert ein silbrig-roter Streifen am Horizont. »Im Sommer ist es am schönsten«, sagt Elin und denkt an Wildblumenwiesen und die vielen dunklen Waldseen, in denen man beim Nacktbaden höchstens von einem Reh oder einer Elfe beobachtet wird.

»Wann ist der Termin?«, plaudert Fedde weiter, als wären sie zwei ganz normale Reisende, die gerade Bekanntschaft geschlossen haben.

Elin braucht einen Moment, bis sie begreift, legt eine Hand auf ihren aufgeblähten Bauch, den sie noch nie so gerne mochte wie jetzt, und sagt: »Anfang September, aber ganz genau weiß man das ja nie. Hast du Kinder?«

»Nur eine Menge Tiere«, sagt Fedde. Irgendwie scheint ihn das an etwas zu erinnern, denn gleich darauf nimmt er sein Telefon und wählt eine Nummer. Da er es dabei auf seinem Oberschenkel balanciert, sieht Elin, dass er einen gewissen Dirk anruft, allerdings ohne Erfolg. Wo hat sie den Namen gleich noch mal gehört?

Dirk geht nicht dran, Fedde grummelt etwas. In den nächsten drei Stunden versucht er es noch einige Mal, dann wählt er eine andere Nummer. »Hoi, Koos, ich kann Dirk nicht erreichen, er sollte sich doch um den Hof kümmern.«

Da Fedde einen In-Ear-Kopfhörer trägt, hört Elin nicht, was Koos antwortet, aber Feddes Reaktion ist ziemlich eindeutig:

»Meine Tiere haben Hunger und Durst, denen ist scheißegal, wer oder was du bist.« Nach einer Weile finden die beiden wohl eine passable Lösung und wechseln das Thema. »Ja, der Job ist erledigt, und den Namen der Chefin und eines weiteren kleinen Handlangers habe ich auch.«

Koos fragt etwas, Fedde sagt: »In Amsterdam-Oost. Ich kümmere mich gleich darum, wenn ich zurück bin, und danach sollte erst einmal Ruhe sein.«

Elin ist erleichtert, dass er von ihr nichts erzählt – man kann ja nie wissen, ob Koos die gleichen Hemmungen hat, wenn es darum geht, schwangere Hundebesitzerinnen zu töten. Sie würde zu gerne nachfragen, was es mit diesem Dirk und dieser Chefin auf sich hat, aber da sie offiziell ja gar kein Holländisch versteht, schaut sie einfach aus dem Fenster, bis sie schließlich einschläft.

Fast zwanzig Stunden dauert die Fahrt, inklusive einiger kurzer Pinkelpausen. Dann setzt Fedde Elin und Hund am Amsterdamer Bahnhof ab. »Gute Heimreise und alles Gute für das Baby«, wünscht Fedde, tätschelt Hund den Kopf und fährt davon.

In ihrer Abwesenheit hat eine graue Kühle die Aprilhitze ersetzt. Hund hebt die Nase, schnüffelt und wedelt vorsichtig mit dem Schwanz. Ob Pommes und Salzluft für ihn wie Zuhause riechen?

Elin wartet, bis Fedde außer Sichtweite ist, und betrachtet dann die grün-weiß-blaue Bommelmütze, die sie beim Herausnehmen ihrer Reisetasche aus dem Kofferraum geschmuggelt hat. Die Mützen, Willem, Bengt, Fedde, Kaatje, der Drogenhandel – irgendwie hängt das doch alles zusammen. Plötzlich fühlt sie sich wie manchmal beim Schreiben. Die Geschichte existiert, schwebt fix und fertig in diffusen Bewusstseinssphären herum. Elin sieht sie, bekommt sie aber einfach nicht zu fassen. Egal, erst einmal muss sie sowieso die anderen anrufen.

Um die Hände frei zu haben, setzt sie die Mütze auf den Kopf, stutzt und nimmt sie gleich wieder ab. Da fühlt sich innen etwas nicht richtig an, so als wäre ein Knubbel an der Spitze. Sie fühlt nach, krempelt die Mütze von links auf rechts, schnüffelt, zieht vorsichtig ein paar Maschen auseinander und flüstert: »Ach, du Scheiße.«

»Elin, endlich!«, ruft Arie ins Telefon. »Wo bist du?«

»In Amsterdam am Bahnhof, zusammen mit Hund. Uns geht es gut.«

»Wir holen euch ab.«

»Gerne. Und dann fahren wir gleich weiter nach Amsterdam-Oost.«

»Wieso das?«

Elin erzählt die Kurzversion der Ereignisse in Schweden und davon, dass sie Cannabis in einer von Kaatjes Mützen gefunden hat. »Ich habe das ungute Gefühl, dass er gerade auf dem Weg zu ihr ist. Er hat eben am Telefon so etwas angedeutet.«

»Wir sind unterwegs«, ruft Arie und legt auf.

Fünfzehn Minuten später sitzen sie alle im alten blauen Volvo und kriechen unerträglich langsam durch den abendlichen Stadtverkehr. Elin hibbelt auf der Rückbank hin und her, will unbedingt rechtzeitig kommen, bevor Fedde auch der netten Kaatje das Genick bricht – ganz egal, ob Kaatje nun tatsächlich einen Drogenring anführt oder nicht.

»Kommt schon«, beschwört Jack die anderen Fahrer.

»Okay, aber ihr dürft es nicht weitersagen«, sagt Arie, öffnet das Fenster, holt ein Blaulicht unter dem Beifahrersitz hervor und klebt das Ding aufs Dach.

»Hast du ein Blaulicht mitgehen lassen?«, fragt Jan das Offensichtliche.

»Vergessen, zurückzugeben«, sagt Arie. Dann sagt er noch etwas zu Jack, »Tritt aufs Gas« vielleicht, aber das geht im Sirenengeheul unter.

24

Es ist überraschend einfach, einem Menschen das Genick zu brechen. Vorausgesetzt, man hat die angeborene Hemmschwelle überwunden und die richtige Technik erlernt (es kommt auf den Winkel an!). Eine Hand ans Kinn, die andere seitlich an den Kopf, dann einen schnellen, kräftigen Ruck nach schräg oben, und – knack – stößt der Halswirbel ins Rückenmark und der Gegner ist tot. Die Methode ist diskret, leise, außerdem sauber, schnell und sicher, erfüllt also alle Kriterien, die Fedde de Koning in seinem Beruf wichtig sind.

Trotzdem spürt er einen gewissen Widerwillen, als er an diesem Freitagabend bei Kaatje Hommel anklopft. Vielleicht ist er überarbeitet, sehr bestimmt übermüdet nach der langen Fahrt und den Ereignissen in Schweden. Er ist sich immer noch nicht sicher: War es richtig, seinen Prinzipien treu zu bleiben und diese Elin am Leben zu lassen? Oder war er damit ein zu großes Risiko eingegangen?

Außerdem kann er nicht aufhören, an seine Tiere zu denken. Zum Glück hat Koos eine patente Nichte, Danique, die sofort eingewilligt hat, auf dem Hof nach dem Rechten zu sehen, bis Fedde zurück ist.

Von Dirk fehlt bislang noch immer jede Spur, ein Anruf beim Krankenhaus hat ergeben, dass Mike inzwischen entlassen wurde. Fedde macht sich ernsthaft Sorgen, dass Dirk die Sache mit Mike zu Ende bringen wollte, diesmal aber den Kürzeren gezogen hat.

»Ja, bitte?«, wird auf der anderen Seite der Tür gefragt. Vermutlich hat Kaatje Hommel durch den Spion geschaut und möchte nun erst einmal wissen, wer er ist und was er von ihr will.

Er sagt, er würde für den Gnadenhof Spenden sammeln und Freiwillige suchen. Etwas in ihm hofft, dass Kaatje ihm sagt, er solle sich zum Teufel scheren. Dann kann er das hier verschieben, erst einmal nach Hause fahren, seine Tiere begrüßen, duschen, essen, ein paar Stunden schlafen und anschließend herausfinden, wo Dirk abgeblieben ist. Andererseits ist es gut, unangenehme Angelegenheiten möglichst schnell hinter sich zu bringen. Und Kaatje Hommel macht auf.

Sie sieht aus wie eine Mischung aus Filmdiva, Flower-Power-Ikone und greiser Waldfee, und Fedde denkt, dass er noch nie eine charmantere Anführerin eines Drogenkartells getroffen hat. Denn das ist sie, jedenfalls, wenn er Bengt Bjerker richtig verstanden hat. Möglicherweise ist auch Mike der Boss und Kaatje nur seine rechte Hand, aber was macht das schon für einen Unterschied? Bengt hatte angeblich noch nie von einem Mike gehört. Er hatte Fedde aber – als er begriff, dass es um Leben und Tod ging – bereitwillig Kaatjes Namen gegeben sowie den eines gewissen Robin. Per Post, versteckt in selbstgestrickten Mützen, hatten sie dem Designer das Koks für den Weiterverkauf geschickt und waren nie erwischt worden. Eine Methode, die so dreist war, dass Fedde eine gewisse Hochachtung empfand.

Kaatje unterbricht seine Gedanken mit der Frage, ob er auch Esel auf seinem Gnadenhof habe. »Ich liebe Esel.« Und ob er Fotos dabeihabe, will sie wissen, und auf einen Tee und Mandelhörnchen reinkommen möchte.

Jetzt sitzen sie schon seit über zehn Minuten in Kaatjes bunter Küche, die ganz leicht nach Marihuana und etwas stärker nach Marzipan duftet, und reden über Feddes Eseldame Amanda und die anderen Tiere auf dem Hof, während Kaatje eine Mütze strickt.

Mit jeder Minute, die vergeht, wächst Feddes Widerwille. Er will dieser lustigen Omi nicht den Hals umdrehen, bis ihm einfällt, dass die lustige Omi ihnen die Geschäfte in Schweden abspenstig macht und sie womöglich alle töten lassen will. Und das erlaubt keine Gnade, auch dann nicht, wenn sie süß und alt ist. Wie alt ist sie eigentlich? Ihre Haut sieht aus, als hätte sie schon mindestens 150 Sommer und die ein oder andere Zigarette miterlebt, aber die Augen, die sind jung.

»Entschuldige meine Neugier. Ich weiß, man soll eine Dame nicht nach ihrem Alter fragen, aber …«

»Gerade achtzig geworden«, sagt Kaatje stolz.

»Oh.«

Kaatje mustert ihn amüsiert. »Ist das ein Problem?«

Ja, aber er kann ja jetzt schlecht sagen, dass er eigentlich keine Damen über achtzig tötet und schlechte Laune bekommt, wenn er gegen seine Prinzipien verstoßen muss.

»Du siehst jünger aus«, sagt er stattdessen.

Kaatje nickt, was so viel wie »Vielen Dank«, aber auch »In der Tat« bedeuten könnte. Dann beugt sie sich über ihren Strickkorb, nimmt ein orange-gelb meliertes Wollknäuel heraus und ändert in der nächsten Reihe die Farbe. »Warum bist du wirklich hier?«

Da hat sie ihm die Spenden-für-den-Gnadenhof-Nummer also nicht lange abgekauft. Plötzlich schämt sich Fedde. Dafür, dass er lügt, dafür, dass er tötet. Er nippt am Tee, Mate, wenn er richtigliegt. »Bengt Bjerker hat mir deinen Namen gegeben. Er hat gesagt, du bist seine neue Lieferantin.«

Kaatje guckt, als würde ihr ein Licht aufgehen. »Daher weht der Wind also«, murmelt sie. »Wann?«

Fedde hat keine Ahnung, warum ausgerechnet der Zeitpunkt sie interessiert, aber gut: »Gestern am frühen Abend.«

»Mmhh«, macht Kaatje, schaut ihm in die Augen und sagt: »Jetzt ist er tot.«

»Oh«, sagt Fedde, ehrlich erstaunt, dass sie das schon weiß. Vermutlich hat eine Putzhilfe oder ein Personal Trainer den toten Bengt entdeckt.

»Es kam im Radio, berühmt genug war er ja. Unglücklich von der Treppe gestürzt – ein seltsamer Zufall, nicht wahr?«

»Tödliche Unfälle im Haushalt passieren leider häufiger, als man glaubt.«

Sie lächelt dünn. »Besonders, wenn man die falschen Besucher ins Haus lässt.«

Okay, Schluss mit den Spielchen: »Wir mögen es nicht, wenn jemand in unserem Revier jagt.«

»Ich dachte, Bengt war Vegetarier und Pazifist?«

Diese Kaatje ist unglaublich. »Schön, dass du deinen Humor nicht verlierst. Passiert nicht oft, dass Leute, die mit Kokain dealen, so lustig drauf sind. Nur an deiner Menschenkenntnis solltest du arbeiten: In unserem Geschäft ist es ein fataler Fehler, auf die falschen Leute zu setzen. Die verraten einen dann nämlich.«

»Kokain? Unser Geschäft?« Sie strickt in Seelenruhe weiter, als wäre das hier ein normales Schwätzchen beim Nachmittagstee und kein Gespräch unter verfeindeten Bandenmitgliedern. »Jetzt fängst du auch noch damit an.«

Dann lässt Kaatje das Strickzeug sinken, legt es aber nicht aus der Hand, als sie aufsteht. »Komm«, sagt sie. »Ich will dir etwas zeigen.«

Sie gehen in ihr Schlafzimmer, an der Decke über dem Bett baumelt ein großer Traumfänger, an den Wänden stehen Kleiderschränke. Kaatje öffnet einen von ihnen, und Fedde blickt auf ein hell erleuchtetes Beet mit Cannabispflanzen.

»*Das* habe ich Bengt geschickt. Cannabis, weil ich das selbst gerne konsumiere, mich mit Bengt gut verstanden habe und meine mickrige Rente aufbessern wollte. Mit Kokain habe ich nichts am Hut. Leute, die Kokain nehmen, werden unausstehlich.« Sie schließt den Schrank wieder.

»Das hat dann vielleicht Mike für dich übernommen?«

»Ich kenne keinen Mike.«

Fedde fängt an, diese Kaatje Hommel zu mögen. Noch nie hat er jemanden getötet, den er mag, auch nicht, wenn der- oder diejenige ihn so dreist angelogen hat wie gerade. Er muss daran denken, was dieser Mönch während seines ersten zehntägigen Meditationskurses in einem buddhistischen Kloster zu ihm gesagt hat: »Achtsam ausgeführt, wird alles, was wir im Leben tun, zu einer spirituellen Erfahrung.«

»Möchtest du noch ein Mandelhörnchen mit auf den Nachhauseweg nehmen?«, versucht Kaatje, ihn auf nette Art hinauszuwerfen, und geht zurück in die Küche.

Moment, denkt Fedde und geht ihr hinterher. Was hat sie eben gesagt, als er das Kokain erwähnt hat? »Jetzt fängst du auch noch damit an.«

Dirk und irgendwie auch er waren davon ausgegangen, dass Willem vor seinem Tod Mike aufgesucht hatte, schließlich hatten sie Mikes Namen in Willems Notizbuch in dieser Detektei gefunden, die die naive Wiebke in ihrer Ahnungslosigkeit, was die Geschäfte ihres Vaters anging, mit der Mördersuche beauftragt hatte.

Aber vielleicht hatte Willem irgendwoher erfahren, dass nicht Mike der Kopf der Bande war, sondern Kaatje. Er hatte sie am frühen Morgen besucht, um mit ihr zu reden, vielleicht auch, um sie ein wenig einzuschüchtern. Drohungen, Diplomatie, was man bei den ersten Verhandlungen eben so tat.

Fedde schaut Kaatje ins Gesicht, was bedeutet, dass er ein bisschen nach unten schauen muss, weil sie einen halben Kopf kleiner ist als er. »Du hast Willem das LSD gegeben.«

»Nein«, streitet sie ab, sieht aber überrumpelt aus.

»Du bist eine schlechte Lügnerin«, sagt Fedde und tritt ein Stück näher an sie ran. Kaatje will weiter ausweichen, aber hinter ihr ist die Wand. In ihrem Blick sieht Fedde nun zum ersten Mal so etwas wie Angst. Irgendwo ganz in der Nähe fährt ein Polizeiwagen mit Martinshorn.

»Ich muss jetzt gehen. Vielen Dank für den Tee«, sagt Fedde und streicht Kaatje zum Abschied über die Wange, während er seine Linke an ihrem Hinterkopf in Position bringt. Er schließt die Augen, will nicht sehen, was jetzt passiert.

Einen Moment später hört er einen Knacks, dumpfer als sonst, so als wären Kaatjes alte Knochen aus morschem Holz, gleichzeitig explodiert sein Kopf vor Schmerz. Ihr Schmerz wird mein Schmerz, denkt er, beseelt davon, dass er es endlich nicht nur als theoretisches Konzept begreift, sondern spürt: Wir sind alle eins.

Ihm wird warm, er öffnet die Augen, sieht gleißendes, buntes Licht und fragt sich, ob das hier der Moment seiner Erleuchtung ist.

25

Zur gleichen Zeit, an einem anderen, einem düsteren Ort in Amsterdam Bijlmer: Die Straße ist bis auf einen schlafenden Obdachlosen menschenleer. Mike steuert diese fiese öffentliche Toilette an, öffnet die Tür. Er hat den Platz gefunden, entdeckt, dass das Klo in der Kabine hinten rechts außer Betrieb ist. Anouk geht hinter ihm, steigt über benutztes Klopapier, in der Ecke liegt eine Spritze. Ihre Hände sind eiskalt und schweißnass, ihre Schläfen pochen.

Wäre es nach ihr gegangen, hätte sie einfach zu Hause gewartet. »Nicht sicher«, fand Mike.

Vermutlich hat er recht. Sie muss ihm ja nur ins Gesicht sehen: Auf der linken Gesichtshälfte, das ist die mit dem Jochbeinbruch, kann er kaum das Auge öffnen, die Haut ist schwarz-lila. Rechts hat er zwei neue Narben bekommen, eine über der Augenbraue, die andere schräg über der Lippe.

Auf ihre Frage, wer das gewesen war, hatte Mike mit seiner Spiel-mir-das-Lied-vom-Tod-Stimme geantwortet, so als wäre er John Wayne und Amsterdam der Wilde Westen: »Einer, dessen Tage gezählt sind.«

»Mach keinen Scheiß«, hatte Anouk gesagt und dann

doch noch erfahren, wer ihn so zugerichtet hat: Dirk, einer von Willem Bots Jungs, offenbar, weil er glaubte, Mike wäre für den Tod seines Bosses verantwortlich. Die 24 000 Euro, die Anouk kurz davor aus Robins Matratze genommen und an Mike übergeben hatte, hatte der Kerl auch gleich mitgehen lassen. Ärgerlich.

Noch ärgerlicher ist nur, dass Willems Leute es sicher nicht bei diesem kleinen Denkzettel belassen werden. In diesem Milieu gilt: »Auge um Auge, Zahn um Zahn.« Da wird Willems Tod mit mindestens einem Mord gerächt werden, ganz egal, wie oft Mike seine Unschuld beteuert. Dass dieser Dirk seit Mittwochabend tot im Hafenbecken treibt und sicher bald auftauchen wird, macht die Situation nicht besser.

Noch während Mike im Krankenhaus lag, hatte Anouk die Tasche mit ihrem letzten Stoffvorrat bei Robin deponiert. Dort würde sie weder von irgendwelchen Ganoven noch von der Polizei gefunden werden. Und weil Mike und sie sich so schnell wie möglich aus dem Staub machen mussten (leider nicht nach Ibiza, eher in ein erschwingliches Land in Asien) und dafür so viel Geld wie möglich brauchten, hatten sie sich diese Entführungsgeschichte ausgedacht. »Dieser Robin ist so verknallt in dich, der würde notfalls auch den Eiffelturm klauen«, hatte Mike ihre Bedenken in den Wind geschlagen.

Ach, Robin. Um ihn tat es Anouk schon leid. Am Anfang war er nur der verliebte Trottel aus ihrer Schulzeit gewesen, ein praktischer Helfer in einem gewitzten Plan. Aber inzwischen mag sie ihn. Sogar den Sex mit ihm, etwas, auf das sie ursprünglich überhaupt keine Lust hatte, fand sie überraschend heiß – ein Detail, das Mike nie erfahren darf.

Irgendwann heute Abend oder morgen würde sie Robin anrufen, ihm sagen, dass sie nicht zurückkommen, sondern bei Mike bleiben würde, und zwar nicht als Geisel, sondern aus freien Stücken. »Und wenn er dann zur Polizei geht?«, hatte sie Mike gefragt.

»Dann müsste er nicht nur zugeben, dass er ein totaler Idiot ist, sondern auch, dass er seit Monaten mit Kokain dealt, das wird er nicht tun. Und wenn doch, müssen wir eben schon aus dem Land sein.«

Anouk mochte diese unverschämte Selbstsicherheit, mit der Mike sich bislang recht gut durchs Leben manövriert hatte. »Ich bin halt ein Glückskind«, sagte er immer. »Deshalb habe ich ja auch dich gefunden und wir zusammen den Schatz am Strand.«

Zugegeben, in den letzten Tagen hat sie schon immer mal wieder daran gezweifelt, ob die Sache gut ausgehen würde. Was, wenn Robin Verdacht schöpfen würde? Oder wenn dieser Bengt Bjerker nicht so viel Geld flüssig hatte? Oder wenn Robin geschnappt würde? Aber alles war gut gegangen. So gut, dass Mike, der es seit Dirks Tod besonders eilig hatte, die Geldübergabe auf den Freitag vorverlegen konnte. Anouk hatte über Lautsprecher mitgehört, wie Mike Robin Anweisungen gegeben hatte: »Das Schloss ist aufgebrochen, du kommst also rein. Du legst die Tasche in den Spülkasten, machst die Kabinentür hinter dir zu und gehst nach Hause, kapiert?«

»Was ist mit Anouk? Wann lässt du sie frei?«, hatte Robin gefragt.

»Ich lasse sie beim Bahnhof laufen, sobald ich das Geld hab.«

Robin hatte verzweifelt geklungen: »So will ich das nicht. Dann hast du die Kohle und überlegst dir, dass du noch mehr Geld willst. Oder du bist so ein richtiger Psycho und tötest sie einfach trotzdem.«

»So will ich das nicht«, äffte Mike ihn nach. »Du hast wohl immer noch nicht verstanden, dass das hier kein Kindergeburtstag ist.«

Mike und Anouk hatten das vorher ein paarmal durchgespielt, denn natürlich hatten sie damit gerechnet, dass Robin protestieren würde. »Ich mache ihm einfach richtig Angst, dann wird er sich auf alles einlassen«, hatte Mike gesagt. War dann aber gar nicht nötig gewesen.

»Okay, ich mach's«, hatte Robin gerufen, und irgendetwas in seiner Stimme war Anouk komisch vorgekommen.

Aber da hatte Mike schon gezischt: »Wenn du versuchst, mich zu verarschen, seid ihr beide tot!« Und dann schnell aufgelegt.

Jetzt hebt Mike also den Deckel von dem kaputten Spülkasten an. Es gibt kaum Licht hier drinnen, trotzdem erkennt Anouk ihre Tasche. Mike öffnet den Reißverschluss, und Anouk sieht den Fehler, noch bevor Mike Robin verflucht: In der Tasche befinden sich keine Geldscheine, sondern immer noch das Kokain. Robin hat die Drogen nicht verkauft, Robin hat ihnen eine Falle gestellt. Aber woher wusste er …?

Über Anouks Rücken läuft ein Schauer, im nächsten Moment nimmt Mike ihre Hand, zieht sie zu sich in die Kabine und deutet auf das kleine Oberlicht, das zur Straße hinausgeht.

»Zu klein, da passt höchstens die Tasche durch«, sagt eine Männerstimme hinter ihnen. Anouk schreckt zusammen, dreht sich um, und da steht der Obdachlose, der eben noch besoffen auf dem Bürgersteig gepennt hat.

Mike fasst in seine Jackentasche, aber bevor er sein Messer oder was auch immer zücken kann, hält der andere schon eine Knarre in der Hand.

»Wir haben die Tasche nur zufällig gefunden, Mann, wir wollten sie gleich aufs Revier bringen«, versucht sich Mike herauszureden, als sie wenig später im Polizeiwagen sitzen.

Der Penner, der in Wahrheit wohl doch eher Bulle ist, lacht trocken auf und sagt zu seinem Kollegen auf dem Fahrersitz: »Witzig, was man in dieser Stadt alles so zufällig findet, oder? Versenkte E-Scooter, entlaufene Hunde, Drogenpakete, Leichen im Hafenbecken.«

Anouk wirft Mike einen Blick zu. Bei der Erwähnung der Leichen ist er blass geworden. Falls sie ahnen, dass er diesen Dirk getötet hat, sind die Drogen sein kleinstes Problem. Und sie? Was wird aus ihr? Ob sie sagen soll, Mike hätte sie zu allem gezwungen? Sie denkt an Robin und fühlt sich mit einem Mal so hintergangen von ihm, dass ihr die Tränen kommen.

26

Blut, so viel Blut. Jack wendet sich ab, geht aus der Küche in den Flur, aber es ist zu spät. Ihm wird erst warm, dann kalt. Sein Kopf fühlt sich seltsam leer an, seine Füße kribbeln. Er unterdrückt einen Brechreiz, versucht, den Flur anzuhalten, aber er dreht sich, immer weiter dreht er sich. Ganz weit weg hört er, wie Arie etwas zu Hund sagt, irgendjemand ruft »Achtung, er kippt um!«. Das Bild flackert, wird erst unscharf wie in einem alten, kaputten Fernseher, dann schwarz. Seine Beine geben nach.

»Um Himmels willen«, hört er von irgendwo wie durch Zuckerwatte. Dann Maddies Stimme, etwas klarer: »Er kann kein Blut sehen.«

Auf Jacks Stirn wird es kühl und feucht, jemand zieht an seinen Beinen. Einen Moment noch verweilt er an der Schwelle des Bewusstseins, in dieser diffusen Welt aus Grautönen, dann schlägt er die Augen wieder auf. Maddie steht da und hält seine Beine hoch. Ob so das Blut zurück in den Kopf fließt? Als Nächstes sieht er Kaatje Hommels kleines, faltiges Gesicht. Sie ist blasser als in seiner Erinnerung, aber Blut ist da nicht.

»Eben warst du doch tot«, nuschelt er, weil die Fähigkeit, gesittete Unterhaltungen zu führen, nach einer Ohnmacht nur langsam zurückkommt.

»Ich hoffe nicht«, sagt Kaatje.

»Aber wer …?« Jack versucht, sich aufzusetzen, Maddie lässt seine Beine los.

»Fedde de Koning. So wie wir vermutet haben, wollte er nach Bengt Bjerker auch noch Kaatje ins Jenseits befördern.«

»Aber Kaatje war schneller«, sagt Elin.

Jack rappelt sich hoch, wohl darauf bedacht, nicht Richtung Küche zu schauen, obwohl jemand inzwischen netterweise die Tür zugemacht hat.

»Ich habe gemacht, was Maddie mir geraten hat: mit voller Kraft von unten gegen die Nase«, sagt Kaatje. »Ich habe in der Aufregung nur vergessen, dass ich meine Stricknadeln noch in der Hand hatte.«

»Die Stricknadeln sind vermutlich direkt durch die Nasenlöcher in das Gehirn eingedrungen und haben zeitnah zum Tod geführt«, sagt Arie im Ex-Commissaris-Sprech.

Jack winkt ab. »So genau muss ich das gar nicht wissen.« Er klingt jetzt schon wieder ziemlich wie er selbst, obwohl er meint, man müsse hören, wie peinlich es ihm ist, aus den Latschen gekippt zu sein.

»Ganz genau könnte das sowieso nur die Rechtsmedizin sagen.«

Im selben Moment klopft es an der Tür. Alle zucken zusammen, Arie legt einen Finger an die Lippen. Kaatje geht mit wackeligen Beinen zur Tür, späht durch das Guckloch und öffnet.

»Ich habe die Vespa zurückgebracht.«

»Komm rein. Wir beide müssen uns mal unterhalten«, sagt Kaatje. Ein Junge, der auf den ersten Blick aussieht wie ein Fünfzehnjähriger, der gerade einen Bausparvertrag abgeschlossen hat, tritt ein. Auf den zweiten Blick wirkt er ziemlich aufgewühlt, die Augen hinter den Brillengläsern sind verheult.

»Mein Enkel Robin«, stellt Kaatje ihn vor.

Robin fragt: »Kann ich ein Glas Wasser haben?«

»In der Küche liegt eine Leiche«, sagt Kaatje.

»Noch eine?«, platzt Robin heraus und sieht in der nächsten Sekunde so aus, als würde er das gerne ungesagt machen.

Arie schaut ihn interessiert an. »Liegen hier öfters Leichen in der Küche?«

»Nein, noch nie. Es ist nur so, dass gestern … Ach, in letzter Zeit sterben einfach so viele Leute«, stottert Robin herum. Dann werden seine Augen groß vor Entsetzen. Die anderen folgen seinem Blick zur offenen Wohnzimmertür, in der plötzlich Hund steht. Wahrscheinlich hatte er ein bisschen auf dem Sofa rumgelegen, nachdem Arie ihn aus der Küche geschickt hat.

»Der Höllenhund ist auch hier«, flüstert Robin, und kurz fragt sich Jack, ob mit Kaatjes Enkel vielleicht etwas nicht in Ordnung ist.

»Kennt ihr euch?«, fragt Elin.

Robin schluckt. »Nein, ich glaube nicht.«

»Am besten, wir trinken alle etwas und besprechen, wie es weitergeht«, schlägt Arie vor.

Jan holt eine Decke aus dem Wohnzimmer und legt sie Kaatje über die Schultern. Dann schlägt er vor: »Was haltet ihr von einem heißen Tee mit viel Zucker?« Heißer, süßer Tee, das haben sie mal von Arie gelernt, hilft super gegen den ersten Schock.

Maddie verschwindet im Bad und kommt mit einem großen Badehandtuch zurück. Dann öffnet sie ohne Umschweife die Küchentür.

»Das ist doch dieser Buddhist«, ruft Robin. »Der ist ein Killer.«

»War ein Killer«, verbessert Jack.

Maddie nimmt den Toten noch einmal in Augenschein. Ein drahtiger Mann mit kurzgeschorenen Haaren, die weder richtig blond noch richtig braun sind, und einem Schnurrbart, in dem das Blut gerinnt. Darunter ein Lächeln, das Maddie als glückselig bezeichnet hätte, würde das nicht so wenig zum Anlass passen.

»Die letzten Tage hatte er auch so eine alberne Yogakutte an«, sagt Elin.

Maddie legt das Handtuch über die Leiche, so dass nur noch die Westernstiefel herausschauen. »Geht das so?«, fragt sie Jack.

Der geht vorsichtig in die Küche und setzt sich auf den Stuhl, der am weitesten vom Toten entfernt ist.

Arie nimmt Robin ins Visier. »Kennst du den Mann?«

»Nur vom Sehen.«

»Woher weißt du dann, dass er ein Killer war?«

Robin starrt auf einen Punkt auf der Tischplatte. Jan nimmt bunte Tassen und eine Zuckerdose vom Regal.

Kaatje setzt sich ihrem Enkel gegenüber. »Du warst in Schweden, stimmt's? Du hast gesehen, wie er Bengt Bjerker die Treppe hinuntergestoßen hat.«

Robin schüttelt den Kopf. »Er hat ihm das Genick gebrochen und ihn dann vor die Treppe gelegt.«

»Du warst auch da?«, fragt Elin. »Aber wo?«

»Versteckt am Waldrand, ich hatte ein Fernglas dabei«, murmelt Robin, dessen Haut mit jedem Satz fahler wird.

»Und da bist du nicht auf die Idee gekommen, die Polizei zu rufen?«, fragt Elin, nun hörbar aufgebracht. »Ich war zufällig nämlich auch im Haus, und wäre dieses tolle Tier, das du eben Höllenhund genannt hast, nicht gewesen, wäre ich nun wahrscheinlich auch tot.«

»Ich habe dich nicht gesehen. Ich dachte, der Hund gehört zu Bengt oder dem da«, sagt Robin kleinlaut und deutet zum Toten.

»Was wolltest du überhaupt bei Bengt Bjerker?«, wundert sich Jan.

Robin antwortet nicht.

Zwei Minuten vergehen, dann fragt seine Oma: »Wolltest du ihm diesmal mehr Kokain verkaufen, als in meine Mützenpakete gepasst hat?«

Es wird still in Kaatjes Küche. So still, dass Jack meint, Robins wild galoppierenden Herzschlag zu hören. Dumdumdumdum.

Robin bedeckt sein Gesicht mit seinen Händen. Nach einer gefühlten Ewigkeit beginnt er erst zu weinen und dann, eine ganze Weile und zahlreiche vollgerotzte Taschentücher später, zu erzählen. Davon, wie irgendwann ein Paket, das er für Kaatje zur Post bringen sollte, aufgerissen ist und er entdeckt hat, dass ihre Mützen ein eingestricktes Geheimfach haben, in dem Marihuana versteckt ist.

»Aus ökologischem Heimanbau und ausschließlich für

Bengts Eigenbedarf, um meine Rente aufzubessern«, verteidigt Kaatje sich trotzig.

Robin ignoriert den Einwand, berichtet davon, wie er mit Anouk zusammengekommen ist, und von dem gemeinsamen Traum, nach Ibiza auszuwandern. Er berichtet außerdem, dass Anouk schon einige Wochen, bevor sie sich auf der Post wiedergetroffen haben, ziemlich viele Päckchen Kokain am Strand gefunden hat. »Jedenfalls hat sie mir das so erzählt.«

»Am Strand?«, fragt Maddie mit gerunzelter Stirn.

»Ausgeschlossen ist es nicht«, weiß Arie. »Letztes Frühjahr wurden allein in Frankreich zwei Tonnen Kokain mit einem geschätzten Wert von rund 150 Millionen Euro an der Küste angeschwemmt, und es war nicht das erste Mal. Es gibt verschiedene Theorien dazu. Ein Teil der Ladung könnte bei Sturm oder beim Umladen auf ein kleineres Boot ins Wasser gefallen sein. Oder die Schmuggler haben ihre Ladung ins Meer geworfen, um einer Verhaftung zu entgehen.«

»Anouk und ich haben uns jedenfalls gedacht, dass so ein Modedesigner bestimmt ein bisschen Koks braucht. Liest man doch überall, dass Models koksen, um ihr Gewicht zu halten. Passend dazu hat Anouk einen Artikel aus einer schwedischen Zeitung über Bengt gefunden. Wir haben den Text mit Google Translate übersetzt und verstanden, dass es Gerüchte gibt, dass er seine Models tatsächlich mit Koks versorgt. Ich habe Bengt dann angerufen, gesagt, dass ich Kaatjes Enkel bin, und gefragt, ob er nicht auch was anderes braucht. Eigentlich hatte er schon einen festen Lieferanten.«

Willem Bot, denkt Jack, daher die hohen Rechnungen für den Vikunja-Stoff. Robin spricht weiter: »Aber mit dem gab es wohl Probleme, weil eine Ladung mal an der Grenze abgefangen wurde. Außerdem habe ich den Stoff billiger angeboten, so dass Bengt ihn sogar weiterverkaufen konnte.«

»Genau das hat ihn wahrscheinlich das Leben gekostet«, sagt Arie. »Drogenclans sehen es nicht so gern, wenn man den Anbieter wechselt und dann auch noch selbst zum Verkäufer wird.«

»Bengt hat öfters mal nachgefragt, ob ich nicht mehr liefern könnte. Mit dem Auto zum Beispiel, an den Grenzen würde sowieso selten kontrolliert. Aber ich habe ja nicht mal einen PKW-Führerschein, und eine Ahnung, wie viel Stoff Anouk überhaupt hat, hatte ich auch nicht. Aber dann ist Anouk entführt worden. Also eigentlich nicht, aber sie und Mike, das ist ihr richtiger Freund, den sie mir als Ex-Freund verkauft hat, haben so getan, als ob. Er hat 120 000 Euro verlangt, und ich habe entdeckt, dass Anouk eine Tasche mit Kokain bei mir deponiert hat. Den Stoff sollte ich wohl Bengt für das Lösegeld verkaufen.«

Kaatje wirft ihrem Enkel einen Blick zu, der irgendwo zwischen Bestürzung und Mitgefühl liegt. »Romantische Liebe ist die gefährlichste Krankheit von allen«, murmelt sie.

»Was habt ihr denn mit dem Geld gemacht, das ihr vor der vermeintlichen Entführung mit dem Drogenverkauf verdient habt?«, will Arie wissen.

»In meiner Matratze versteckt, gespart für Ibiza, es waren 24 000 Euro. Die waren aber auch schon weg, als mich

Mike angerufen hat. Keine Ahnung, wer die geklaut hat. Aber eins ist klar: Anouk hat mich von Anfang an nur benutzt.«

Autsch, denkt Jack, diese Erkenntnis hat sicher richtig weh getan. Schon darüber zu sprechen, ist offenbar schmerzhaft.

Robin sieht jedenfalls aus, als würde er lieber in einem Gülletank baden, wenn er nur die Wahl hätte. Hat er aber nicht, deshalb erzählt er auch den Rest der Story. Dass er das Kokain zurück in die Niederlande gebracht und am vereinbarten Punkt abgelegt hat. Wie Elias einen Cousin bei der Polizei eingeschaltet und dieser dann auf Mike und Anouk gewartet hat. »Der Cousin hat natürlich begriffen, dass wir irgendetwas mit der Sache zu tun haben, aber er hat versprochen, Elias und mich da rauszuhalten. Er meinte, er verbucht das mal unter Informantenschutz, außerdem interessieren sie sich nicht für die kleinen Fische. Aber Mike, den haben sie wohl schon länger auf dem Kieker. Er hat auch etwas angedeutet, dass sie ihn wohl nicht nur wegen Drogendelikten suchen. Und Anouk, na ja, die war dabei und wurde gleich mitverhaftet.«

»Sehr gut. Dann sitzen immerhin schon mal zwei Schurken hinter Gittern«, freut sich Maddie. »Was mir noch nicht so ganz klar ist: Wie konnte Anouk wissen, dass du dich als Drogenkurier einspannen lassen würdest und noch dazu einen guten Kontakt nach Schweden hattest, bevor ihr überhaupt zusammengekommen seid?«

Wirklich sicher weiß Robin das auch nicht. Aber er hat eine Theorie: »Sie hat sicher gewusst, dass ich schon die letzten drei Jahre in der Schule verliebt in sie war – ich habe es nie gesagt, aber vermutlich war es nicht schwer zu übersehen. Dann hat sie mich auf der Post getroffen, gesehen, dass ich sie immer noch toll finde und vor allem, an wen ich so oft Pakete verschicke. Sie hat vielleicht entschieden, es einfach mal zu versuchen.«

Dass Robin furchtbar naiv war und zu der Sorte hoffnungsloser Romantiker gehörte, die glaubte, für die wahre Liebe müsse man wirklich alles tun, hatte Anouk sicher auch gewusst, denkt Jack. Plötzlich macht es *pling* in Jacks Kopf. »Mike? Hast du eben gesagt, Anouks Macker heißt Mike?«

»Mike Albers, ganz ätzender Typ«, sagt Robin.

»Ich schätze, jetzt wissen wir, welchen Mike Willem Bot meinte, als er sich seinen Namen notiert hat«, sagt Maddie.

Arie denkt laut nach: »So könnte es gelaufen sein: Willem Bot etabliert seine Drogengeschäfte in Schweden. Irgendwann später kommt Mike Albers an Drogen, vielleicht weil seine Freundin zufällig zum richtigen Moment an irgendeinem Strand ist, vielleicht auch anders. Jedenfalls hat er, wie zuvor schon Willem, ebenfalls die Idee, den Stoff nach Schweden zu verkaufen, was ziemlich naheliegend ist. Die Preise in Schweden sind besser als in vielen anderen Ländern. Die Drogenpolitik des Landes ist zwar streng, aber wenig erfolgreich – in den letzten Jahren ist die Zahl der mit Drogen verbundenen Bandendelikte so stark gestiegen, dass Polizei, Behörden und Politiker völlig überfordert sind. Zudem gibt es so gut wie keine Grenzkontrollen. Mike entscheidet sich also für Schweden als Absatzmarkt, hat aber keine Lust, die Drecksarbeit selbst zu erledigen. Vielleicht will er auch einfach keine weitere Verhaftung riskieren. Mit Anouks Hilfe rekrutiert er den nichtsahnenden Robin, der wie durch ein Wunder über Kaatje schon einen Transportweg hat und mit Bengt Bjerker zudem einen guten Abnehmer. Möglicherweise ahnt Mike gar nicht, dass Bengt auch ein Kunde von Willem Bot ist. Der findet irgendwie heraus, dass Mike ihm gerade das Geschäft versaut. Bei seinen Recherchen stößt Willem dann auch auf Kaatje, von der die Pakete ja ursprünglich kommen – und notiert sich deshalb ihren Namen auf der Bengt-Bjerker-Katalogseite.«

»Meint ihr, Willem hat Bengts Post abgefangen? Wie soll er denn sonst an meinen Namen gekommen sein?«, wundert sich Kaatje.

»Darüber, woher er diese Informationen hatte, können wir wohl nur spekulieren. Aber in einem bin ich mir ziemlich sicher.« Arie trinkt einen Schluck Tee, dann schaut er Kaatje freundlich an. »Er war hier, nicht wahr?«

Kaatje schiebt die Ober- über die Unterlippe und legt ihre Stirn in Falten. Dann blickt sie von Arie zu dem Badehandtuch, unter dem ein toter Mann liegt, und wieder zurück, seufzt und setzt eine Miene auf, die wohl bedeutet: Ich schätze, jetzt ist es sowieso egal. »Am 3. April, morgens um fünf, stand er plötzlich vor meiner Tür. Ich stehe sowieso immer sehr früh auf, vielleicht hat er Licht gesehen. Er hat aber auch so hartnäckig geklingelt, dass ich sowieso aufgewacht wäre.«

»Aber wieso hast du die Tür aufgemacht?«, fragt Elin. »Du kanntest ihn doch gar nicht.«

»Leichtsinnig, ich weiß. Aber na ja, es war sehr früh am Tag, und ich hatte noch nicht gefrühstückt.«

»Und dann war Willem Bot in deiner Wohnung«, steuert Arie wieder zum eigentlichen Thema zurück.

»Richtig. Er saß in meiner Küche, sah aus wie aus dem Ei gepellt und war sehr freundlich. Aber es war so eine Freundlichkeit, von der man Gänsehaut bekommt.«

»Wie meinst du das?«, fragt Jan.

»Na ja, ihr kennt sie doch sicher auch, diese jovialen Erfolgstypen, denen die Leute zu Füßen liegen, weil sie nicht begreifen, dass wenig so gefährlich ist wie die Kombination aus Geld, Macht und Selbstbezogenheit – ganz besonders, wenn sie mit einer dicken Schicht Charisma und Nettigkeit maskiert ist. Zuerst dachte ich, er wäre einer von diesen Immobilienhaien, die alten Leuten ihre Wohnungen abschwatzen, um sie anschließend zu renovieren und für das Doppelte zu vermieten. Aber dann hat er gesagt, dass er wegen unser beider Geschäftspartner Bengt Bjerker hier sei. ›Ich weiß, was in den Mützen ist‹, hat er gesagt. Viel Aufhebens um ein bisschen Marihuana, habe ich mir gedacht, aber dann fing er von Kokain an und davon, dass er ein moderner Geschäftsmann sei und sein Business aus PR- und Kostengründen so leichenfrei wie möglich führen wolle. Aber dass er für nichts garantieren könne, wenn ich die Sendungen nicht sofort einstelle. Er könne nicht zulassen, dass sich herumspricht, dass ihm irgendeine kleine Drogen-Omi und ihre Bande die Geschäfte versauen. Das wäre noch geschäftsschädigender als ein kleiner Mord hier und da.«

»Und dann hast du ihm LSD gegeben?«, fragt Elin neugierig.

»Aber nein. Ich habe ihm Zitronenmelissentee gekocht,

zur Beruhigung. Weil ich dachte, dass der Mann zwar unsympathisch, aber auch bedauernswert verwirrt ist. Da wusste ich noch nicht, dass in meinen Paketen tatsächlich auch Kokain war.« Sie schaut kurz zu Robin hinüber, der sich verlegen an der Nase kratzt.

Kaatje holt tief Luft. »Aber dann hat Willem einfach meine Kekse gegessen, obwohl ich gesagt habe, er soll das nicht tun. Und in den Keksen, da war eben das LSD.«

Jan ist sich offenbar nicht sicher, ob er das gerade richtig verstanden hat. »LSD-Kekse?«

»Ich wollte das nur mal ausprobieren, mit Marihuana funktioniert das doch auch wunderbar.«

Jack kann es quasi vor sich sehen, wie Willem in dieser fröhlichen Küche sitzt, die Keksdose nimmt und losfuttert. Als Demonstration seiner Macht vielleicht, aber vor allem, weil dieser sonst so überdisziplinierte Mann bei Süßem eben kein Halten kannte – so hatte es jedenfalls Wiebke erzählt.

»Hast du ihm gesagt, dass LSD in den Keksen war?«, will Arie wissen.

»Natürlich nicht, das hätte seine irren Kokainvermutungen ja noch bekräftigt. Zum Schluss dachte ich dann auch, dass LSD wahrscheinlich sogar einen besseren Effekt auf die Psyche hat als so ein paar Kräuter.«

»Ich bin mir nicht sicher, ob das die Auflösung des Falles ist, die sich Wiebke vorgestellt hat«, sagt Maddie.

»Ich bin auch noch nicht sicher, ob das die Version ist, die wir ihr erzählen sollten«, sagt Arie. »Aber erst einmal sollten wir uns vermutlich um das naheliegendste Problem kümmern.«

Alle schauen zum toten Fedde, der begonnen hat, ein wenig unangenehm zu riechen.

»Ruft ihr jetzt die Polizei?«, fragt Robin.

»Das mit Fedde war doch eindeutig Notwehr«, sagt Maddie zu Kaatje. »Ich glaube nicht, dass das irgendein Richter anders sehen wird. Vor allem, wenn die ganzen Verbindungen und Drogengeschäfte ans Tageslicht kommen.«

»Ein Richter vielleicht nicht«, sagt Arie. »Aber ich fürchte, eine Gefängnisstrafe wäre auch Kaatjes geringste Sorge, wenn das hier bekannt wird. Im Allgemeinen bestehen kriminelle Organisationen nämlich aus mehr als zwei Leuten, und wenn die anderen mitbekommen, dass Kaatje zwei der Ihren ausgeschaltet hat, ist das höchstwahrscheinlich ihr Todesurteil. Und Robin würden sie in diesem Fall vermutlich gleich miterledigen.«

In Robins Gesicht kehrt ein wenig Licht in Form eines Hoffnungsschimmers zurück. »Aber wenn ihr nicht die Polizei einschaltet – was tun wir dann mit der Leiche?«

»Nur fürs Protokoll: Wisst ihr noch, dass die erste Hausregel der Hausboot-Detektei ist, dass wir nicht wieder straffällig werden?«, erinnert Jack die anderen. Blutige Körper zu finden, ist schon schlimm genug, da will er nicht auch noch darüber nachdenken, wie man so eine Leiche am besten vergräbt, verbrennt, versenkt oder anderweitig entsorgt.

»Stimmt, aber in den Hausregeln haben wir auch festgehalten, dass wir zwar aufregende Aufträge wollen, aber niemals so weit gehen, dafür unser Leben zu riskieren«, wendet Maddie ein. »Falls das Ganze vor Gericht kommt, müssen wir nämlich sicher aussagen. Und irgendein ehrgeiziger, noch nicht korrupter Polizist wird tiefer bohren und mächtige Leute in der Stadt auftun, die von Willems kriminellen Machenschaften profitiert oder diese zumindest ignoriert haben. Und die würden es genauso wie die anderen Bandenmitglieder ganz sicher auch begrüßen, wenn es so wenige Belastungszeugen gibt wie möglich.«

»Wir schreiben einfach noch eine Regel dazu, Nummer neun wäre das dann«, schlägt Jan vor. »Manchmal ist es unmöglich, sich an das Gesetz zu halten und gleichzeitig das Richtige zu tun. Im Zweifel wählen wir Letzteres.«

»Ich habe mal einen Film gesehen, in dem sie die Leichen zur Müllverbrennungsanlage gebracht haben«, bringt Robin sich ein.

»Im Prinzip sicher gut, geht aber auch nur, wenn man einen sehr guten Draht zu jemandem in der Müllverbrennungsanlage hat«, sagt Maddie.

»Wir bringen ihn zum Hafen«, sagt Arie bestimmt. »Erstens wurden dort in den letzten Monaten schon einige Leichen gefunden, die eine Verbindung zur organisierten Kriminalität aufwiesen. Zweitens verwischt nichts so gut die Spuren eines Verbrechens wie das Wasser. Zum Glück ist unser Auto wieder in Betrieb, am besten machen wir es schnell, bevor die Leichenstarre einsetzt.«

»Wie im Film«, sagt Robin. »Da sitzt man mit einem Detektiv am Küchentisch, und plötzlich redet der, als wäre er selbst ein Krimineller.«

»Der Unterschied ist verblüffend klein«, sagt Arie, steht auf und zieht eine Packung mit Gummihandschuhen aus der Hosentasche. »Irgendjemand, der mit anpacken will?«

»Ich kündige.« Eigentlich wollte Jack das nur denken, an

den Gesichtern der anderen sieht er, dass er es auch laut ausgesprochen hat.

Jan lacht, als hätte er einen seiner Witze gemacht, bevor er merkt, dass es Jack ernst ist.

»Super Timing«, kommentiert Maddie mit ihrer Spinnst-du?-Stimme.

Arie nickt, er sieht wenig überrascht aus.

Elin steht auf und nimmt sich zwei Handschuhe. »Ich helfe. Ich habe auch schon mal tote Elche durch die Gegend gewuchtet.«

»Ich helfe auch«, sagt Robin. »Ich glaube, das bin ich Oma schuldig.«

»Ich kann noch beim Saubermachen helfen. Nicht in der Küche natürlich, aber im Flur sollten wir ja auch alle eventuellen Spuren entfernen«, sagt Jack, der erleichtert ist, die Kündigung ausgesprochen zu haben, sich aber trotzdem wie ein Verräter fühlt. Er will gar nicht an das Gespräch denken, das er später zwangsläufig mit Maddie führen muss.

»Ich habe noch ein paar alte Decken und eine große Plastikplane«, sagt Kaatje. »Und reichlich unbenutztes Reinigungsmittel, das bringt mir meine Schwiegertochter manchmal mit.«

»Deine Cannabispflanzen und mögliche LSD-Vorräte solltest du auch vernichten«, empfiehlt Arie.

»Ich habe neulich sowieso schon gedacht, dass es vielleicht an der Zeit ist, mir eine neue Einkunftsquelle zu suchen.«

Jacks Blick fällt auf Kaatjes Strickkorb. »Warum nicht was mit Mode? Also diesmal richtig.« Er macht eine kleine

Pause. Eigentlich hatte er das auch erst später verraten wollen, aber sei es drum: »Ich kenne zufällig eine junge, sehr talentierte Designerin, die Unterstützung dabei gebrauchen könnte, ihre erste Modenschau vorzubereiten. Ich glaube, ihr würdet euch in Stilfragen und auch sonst gut verstehen.«

»Meinst du Isa?«, fragt Maddie.

»Wen sonst?«

Maddie macht ein kleines Geräusch, das nach großer Genervtheit klingt. »Es ist ja schön, dass du so an meine Schwester glaubst, aber sie ist noch meilenweit von ihrer ersten Modenschau entfernt.«

»Im Gegenteil«, sagt Jack und nimmt sein Smartphone zur Hand, während Arie, Elin und Jan beschließen, sich um die dringenden Dinge zu kümmern, und Fedde in Plastik rollen.

Jack hofft, dass Nore Timmer sich an die Absprache gehalten hat, scrollt ein wenig hoch und runter und findet die Mitteilung schließlich unter den *News*. »Hier«, sagt er und gibt sein Telefon weiter.

»Wegen des plötzlichen und von uns allen sehr bedauerten Todes des Stardesigners Bengt Bjerker ändert die Amsterdam Fashion Week ihr Programm. Am Dienstag, dem 27. August, wird die aufstrebende Upcycling-Designerin Isa Hornix aus Amsterdam ihre Kollektion präsentieren«, liest Maddie vor. Dann liest sie es leise noch einmal und fängt gleichzeitig zu weinen und zu lachen an.

»Okay, Jack, verrate uns den Zauberspruch«, sagt Jan.

Jack grinst. »Nore Timmer konnte meinem Charme nicht widerstehen.«

Arie findet in einer Küchenschublade Klebeband. »Vermute ich richtig, dass du sie erpresst hast?«

»Sie würde es möglicherweise so ausdrücken«, gibt Jack zu. »Ich habe ihr gesagt, dass wir wissen, dass sie mit Willem Bot gemeinsame Sache gemacht hat, das unter bestimmten Umständen aber für uns behalten könnten.«

»Es erstaunt mich, dass sie dich nicht auf der Stelle gefressen hat«, sagt Maddie.

»Sie war ganz entspannt. Sie sagt, sie ändert das jetzt mal im Programm, aber dass wir sicher eh absagen müssten, weil wir keine Ahnung hätten, was so eine Modenschau kostet. Die Stoffe, die Models, die Bühnendekoration.«

»Niemals sagen wir das ab«, sagt Elin. »Irgendwie bekommen wir das Geld schon zusammen.«

»Und ich würde deine Schwester sehr gerne treffen, Maddie«, sagt Kaatje.

Es ist nach Mitternacht, als Jack und Maddie endlich nach Hause kommen. Feddes Leiche liegt im Hafenbecken, Kaatjes Wohnung ist, wie sie selbst sagt, so sauber, dass Marie Kondo neidisch werden würde, und für Robin ist ein Zugticket nach Frankreich gebucht. Isa und Fru Gunilla schlafen nebenan in Juanitas Wohnung, deren Tür auch Jan eben hinter sich geschlossen hat.

Jack nimmt Eis und Limetten aus dem Kühlschrank. »Wenn wir uns heute keinen Caipirinha verdient haben, dann nie.«

»Was für ein Tag«, sagt Maddie, lässt sich aufs Sofa fallen und zieht die Sandalen aus. »Dein letzter bei der Hausboot-Detektei.«

»Ich glaube, für jemanden, der beim Anblick der erstbesten Leiche in Ohnmacht fällt, ist das vielleicht sowieso nicht der richtige Job.«

»Das ist nicht nur das Ende von dir und der Hausboot-Detektei, oder?«

In Jacks Hals schwillt plötzlich ein gewaltiger Kloß an. Maddie klingt nicht so, als wäre sie da gerade erst draufgekommen. Er stellt die Cocktailgläser ab. Vor dem Fenster ist der Nachthimmel, darunter blinkt und leuchtet die Stadt. »Es tut mir leid«, sagt Jack.

»Mir auch«, sagt Maddie und nimmt einen Schluck, als tränke sie Limo.

Jack hat erwartet, dass sie tobt, ihn aus der Wohnung schmeißt, seine Sachen aus dem Fenster kippt. Das hier, diese gefasste, leise, traurige Maddie, ist so viel schlimmer.

»Wäre trotzdem nett gewesen, es mir gleich zu sagen. Seit Tagen hüpfst du mehr, als dass du gehst, und siehst fast so verliebt aus wie Jan.«

Jack stutzt. »Glaubst du, ich habe eine andere?«, fragt er erstaunt.

»War jedenfalls ein naheliegender Gedanke.«

Jack zieht seine Schuhe wieder an, steht auf und hält Maddie eine Hand hin. »Komm, ich will dir etwas zeigen.«

Sie laufen durch die Nacht. Dann bleibt Jack vor einem sumpfgrünen Geländewagen mit Dachzelt stehen. »Das ist sie«, sagt er.

Maddie lacht leise auf. »Du verlässt mich für ein Auto?«

Jack lacht auch, obwohl ihm eher zum Weinen zumute ist.

»Du kannst gerne mitkommen«, sagt er, obwohl er natürlich weiß, dass sie das eben nicht kann. Wegen Isa und auch sonst nicht.

»Du kannst gerne hierbleiben«, gibt Maddie zurück, obwohl sie natürlich auch weiß, dass er das nicht kann. Dann fragt sie, wann es losgehen soll.

»Bald.«

»Und wohin?«

Jack zuckt mit den Achseln, darum geht es ja gerade: einfach drauflos, sich treiben lassen, immer wieder aufs Neue schauen, was der Tag so bringt. »Richtung Süden. Ich habe von einem Permakulturprojekt in Spanien gelesen, die suchen einen Ingenieur, der beim Aufbau hilft. Vielleicht schaue ich mir das mal an.«

»Bis es dir wieder in den Füßen juckt.«

»Genau«, sagt Jack, der sich plötzlich fühlt, als hätte er zu viel getrunken. Nicht vom Caipirinha, sondern von dieser hochprozentigen Gefühlsmischung aus Vorfreude und Wehmut, Fernweh und Herzschmerz. Amsterdam ist nicht die erste Stadt, die er verlässt, aber noch nie ist es ihm so schwergefallen. Er wird Maddie vermissen, sie am allermeisten. Aber auch die anderen vom Hausboot werden ihm fehlen. Und nicht zuletzt vielleicht diese verwurzelte, erwachsenere Version seiner selbst, von der er einige Monate lang dachte, sie hier finden zu können.

»Komm«, sagt Maddie und nimmt nun seine Hand. »Wer auf eine lange Reise geht, sollte ausgeschlafen sein.«

27

Elf Nächte später wird Kaatje Hommels von einer Fliege heimgesucht. Es ist eine ungewöhnlich stattliche Fliege, etwa so groß wie ein Kälbchen, mit braunen Westernstiefeln an ihren sechs Füßen. »Kennen wir uns?«, fragt Kaatje, inzwischen selbst im Traum ein wenig misstrauisch gegenüber fremden Besuchern. Die Fliege setzt sich in Kaatjes Hängestuhl im Wohnzimmer, schlägt die Beine übereinander und breitet eine Landkarte auf ihrem Schoß aus.

»Nicht gut, aber einmal sind wir uns sehr nahegekommen«, antwortet die Fliege und tippt auf die Karte. »Hier.«

»Hier, was?«

»Hier, unter den drei Eichen in Zunderdorp, liegt ein Schatz vergraben. Hol ihn dir und mach irgendwas Schönes damit.«

»Ein Schatz? So wie eine Goldkiste aus Piratentagen?«

»So ähnlich. Ich würde ihn selbst für dich ausgraben und herbringen, aber mit diesen dürren Beinchen kann ich keinen Spaten hantieren.«

»Ist das eine Falle?«

Die Fliege schüttelt den Kopf, so dass sich das hereinfallende Sonnenlicht in ihren Facettenaugen bricht und sie zu leuchten beginnen wie schwarz-grüne Discokugeln. »Ich tu das für mein Karma.«

Kaatje wacht auf. Draußen wird es gerade hell. Neben ihr auf dem Kopfkissen hockt eine dicke Stubenfliege und summt ihr ins Ohr. »Bssssss.«

Vielleicht war es ein bisschen viel Aufregung in letzter Zeit, denkt Kaatje, da dreht so ein Unterbewusstsein schon mal auf. Trotzdem nimmt sie ihr Traumdeutungsbuch vom Nachttisch und schlägt unter F wie Fliege nach.

Fliegen im Traum, lernt sie, symbolisieren fast immer etwas Negatives, sowohl im westlichen als auch im arabischen und indischen Kulturkreis. Die Insekten stehen für Verwesung, Stress und andere unangenehme Empfindungen und können im Traum eine Warnung vor drohenden Krankheiten sein. Schwirren viele der Insekten herum, hat man unter Umständen viele Feinde oder bald Familienstreitigkeiten. Fängt man im Traum eine Fliege, sollte man nicht zu leichtgläubig sein. Unter Umständen bedeutet es aber auch, dass man gerade dabei ist, seine Probleme zu lösen.

Kaatje überfliegt den Rest. Von kälbchengroßen Fliegen, die Lederstiefel tragen und Tipps zur Schatzsuche geben, steht da nichts. »Bsssssss«, macht die dicke Fliege und kreist über dem Buch wie ein kleiner, dicker Hubschrauber.

Zunderdorp. Hatte dieser Fedde de Koning, der Mann, dem sie unglücklicherweise (oder auch glücklicherweise – je nachdem, aus welcher Perspektive man die Sache betrachtete) die Stricknadeln ins Hirn gerammt hatte, nicht genau dort einen Gnadenhof geführt? Konnte es nicht sein, dass man manche Träume einfach wörtlich nehmen sollte?

»Nachschauen schadet ja nicht«, bestimmt Kaatje, schlüpft in Jeans, T-Shirt und Stiefel und findet im Keller den alten Klappspaten, den sie mal für ein Urban-Gardening-Projekt auf dem Dach eines leerstehenden Parkhauses gekauft hat. Dann nimmt sie ihre Lederjacke mit den bunten Fransen aus dem Schrank und klemmt sich ihren Motorradhelm unter den Arm.

Eine Viertelstunde später sitzt sie auf ihrer Vespa, die genauso pink ist wie der Helm, und fährt im Licht der ersten Morgensonne Richtung Zunderdorp.

Feddes Gnadenhof, zu dem ein weißes Reetdachhaus mit grünen Fensterläden, eine große Scheune, jede Menge Ställe, Schuppen, Wiesen und ein riesiger Garten gehören, liegt etwas außerhalb. Rund um den Hof gibt es noch mehr Wiesen, Felder und Äcker, dazwischen Entwässerungsgräben und Bäume. Die Vögel zwitschern, irgendwo blöken Schafe, auf dem Hof kräht ein Hahn. Im Radio hat Kaatje gehört, dass der Gnadenhof weiter bestehen bleibt – so hat es Fedde de Koning in seinem Testament festgelegt und ausreichend Geld hinterlassen, um seinen letzten Wunsch mindestens auf die nächsten zwanzig Jahre zu erfüllen. Ein Verwalter hat eine Stiftung gegründet und ein junges Pärchen eingestellt, das sich jetzt um Tiere und Land kümmert und demnächst ein kleines Hofcafé eröffnet.

Ganz langsam tuckert Kaatje den Feldweg entlang und hält nach den Eichen Ausschau. Sie hat einen grünen Daumen. Aber dass man Cannabispflanzen zu übernatürlich großen Ernten bringt, heißt eben noch lange nicht, dass man so viel Ahnung von Bäumen hat, um sie von weitem nur an der Form erkennen zu können. Birken sind einfach, aber was steht dahinten? Ist das eine Buche? Oder ein Ahornbaum?

Schließlich findet Kaatje das Eichentrio auf einer kleinen Anhöhe am Rand eines schmalen Seitenpfades, etwa dreihundert Meter vom Gnadenhof entfernt. Rundum liegen andere Bauernhöfe. Kaatje schaut sich um, entdeckt aber weder fleißige Landwirte noch Leute mit ihren Hunden. Dafür sieht sie einen kleinen Steinhaufen, den man errichten würde, um etwas zu markieren. Einen Weg zum Beispiel, oder eben einen Schatz. Behutsam legt Kaatje die Steine einen nach dem anderen zur Seite. Dann sticht sie den Spaten in die Erde.

»Was machen Sie da?«

Kaatje schreckt hoch.

Auf dem Weg stehen zwei blonde Frauen in türkisen Ganzkörperanzügen und mit Turnschuhen, die so leuchtend weiß sind, als wären sie gerade frisch aus der Fabrik gekommen. Eine der Frauen hält einen kleinen, kugelförmigen Hund an der Leine.

So etwas, denkt Kaatje, die waren eben doch noch gar nicht zu sehen. Sie könnte sagen, dass sie nach Würmern zum Angeln sucht. Allerdings würden die Frauen sie dann womöglich für eine Tierquälerin halten, und das will sie lieber nicht. Außerdem sieht sie gar nicht nach Anglerin aus.

»Wollen Sie hier etwa Müll vergraben?«, fragt die andere. Der Hund atmet röchelnd.

»Ich suche nach einem Schatz«, sagt Kaatje mit großem Lächeln, weil ihr eingefallen ist, dass man mit der Wahrheit manchmal am besten fährt. Besonders, wenn die Wahrheit so klingt, als hätte sie sich eine Verrückte ausgedacht.

Die beiden Frauen tauschen einen Blick.

Kaatje nickt eifrig. Die Sache beginnt, ihr Spaß zu machen. Die eine Frau zupft der anderen am Ärmel. »Komm, ich muss doch gleich noch zum Facial.«

Sobald die Frauen und der Hund genügend weit weg sind, gräbt Kaatje weiter – so schnell, wie ihr alter Rücken hergibt. Und dann hört sie es: Pling. Pling. Metall, das auf Glas stößt. Sie legt den Spaten zur Seite, schaufelt mit den Händen weiter, bis sie das erste Einmachglas in der Hand hält. Ein Einmachglas voller Geldscheine. Insgesamt vier solcher Gläser verstaut sie in den Gepäcktaschen ihrer Vespa. Dann schaufelt sie die Erde ins Loch zurück, packt den Spaten ein und fährt zurück nach Amsterdam.

In ihrer Wohnung angekommen, zählt sie nach. 24 000 Euro.

Kaatje denkt an ihren Enkel, der inzwischen in den Pyrenäen bei Elias' Onkel Marco angekommen ist. Es gibt viele freilaufende Hunde dort, aber er glaubt, er könne sich daran gewöhnen, hat er beim letzten Telefonat erzählt. Die Arbeit in der Keramikwerkstatt ist dafür genau sein Ding, auch wenn er irre schuften muss.

Soll sie ihm das Geld schicken? Natürlich, sagt die fürsorgliche Oma in ihr. Keine gute Idee, findet die Kaatje, die nach acht Jahrzehnten in diesem Leben ahnt, dass ein

Knochenjob in den französischen Bergen für ihren Enkel vielleicht genau das Richtige ist.

Sie überlegt eine Weile, dann einigt sie sich auf einen Kompromiss. Sie wird das Geld in Isas wunderbare Modefirma *Coole Chica* investieren und von den möglichen Gewinnen monatlich etwas für Robin auf einem Sparkonto anlegen.

Sie geht in die Küche. Während das Teewasser heiß wird, sieht sie, wie die dicke Stubenfliege an der Scheibe klebt.

»Ich lass dich mal raus«, sagt sie und öffnet das Fenster. Die Fiege schwirrt noch einmal um Kaatjes Kopf, dann fliegt sie in den blauen Himmel über Amsterdam.

28

Gut vier Monate später, Ende August. Ein Flimmern liegt über den Gassen und Grachten, so als wäre die Luft voller Wüstensand oder als wäre die Stadt eine Fata Morgana. Arie zieht eine bunt geringelte Mütze an, zudem trägt er sein frisch gewaschenes Fettschwanzmaki-T-Shirt und einen Anzug im Patchwork-Design in verschiedenen Grautönen. An der Leine hält er Hund, weil der nicht allein zu Hause bleiben wollte.

»Ihr seht alle so toll aus«, sagt Isa. Sie glüht vor Stolz, als sie ihre Models anschaut, die auf dieser Veranstaltung etwas, nun ja, aus dem Rahmen fallen.

»Passt sowieso besser zum *Coole-Chica*-Stil«, hatte Kaatje befunden, nachdem sie die Idee hatten, kostenlose Amateure statt teure Profimodels auf den Laufsteg zu schicken.

Die Detektive, es sind nach Jacks Aufbruch nunmehr vier, waren die Ersten, die zugesagt haben.

»Ich wollte doch schon immer mal dieses grandiose grüne Kleid tragen. Und wer weiß, wie lange ich noch bis zu einer Filmpremiere warten muss«, meinte Elin.

Juanita macht auch mit, außerdem Isas ehemalige Kollegen aus dem Café Anders.

Für die Show sorgt eine Truppe Balletttänzerinnen und -tänzer, die Isa eingekleidet hat. Zlata, die Ballettlehrerin, spielt Geige.

Arie hat das Balletttraining dagegen wieder aufgegeben, bevor es überhaupt richtig losging. Das könnte daran liegen, dass Arie die bezaubernde Zlata zufällig in der Stadt mit ihrem ebenso bezaubernden Ehemann getroffen hat. Der offizielle Grund lautet aber, dass er mit dem gerade verheilten Bänderriss keine unnötigen Risiken eingehen will.

»Wahrscheinlich war das Ganze sowieso eine Schnapsidee«, sagt Arie.

»Ganz im Gegenteil«, sagt Elin. »Stell dir mal vor, du wärst nicht zum Ballett gegangen. Dann hättest du auch nicht zu Hause getanzt und lustige Sprünge ausprobiert und dir einen Bänderriss geholt. Ohne Bänderriss hättest du aber weiter spazieren können, und ich wäre wahrscheinlich ohne Hund nach Schweden gefahren. Und ohne Hund in Schweden …« Sie spricht nicht weiter, macht aber eine Geste, die so viel wie »Kopf ab« bedeuten soll.

»Eigentlich haben sowohl Hund als auch Fru Gunilla eine Beförderung verdient. Vom Maskottchen zum Meisterdetektiv oder so«, sagt Jan.

»Wieso Fru Gunilla?«

»Wenn sie nicht Willems Stoffprobe angeknabbert hätte, würden wir wahrscheinlich immer noch glauben, Willem hätte einfach teure Vikunja-Webstoffe verkauft«, erklärt Jan.

Als hätte sie auf das Stichwort gewartet, stakt Nore Timmer durch den Backstagebereich, flirtet mit einigen der Modedesigner, flüstert hier und da einem der Models etwas ins Ohr, bewundert Kleider. Als sie bei Isa und ihrer Gruppe ankommt, bleibt sie stehen und lacht.

Es soll ein herzliches, verbindliches, ein vertrauenerweckendes Lachen sein, jedenfalls glaubt Maddie das an Nore Timmers Körpersprache zu erkennen. Es klingt allerdings mehr so, als hätte sie eine seltene Form übernatürlich lauten Schluckaufs.

»Noch dürft ihr einen Rückzieher machen«, schlägt sie vor.

»Vielleicht haben eure Eltern sie bestochen«, flüstert Jan.

Tatsächlich hatten Herr und Frau Hornix mehrfach versucht, die Schwestern von ihrem »zum Scheitern verurteilten Vorhaben« abzubringen. So lange, bis Maddie schließlich auf ihrem und auf Isas Telefon die Nummer der Eltern blockiert hatte.

Unterdessen ist Nore Timmer noch nicht fertig. »Ich habe vorsichtshalber schon mal ein Ersatzprogramm organisiert. Schaut mal, es ist doch gerade für jemanden wie unsere Isa großartig, so weit gekommen zu sein, ohne dann nach der Show die Erfahrung machen zu müssen, wie es ist, ganz allein dazustehen und von Kritikern und Presse gleichermaßen zerfleischt zu werden.«

Maddie guckt sie an. Wenn du noch einmal *unsere Isa* sagst, denkt sie, muss ich dir vielleicht doch noch auf deine kleine Disney-Nase hauen.

Nore Timmer guckt schnell weg und hebt die Hände. »Bitte, bitte, ihr seid natürlich erwachsen und könnt machen, was ihr möchtet. Ich wollte Isa nur vor einer Blamage bewahren.«

Isa versteht das Wort *Blamage* nicht, aber ihre Unterlippe fängt trotzdem gefährlich an zu beben. Maddie will zu ihr gehen, aber Kaatje kommt ihr zuvor. Sie stellt sich neben Isa, nimmt ihre Hand und lächelt. »Ich frage mich gerade, wie die Presse wohl reagieren würde, wenn herauskäme, dass die Organisatorin einer großen Modenschau sich jahrelang etwas mit Drogengeschäften dazuverdient hat.«

Maddie grinst, als Nore Timmer schnaufend abzieht. Ob sie ahnt, dass sie mit dem Vikunja-Stoff, mit dem sie die Detektive von Willems und ihren Drogengeschäften ablenken wollte, Isas Show wesentlich mitfinanziert hat?

Denn mit einer Sache hatte sie leider recht behalten: Eine komplette Kollektion zu nähen und eine Modenschau auf die Beine zu stellen, kostet ziemlich viel Geld und Zeit. Aber sie hatten eine kleine Ermittlungspause eingelegt, um alle mitanzupacken, sie hatten organisiert, ausgemessen, zugeschnitten, Knöpfe angenäht.

Und sie hatten den Vikunja-Stoff verkauft, um gebrauchte Stoffe, andere Materialien und zusätzliche Nähmaschinen zu kaufen.

Kaatje selbst hatte eine Menge Geld investiert, damit das Modelabel *Coole Chica* mit Isa und ihr als Co-Gründerinnen bald richtig durchstarten konnte. Maddie vermutet, dass das Geld aus ihren Cannabisverkäufen stammt, auch wenn Kaatje darauf beharrt, dass ihr eine Fliege im Traum den Weg zu Feddes Geldversteck verraten hat.

Fedde de Konings Leiche war eine Woche nach seinem Tod entdeckt worden. Die Polizei vermutete, dass er Opfer eines Bandenkrieges geworden war, genauso wie sein

Kollege Dirk Dijkman, den man einige Tage früher mit eingeschlagenem Schädel in einem der benachbarten Hafenbecken gefunden hatte. Einen Verdächtigen gab es auch: Mike Albers, der den Mord an Dirk Dijkman (er sagte allerdings, er hätte aus Notwehr gehandelt) und den Handel mit Kokain bereits gestanden hatte. Dass Feddes Tod ebenfalls auf sein Konto ging, konnte nicht nachgewiesen werden. Trotzdem würde er mindestens die nächsten fünfzehn Jahre hinter Gitter verbringen. Seine Freundin Anouk war wegen Beihilfe zum Drogenhandel angeklagt worden, der Prozess würde im September stattfinden.

Wiebke Bot war sich unterdessen sicher, dass Mike auch schuld war am Tod ihres Vaters, obgleich die Hausboot-Detektive nie etwas Derartiges behauptet hatten (um Kaatje zu schützen, hatten sie Wiebke allerdings auch nicht die Wahrheit erzählt).

Ansonsten hatte Wiebke die Neuigkeit, dass ihr Vater ein ziemlicher Gangster gewesen war, mit einer Mischung aus Wut (auf die Hausboot-Detektive und ihren Halbbruder Valli, nicht auf ihren Vater) und Ungläubigkeit aufgenommen.

Die Polizei hatte, soweit es Arie zu Ohren gekommen war, an ihrer Theorie, Willem hätte das LSD freiwillig genommen und dann einen tödlichen Unfall gehabt, festgehalten. Kurz und halbherzig hatte man versucht herauszufinden, inwieweit Willem Bot in den Drogenhandel involviert gewesen war, aber auch diese Ermittlungen wieder eingestellt.

Vielleicht aus Angst, sich durch die Ermittlungen selbst in die Schusslinie zu stellen. Vielleicht war das Netzwerk, das Willem aufgebaut hatte, aber auch nach seinem Tod noch zu stark, um es zu zerschlagen.

»Alle fertig?«, ruft Kaatje plötzlich. »In einer Minute geht es los.«

Die Models zupfen noch ein bisschen an sich herum, hier und da wird eine Haarsträhne zurückgestrichen, die Tänzerinnen und Tänzer machen die letzten Dehnübungen.

»Eins, zwei, drei, los«, gibt Isa das Kommando, und der Vorhang hebt sich.

Die ersten Lacher aus dem Publikum, als Arie und Hund den Laufsteg betreten. Begeisterte Lacher, keine gemeinen, das jedenfalls glaubt Maddie zu hören. Aber dann wird sie auch schon von irgendwem nach vorne geschubst. Geigenmusik setzt ein, es wird getanzt. Der Laufsteg füllt sich mit Isas wunderbaren Kreationen und Kaatjes Mützen (diesmal ohne Geheimfach). Maddie entdeckt Aries Sohn Matts und seine sehr schwangere Freundin in der zweiten Reihe, sie sieht viele verwunderte Gesichter, Leute, die aufgeregt tuscheln, und langsam, aber sicher, wie die einsetzende Flut, verwandelt sich das amüsierte Staunen des Publikums in frenetischen Jubel.

Isa betritt die Bühne, rund und strahlend, als hätte sie die Sonne verschluckt, und verbeugt sich unter rauschendem Applaus, immer wieder und wieder, bis den Leuten die Hände weh tun.

Am Abend, als sie auf dem Deck der Lakshmi mit viel gutem Essen und Trinken feiern, strahlt Isa immer noch.

»Kannst du noch mal vorlesen? Nur die Überschriften«, bittet sie. Schon wenige Stunden nach Isas Modenschau hatte es online die ersten Kommentare gegeben.

»Ich mache dir morgen eine Audioaufnahme von den schönsten Pressestimmen, dann kannst du sie dir die ganze Zeit anhören«, lacht Maddie, liest dann aber trotzdem noch mal laut: *Die Coole Chica fetzt. Junge Upcycling-Designerin begeistert auf der Fashion Week in Amsterdam. Isa Hornix setzt neuen Modetrend. Die Modewelt hat einen neuen Shooting-Star.* So geht es noch eine Weile weiter.

Ob Jack gerade an irgendeinem Strand unter der Sonne sitzt, die gleichen Artikel liest und sich über diesen gelungenen Coup freut? Maddie lächelt bei der Vorstellung, schiebt das Bild dann aber schnell wieder weg. Es ist besser, nicht allzu oft an Jack zu denken.

»Alles gut bei dir?«, erkundigt sich Juanita neben ihr.

Maddie nickt, will etwas sagen, aber dann klingelt das Smartphone der Freundin. Juanita schaut auf das Display, lächelt und geht zum Telefonieren an die Reling.

»Was macht ihr jetzt?«, fragt Kaatje. »Wollt ihr weiter mit Isa und mir nähen oder doch lieber wieder ermitteln?«

»Am liebsten erst einmal keins von beiden«, sagt Arie und reibt sich demonstrativ die Schultern. Neben den Vorbereitungen für die Modenschau hat er, zusammen mit seinem Sohn, nämlich unzählige Umzugskisten, alte Schränke und ein Klavier geschleppt. Das ging trotz angeschlagenem Bein ziemlich gut, so gut, dass er sogar einige Nächte lang richtig gut schlafen konnte. Fiesen Muskelkater hat er aber doch.

»Sondern?«, fragt Jan erstaunt.

»Findet ihr nicht, dass wir uns mal einen Urlaub verdient haben?«

»Super Idee«, stimmt Elin ein. »Hat irgendjemand Lust auf Sommerferien in Schweden?«

Juanita kommt an den Tisch zurück. »Ich fürchte, aus eurem Urlaub wird erst einmal nichts«, sagt sie mit gerunzelter Stirn. Irgendetwas hat sie gerade aus dem Konzept gebracht. »Der alte Onno hat mich gerade angerufen. Er braucht Hilfe.«

»Euer Nachbar?«, erinnert sich Arie.

Maddie nickt. »Sucht er wieder eine seiner Katzen?«

»Ich fürchte, diesmal ist es anders.« Juanita nimmt einen Schluck Bowle, und an ihrem Gesichtsausdruck sieht Maddie, dass sie es mit einem ziemlich seltsamen Fall zu tun bekommen könnten. »Er sagt, eines seiner Gemälde ist weg. Dafür sitzt in seinem Lieblingssessel ein Mann im gelben Rüschenkleid.«

»Klingt so, als könnte Onno auch einen lustigen Abend haben«, sagt Elin.

»Eher nicht.« Juanita zieht eine Grimasse. »Der Mann im Kleid ist tot.«

LESEPROBE

DER VIERTE FALL FÜR DIE HAUSBOOT-DETEKTEI ERSCHEINT IM HERBST 2024

Vier Hobby-Detektive, fünf skrupellose Freunde und ein verschollenes Gemälde – der vierte Wohlfühl-Krimi mit der Amsterdamer Hausboot-Detektei

Der alte Onno hat gleich zwei Probleme: In seinem Wohnzimmer sitzt ein toter Mann, an seiner Wand fehlt ein Bild. Den Mann kennt er nicht, aber das Bild ist eine selbst angefertigte Kopie des verschollenen Gemäldes »Farbenzauber«. Da Onno nicht will, dass die Polizei von seiner kurzen und wenig erfolgreichen Zeit als Kunstfälscher erfährt, wendet er sich an die Hausboot-Detektive. Die nehmen sogleich die Ermittlungen auf und müssen bald feststellen, dass es Menschen gibt, die für Kunst über Leichen gehen …

1

Als Elin das Wohnzimmer betritt, sieht sie als Erstes die Möwe. Das Tier sitzt bewegungslos im offenen Fenster, mit hungrigem, lauerndem Blick starrt es Richtung Ohrensessel. Sein Gefieder ist leuchtend weiß, einzig auf der Brust sind rostrote Flecken, die Elin an Blut denken lassen.

Eigentlich mag Elin Blomgren Möwen und ihr wildes, helles Lachen, das selbst an den düstersten Tagen nach Sommer klingt. Fast so klug wie Papageien und Raben sind sie außerdem, das hat Elin irgendwo mal gelesen. Aber ausgerechnet in dieser kuriosen Wohnung, in der sich außer dem Vogel und ihr noch die drei anderen Hausboot-Detektive, etliche Katzen, der erstaunlich gefasste Onno sowie eine Leiche mit bemerkenswertem Modegeschmack befinden, fällt ihr noch etwas anderes aus der Rubrik Tierwissen ein: Möwen mögen nicht nur Fischbrötchen und Eiswaffeln, sie fressen auch Aas.

Plötzlich hat Elin einen schlechten Geschmack im Mund. Sonst ist sie da nicht so empfindlich, schließlich war sie Ziegenbäuerin in Lappland, bevor sie vor einigen Jahren nach Amsterdam gezogen ist. Wer eine Farm hat, arrangiert sich zwangsläufig mit dem Tod, Aasfresser inklusive.

Aber es ist eine Sache, wenn sich der Vielfraß über einen Rentierkadaver hermacht oder, gruselig genug, die Raben einem totgeborenen Zicklein die Augen aushacken. Und eine komplett andere Sache, wenn eine Möwe einem toten Menschen …

Elin will das lieber nicht zu Ende denken. Mit lautem Händeklatschen versucht sie, die Bilder im Kopf und den Vogel im Fenster zu verscheuchen. Die Möwe öffnet ihren Schnabel, kreischt und bleibt sitzen.

»Sie tut nichts«, sagt Onno – über die Möwe zu Elin oder über Elin zur Möwe, das ist schwer zu sagen. Dann bietet der Alte an, das Fenster zu schließen, nur um es sich gleich darauf wieder anders zu überlegen. »Ist vielleicht doch keine gute Idee – wegen der Seele.« Er macht eine vage Bewegung in Richtung Sessel.

Elin hat keine Ahnung, wie lange so eine körperlos gewordene Seele braucht, um das Weite zu suchen, und ob sie im Notfall nicht einfach durch Wände fliegen könnte. Aber sie ahnt, dass es auch geruchstechnisch besser ist, wenn das Fenster aufbleibt. Und, wer weiß, vielleicht befinden sich am Fenster auch Fingerabdrücke, Haare oder irgendwelche anderen Spuren, die besser nicht verwischt werden sollten.

»Soll ich die Polizei rufen?«, fragt sie.

»Aber nein«, protestiert Onno, dessen Nachnamen Elin nicht kennt. Vor diesem Abend ist sie ihm nur ein paarmal im Hausflur begegnet, weil er Maddies und Isas Nachbar ist. Er sieht aus wie ein in die Jahre gekommener, zu groß geratener Hobbit, mit kleinen, wachen Augen, einer knubbeligen Nase und weißem Haar wie Zuckerwatte.

»Gleich« sagt Arie und nickt Elin zu, bevor er seine Aufmerksamkeit wieder auf den Mann im Sessel richtet. Arie ist der Gründer der Hausboot-Detektei und als Ex-Polizist der einzige Profi-Ermittler der Truppe. Er war es auch, der alle mit Schuhüberziehern aus Plastik und Gummihandschuhen ausgestattet hat. Aber Schuhüberzieher hin oder her – Unbekannte würden Arie im Moment wohl eher für einen Straßenkünstler halten, mit seinem Anzug im grauen Patchworkdesign und dem T-Shirt, auf das Isa einen schlummernden Fettschwanzmaki gezeichnet hat.

Ursprünglich sollte der kleine Primat Arie beim Einschlafen helfen, aber nun hatte er auf Isas erster Modenschau einen großen Auftritt. Isa ist Maddies Schwester, und Maddie arbeitet wie Elin in der Hausboot-Detektei. Diese hat (wenn auch auf nicht ganz legalem Weg) dafür gesorgt hat, dass Isa ihre Kollektion auf der Amsterdam Fashion Week präsentieren kann, und weil sie inzwischen füreinander mehr Familie als Kollegen sind und Isa kein Geld für richtige Models hatte, sind sie eben alle eingesprungen. Elin schaut an ihrem Kleid hinunter, ein wie von Elfen gesponnener Traum aus grüner Spitze. Auf der Show hat es viel Applaus bekommen, zur After-Party auf dem Hausboot hat sie es auch gleich angelassen. Dann hat Onno angerufen, und die Sache schien zu dringend, um sich umzuziehen. Ihre Outfits könnten für den Anlass kaum unangebrachter sein, andererseits fällt das in dieser Wohnung gar nicht besonders auf, so vollgestellt mit Kuriositäten ist sie. Sie würde fast als Trödelladen durchgehen.

Und zur Leiche passt das Erscheinungsbild der Hausboot-Detektive optisch eigentlich auch ganz gut.

Elin tritt neben Arie und betrachtet den Mann, wegen dem sie hier sind. Er trägt ein voluminöses gelbes Rüschenkleid mit Korsett, das Elin an Rokoko und alte Sissi-Filme denken lässt, dazu graue Socken, keine Schuhe. Zwischen Socken und Kleid sieht man nur wenige Zentimeter hell behaarter Beine.

Für einen Moment richtet Elin ihren Blick auf die schwarze Katze, die lang ausgestreckt auf dem Schoß des Mannes liegt und leise schnurrt. Dann atmet sie aus und schaut zum Kopf, der wie bei einem Nickerchen ein wenig zur Seite gekippt ist. Blonde Haare, militärisch kurz geschnitten, die Haut ist grau und großporig. Elin schätzt ihn auf Mitte fünfzig. Sein eckiges Kinn ist glatt rasiert, der Mund steht leicht offen und entblößt die untere Reihe auffällig kleiner Zähne. Seine Augen sind geschlossen, auf dem geraden Nasenrücken klebt Blut. Sehr wenig Blut, wenn man bedenkt, dass sich zwei Zentimeter über der Nase ein rundes Einschussloch befindet.

»Durchschuss, nicht aufgesetzt«, murmelt Arie leise.

Elin sieht, dass sich das in Pastellfarben geblümte Polster des Sessels rund um den Hinterkopf des Toten dunkel verfärbt hat. Sie guckt schnell wieder weg – hin zu Jan.

Der steht in einem bunten Kapuzen-T-Shirt und mit einem nachdenklichen Gesicht zwischen Schaukel, Zimmerpalme und einer mannshohen gelb-türkisen Holzgiraffe und schaut sich um, als würde er etwas suchen. Das tut Jan öfters, wenn er woanders ist, meist um zu verhindern, dass Fru Gunilla, sein Eichhörnchen, zu wild auf Lampenschirmen schaukelt oder Teetassen zerdeppert. Aber an diesem schwülwarmen Abend Ende August ist Fru Gunilla wegen

Onnos Katzen gar nicht mitgekommen. Ob Jan Ausschau nach der Waffe hält?

Elin folgt seinem Blick an die hellblaue Wand. Dort hängt wenig überraschend keine rauchende Pistole, dafür sonst allerlei: ein Haken mit Wolldecke, zwei schauerliche Masken, Hummeln aus Glas, drei Hängekörbe mit und ohne Pflanzen, ein alter Strohhut, Gemälde sowie Schwarz-Weiß-Fotografien von schönen Frauen und schönen Katzen. Ein Bild fehlt. Man sieht nur noch den Abdruck auf der Wand, etwa fünfzig Zentimeter breit und dreißig Zentimeter hoch.

Onno räuspert sich.

»Können wir die Leiche irgendwo anders hinbringen?«

»Hast du uns deshalb angerufen?«, fragt Maddie.

Onno zuckt mit den Schultern. »Alleine kann ich ihn nicht tragen.«

Das stimmt. Es stimmt auch, dass es nicht die erste Leiche wäre, die mit Hilfe der Hausboot-Detektive … nun ja, ihren Standort ändert. Aber Letzteres sollten weder Onno noch sonst irgendjemand, der nicht dabei war, erfahren.

Arie wechselt das Thema: »Hast *du* ihn erschossen, Onno?«

Onno verzieht entrüstet den Mund. »Ich kenne den armen Kerl doch gar nicht. Außerdem habe ich keine Pistole und war auch nicht hier, sondern auf dem Poezenboot. Als ich zurückgekommen bin, saß er tot in meinem Lieblingssessel.«

De Poezenboot, erinnert sich Elin, ist ein schwimmendes Tierheim für Katzen.

»Wie sind sie denn überhaupt in die Wohnung gekommen?«, fragt Jan. »Da es nicht danach aussieht, dass er sich selbst erschossen hat, müssen es ja mindestens zwei gewesen sein.«

Onno reibt sich die Stirn. Plötzlich sieht er um zwanzig Jahre gealtert und sehr müde aus. Maddie nimmt ihn am Arm und führt ihn zu einem rubinroten Rokoko-Sofa auf der anderen Seite des Zimmers, dann verschwindet sie in der angrenzenden Küche. Onno lässt sich ächzend auf das Polster fallen, und wie auf Kommando springt die schwarze Katze vom Schoß des Toten. Sie sprintet durch den Raum und legt sich neben ihren Besitzer.

Maddie kommt mit einem Glas Wasser zurück, neben ihr läuft ein weiterer Stubentiger, dieser rot-weiß und langhaarig. Onno trinkt einen Schluck, dann schaut er Jan an: »Die Wohnungstür war abgeschlossen, das Schloss ist unversehrt. Ich würde sehen, wenn sich da jemand dran zu schaffen gemacht hat.« Er fügt hinzu, dass er vom Fach ist, schließlich hatte er früher einen Schlüsseldienst.

Was Onno nicht sagt, Elin aber weiß, weil Maddie es mal erzählt hat: Vor dem Schlüsseldienst war er einige Jahre lang erfolgreich als Einbrecher tätig. Doppelt kompetent also.

»Und das Fenster?«, fragt Arie.

»Ist im Sommer fast immer offen«, sagt Onno. »Damit die Katzen über die Katzentreppe raus und rein können. Und damit Kimiko sich ihren Nachmittagssnack abholen kann.«

»Kimiko?«, fragt Jan nach.

Onno deutet zur Möwe, die immer noch an derselben Stelle sitzt. Hinter dem Vogel schimmert das Licht der

Abendsonne wie flüssiger Honig auf den Grachtenhäusern und ihren langen, schmalen Hinterhöfen.

Arie schaut, als könne er sich nur mit Mühe eine Belehrung zum Thema Einbruchschutz verkneifen.

Völlig übertrieben, findet Maddie: »Wie soll denn hier einer einsteigen? Es gibt hinten raus weder Balkone noch eine Feuerleiter. Und ich glaube nicht, dass die Katzentreppe einen Menschen trägt. Außerdem sind wir hier im zweiten Stock, und irgendjemandem wäre es bestimmt aufgefallen, wenn jemand die Hauswand hochklettert.«

»Hat jemand einen Zweitschlüssel?«, fragt Jan.

»Nur Maddie«, sagt Onno. »Und die erschießt keine Leute in meinem Wohnzimmer.«

Maddie und Arie tauschen einen Blick, dann verlässt Maddie die Wohnung.

»Warum würde überhaupt jemand einen Mann in einer fremden Wohnung töten?«, wundert sich Elin und findet gleich darauf einen möglichen Grund: »Könnte es sein, dass dir jemand einen Mord in die Schuhe schieben will?«

Onno streichelt seine schwarze Katze, während sein Blick ein Foto an der Wand streift. Es ist die Porträtaufnahme einer jungen, lachenden Frau, deren Zöpfe nur notdürftig ihre nackten Brüste bedecken. Im Hintergrund sieht man Strand und Meeresbrandung. »Es ist wirklich lange her, dass ich irgendetwas angestellt habe, das jemanden so wütend machen könnte.«

»Und das hatte mit dieser Frau zu tun?«, hakt Arie nach und deutet auf die Schwarz-Weiß-Aufnahme.

»Marlene.« Onno seufzt. »Alle waren verrückt nach ihr. Natürlich wusste ich, dass sie verheiratet ist, aber …«

»Aber du hast trotzdem ein Verhältnis mit ihr angefangen«, vervollständigt Elin den Satz.

Zum ersten Mal, seit sie hier sind, verziehen sich Onnos Lippen zu einem Lächeln. »Stimmt, das war eine schöne Zeit, wenn auch viel zu kurz. Soweit ich weiß, lebt Marlene schon ewig als Künstlerin in Indien, ihr damaliger Mann ist vor Jahrzehnten verstorben.«

Maddie betritt wieder die Wohnung. Alle drehen sich zu ihr um, doch sie schüttelt den Kopf: »Onnos Zweitschlüssel hängt nach wie vor bei uns an der Garderobe. Wenn sie einen Schlüssel hatten, dann also nicht diesen.«

Elin brainstormt weiter: »Der Tote könnte auch ganz einvernehmlich zusammen mit einem Komplizen hier eingestiegen sein, um etwas zu stehlen. Es gab wegen irgendetwas Streit, und, zack, war einer tot. Bewahrst du irgendwas Wertvolles in der Wohnung auf, Onno?«

»Vier Katzen. Aber die sind noch alle da.«

»Ein ziemlich auffälliges Outfit für einen Einbrecher«, gibt Arie zu bedenken.

»Er sieht nicht wie der Typ Mann aus, der so ein Kleid freiwillig anziehen würde«, stellt Jan fest.

»Auch nicht wie einer, der seine Schuhe vergisst«, ergänzt Elin. »Obwohl man sich auf Socken natürlich super anschleichen kann.«

»Aber falls man schnell weglaufen muss, sind Schuhe doch besser«, sagt Onno.

»Wo bekommt man überhaupt so ein Kleid? Aus dem Museum?«, wirft Elin ein.

Maddie, die sich wegen ihrer Schwester inzwischen ein wenig in Sachen Stoffe und Mode auskennt, meint, dass das

Kleid dafür zu neu und zu gelb aussieht. »Kostümverleih vielleicht.«

»Könnte man ihm das Kleid auch nach seinem Tod angezogen haben?«, überlegt Jan.

»Theoretisch schon«, weiß Arie. »Aber nach einem Kopfschuss wäre das kaum möglich, ohne Kleid und Sessel komplett einzusauen. Alternativ könnte ihn der Mörder oder die Mörderin auch vor seinem Tod gezwungen haben, sich umzuziehen. Dann bleibt nur die Frage: Warum?« Er schaut Onno an, der erwidert den Blick nicht, zuckt aber mit den Schultern.

Maddie will etwas anderes wissen: »Was ist eigentlich mit dem Bild, Onno? Vorhin am Telefon hast du gesagt, dass eines deiner Gemälde verschwunden ist.«

Onno überlegt so lange, dass Elin schon glaubt, er hätte Maddie nicht gehört. Aber dann antwortet er mit einer Gegenfrage: »Müsst ihr gleich wirklich die Polizei rufen?«

Arie nickt.

»Das ist auch in deinem Interesse«, erklärt Jan. »Die Polizei wird dein Alibi prüfen und feststellen, dass du zum Zeitpunkt der Tat gar nicht hier warst. Stell dir dagegen vor, wir bringen die Leiche woandershin, wo sie dann in ein paar Tagen oder Wochen wahrscheinlich doch entdeckt wird. Die Polizei findet deine DNA-Spuren auf dem Kleid, oder sie kommen irgendwie anders dahinter, dass er zuletzt bei dir war, können aber nicht mehr genau feststellen, wann genau er gestorben ist. Oder irgendjemand beobachtet uns dabei, wie wir ein langes Paket in die Gracht werfen oder irgendwo im Wald ablegen.«

Onno winkt ab, er hat verstanden. Nachdenklich nestelt

er an seiner Weste herum. »Wenn ich länger darüber nachdenke, bin ich gar nicht mehr so sicher, ob das Bild wirklich erst seit heute weg ist. Vielleicht habe ich es auch mal abgenommen, um den Rahmen gründlich sauber zu machen, und dann verlegt.«

»Verlegt«, wiederholt Arie. Es klingt wie: ganz schlechte Lüge.

»Das kann in meinem Alter schon mal passieren. Bücher, das Telefon, die Brille, Gemälde – da kommt ständig was weg.«

»Es hing dort drüben, nicht wahr?« Arie deutet auf die freie Stelle an der Wand.

»Mmmh«, brummt Onno zustimmend, wenn auch zögerlich.

»War das Bild gestohlen?«, vermutet Maddie.

»Ich habe schon lange keine gestohlenen Bilder mehr«, sagt Onno, er klingt ein bisschen empört. »Es war einfach ein kleines Bild, überhaupt nichts wert. Auch deshalb glaube ich ja, dass ich es einfach verlegt habe.«

»Onno, wir können dir nur helfen, wenn du uns die Wahrheit sagst«, mahnt Maddie.

Onno schaut auf seine Füße, die in bunt bestickten Pantoffeln mit kleinen Bommeln stecken. »Ich habe es selbst gemalt.«

Elin schaut sich das Durcheinander an der Wand noch mal genauer an. Die meisten der gemalten Bilder sind Aquarelle im typisch japanischen Stil, sie zeigen Tempel, Kraniche, Kirschblüten. Es gibt ein großes, poppiges Bild von einem Fuchs, der Kaffee trinkt. Auf einem Ölgemälde schlafen eine Frau und eine Katze auf einer Wiese, ein anderes zeigt eine holländische Mühle. »Sind davon auch welche von dir?«

»Die Aquarelle hat Kimiko gemalt, die anderen Bilder habe ich auf Märkten entdeckt.«

Jan betrachtet Onno mit unverkennbarer Besorgtheit. »Kimiko, die Möwe?«

»Kimiko, meine Ex-Freundin.« Onno zeigt auf ein Foto, auf dem eine Frau mit kinnlangen schwarzen Haaren, Regenmantel und Gummistiefeln auf einem Boot steht und angelt. »Ich habe die Möwe nach ihr benannt.«

Elin überlegt, ob Onno mit allen Frauen, von denen Fotos in seinem Wohnzimmer hängen, einmal zusammen war. Aber offenbar denkt Arie, dass es wichtigere Fragen gibt.

»Hast du ein Foto von dem Bild, das gestohlen wurde?«

Onno schüttelt den Kopf. »Es war wirklich nichts Besonderes, eine kleine, von der Barockzeit inspirierte Ölmalerei. Ich habe keine Ahnung, warum irgendjemand so etwas mitgehen lassen sollte.«

Maddie hat irgendwo Papier und Stift aufgetrieben. »Kannst du eine grobe Skizze von dem Bild machen?«

Elin sieht, wie ihr Arie zunickt.

»Wenn ihr darauf besteht«, sagt Onno ein wenig widerstrebend, nimmt den Bleistift, lässt ihn einen Moment über dem Papier schweben, steckt ihn dann aber hinters Ohr, grummelt etwas, steht auf, geht zum Bücherregal, das die Form einer alten Eiche hat, zieht eine Zeitschrift heraus, kommt zurück und legt sie auf den Tisch. *Majesteit*, steht auf dem Titel, darunter kuscheln zwei weiße Katzenbabys.

»Eine Katzenzeitschrift?«, fragt Jan, obwohl das ja nun recht eindeutig ist.

»Seite 32«, sagt Onno.

Maddie blättert, bis sie zu einem Artikel über Onno kommt. *»Der Katzenpate aus dem Grachtenviertel«*, liest sie die Überschrift vor.

Elins Blick fällt auf das Foto: Ein selig lächelnder Onno sitzt in seinem geblümten Lieblingssessel, auf seinem Schoß liegen drei Katzen, die vierte balanciert auf seiner Schulter. Hinter dem Sessel ist die hellblaue Wand, und an der Wand hängt das Bild, das nun fehlt. Arie setzt seine Lesebrille auf, Elin beugt sich über die Aufnahme, bis Onno eine Lupe über den Tisch schiebt. »Damit geht es besser.«

Auf Onnos Bild tanzen fünf Frauen in langen Kleidern auf einer sonnengefluteten Lichtung, umgeben von buntem Herbstlaub. Ihre Gesichter wirken entrückt, ihre Bewegungen fließend, und nach wenigen Sekunden hat Elin das Gefühl, ebenfalls in diesem Wald auf dem raschelnden Blätterteppich zu tanzen, in wilden Kreisen, rundherum, bis ihr vor Freude ganz schwindelig wird. Sie lächelt und schaut Onno an. »Du hast ein Stück Glück gemalt.«

Onno winkt ab, ihm scheinen seine Malkünste im Moment ziemlich egal zu sein. »Ich verstehe das mit der Leiche, aber das hier müssen wir der Polizei doch nicht zeigen, oder?«

»Warum?«, will Maddie wissen.

Onno antwortet nicht.

Arie, der das Bild nun auch von nahem betrachtet hat, legt seine Stirn in sorgenvolle Falten. »Das Kleid«, sagt er und tippt auf die Zeitschrift. »Schaut mal, das Kleid.«

Und tatsächlich: Eine der tanzenden Frauen trägt ein bodenlanges gelbes Rüschenkleid, fast identisch mit dem des Toten.

2

Wenn es das Schicksal gibt, dann ist es gegen ihn. Dabei zählt Wessel de Boer keineswegs zu der Sorte Mensch, die dauernd mit dem Lauf der Dinge hadert – dafür ist er zu sehr Mann vom alten Schlag, ein viel beschäftigter noch dazu. Aber wie unwahrscheinlich ist es bitte, dass das alles gleichzeitig passiert? Unerträglich schwüles Kopfschmerzwetter, Sannes 55. Geburtstag, der geplante Restaurantbesuch und jetzt eben auch noch dieser mysteriöse Mordfall: Albert de Wit, einer der bekanntesten Filmkritiker des Landes, sitzt tot – mit Kopfschuss und einem gelben Fummel – in einer Wohnung im Grachtenviertel.

»Woher wissen wir, dass es sich um Albert de Wit handelt?«, fragt Wessel den jungen Streifenpolizisten, der ihn vom Tatort aus angerufen hat. »Hat er Papiere dabei?«

»Nein, aber ich lese das Feuilleton.«

Das ist nichts, womit man sich brüsten sollte, findet Wessel, aber gut, in diesem Fall hat es ausnahmsweise doch mal praktischen Mehrwert.

Während er in seine schwarzen Sportschuhe schlüpft, erfährt er außerdem, dass ein gewisser Onno van der Vlist ausgesagt hat, den Toten in seiner Wohnung gefunden zu haben. »Angeblich kennt er de Wit nicht, hat keine Waffe und für den Nachmittag ein Alibi.«

»Onno van der Vlist«, wiederholt Wessel.

»Rentner, 76 Jahre alt. Mehrfach wegen Diebstahl vorbestraft, vor über vierzig Jahren hat er zusammen mit einem Komplizen einen Geldtransporter gestohlen, indem er sich als Angestellter der Firma ausgegeben hat. Danach noch einige Schmuckdiebstähle, soweit bekannt ist, war er nie bewaffnet.«

»Wann hat er die Leiche entdeckt?«

»Kurz nach sechs, sagt er. Wir wurden allerdings erst um 18.57 Uhr, also vor exakt elf Minuten, informiert.«

So etwas kann Wessel gar nicht leiden. »Was hat er denn in der Stunde gemacht? Formel 1 geguckt? Spuren beseitigt? Seine Mama angerufen?«

Sanne stöckelt in den Flur, sie trägt die großen Perlohrringe und ein violettes Kleid, an das sich Wessel nicht erinnern kann. »Wir sind spät dran«, sagt ihr Blick. Damit er es auch wirklich versteht, tippt sie mit dem rechten Zeigefinger auf eine imaginäre Armbanduhr am linken Handgelenk. Wessel hebt die Hand und versucht ein beruhigendes Lächeln: Nur einen kurzen Moment.

Der Polizist am anderen Ende der Leitung räuspert sich. »Nicht seine Mutter, die Hausboot-Detektive.«

»Was?«, schreit Wessel.

Sanne zuckt zusammen. Der Kollege offenbar auch, jedenfalls klingt er wie eine verschreckte Erstklässlerin, als er weiterspricht. »Arie Poepjes, Jan van Dijk, Elin Blomgren und Maddie Hornix. Letztere wohnt zusammen mit ihrer Schwester eine Etage über Onno van der Vlist.«

Arie, auch das noch. Wessel erlaubt sich einen kurzen Moment des Selbstmitleids. Warum fühlt es sich an, als ob sich alle gegen ihn verschworen haben, in seinem so hart erkämpften neuen Leben, das ihn doch endlich glücklich machen sollte?

»Was sollen wir jetzt machen, Chef?«, fragt der Streifenpolizist.

»Die Spurensicherung informieren, falls das noch nicht passiert ist. Und weder diesen Onno noch einen der anderen Anwesenden aus den Augen oder der Wohnung lassen. Ich fahre sofort los.« Wessel legt auf.

»Zum Golden Forks, hoffe ich«, zischt Sanne, die jetzt wie eine Walküre in der Haustür steht und es überhaupt nicht mag, wenn er Versprechen bricht. Obwohl sie das nach so vielen Jahren als Polizisten-Ehefrau (die meisten davon mit Arie) eigentlich mit mehr Gleichmut nehmen sollte.

»Es tut mir leid, Schatz. Ein Mord«, erklärt er.

»Gemordet wird dauernd, aber ich werde nur einmal 55«, entgegnet Sanne.

Eine Feier im engsten Familienkreis hat sie sich gewünscht, ein dekadentes Essen im Golden Forks. Vor anderthalb Jahren hat Wessel da mal ermittelt, ohne der damaligen Besitzerin jedoch etwas nachweisen zu können. Weil die Medien den Fall trotzdem aufgegriffen hatten, war Femke Baas, soweit ihm bekannt war, nach Frankreich gezogen. Ihren Laden im Hafenviertel hatten zwei Brüder mit einem Faible für Meeresfrüchte und exorbitante Preise übernommen. Innerhalb weniger Monate war das Golden Forks zum Zwei-Sterne-Restaurant avanciert, bei dem man vier Monate im Voraus reservieren musste.

Das hatte Wessel, der eigentlich lieber ins Steakhaus gegangen wäre, auch getan: erst für die ganze Familie, inklusive Sannes Sohn Matts und seiner schwangeren Freundin Natascha. Sannes betagte Eltern sollten auch kommen, obwohl sie Wessel in den Wahnsinn trieben, weil sie ihn ständig mit »Arie« anredeten.

Sohn und Quasi-Schwiegertochter hatten als Erste abgesagt. Offiziell, weil es so kurz vor dem Geburtstermin wäre und Natascha seit der Schwangerschaft Meeresfrüchte schlecht vertragen würde. Die Wahrheit war aber möglicherweise auch, dass sie einfach keinen Bock auf ihren neuen Stiefvater hatten.

Später hatten auch die Schwiegereltern ihr Fernbleiben verkündet. Wegen Trunkenheit am Steuer musste Sannes Vater den Führerschein für einige Wochen abgeben, und ihre Mutter hatte seit Corona eine Bus- und Bahnphobie.

»Dann wird es eben ein romantisches Abendessen zu zweit, ist doch auch schön«, machte Sanne, wenn auch etwas schmallippig, gute Miene zum bösen Spiel.

»Ganz wie in alten Zeiten«, stimmte Wessel zu und dachte, dass er so auch eine Menge Geld sparen würde.

Jetzt, im Hausflur, sagt er: »Es tut mir leid, Schatz. Aber ich versuche, so schnell wie möglich nachzukommen.«

Sanne sieht aus, als wäre ihr der Appetit sowieso schon vergangen. »Wenn ich erst einmal Hoofdcommissaris bin, kann ich Jobs delegieren. Dann gibt es keine einsamen Weihnachts- und Geburtstagsfeste mehr«, wiederholt sie mit dieser skalpellscharfen Stimme, was er wahrscheinlich irgendwann mal so oder so ähnlich gesagt hat.

»Ich kann nichts delegieren, wenn das halbe Dezernat mit Magen-Darm über der Schüssel hängt«, erinnert er sie.

Dann überlegt er, was er noch sagen könnte. Etwas Versöhnliches, Liebevolles sollte es sein, aber bevor ihm etwas einfällt, schiebt Sanne ihn schon zur Seite, stürmt ins WC und schlägt die Tür hinter sich zu.

Eine Viertelstunde später, fast zeitgleich mit zwei seiner Assistenten, Pieter und Diederick, und einer Truppe von der Spurensicherung, betritt ein ziemlich verschwitzter und ausgesprochen mürrischer Hoofdcommissaris die Wohnung von Onno van der Vlist.

Falls man das hier überhaupt Wohnung nennen kann, denkt Wessel. Jahrmarkt würde es besser beschreiben. Welcher erwachsene Mann hat in seinem Wohnzimmer eine Schaukel hängen? Und das ganze Zeug, das überall rumsteht! Die Spurensicherung wird sich bedanken – und da hat er noch nicht mal von den vielen Leuten und den Katzenhaaren angefangen.

»Was machen eigentlich all die Viecher hier?«, wendet sich Wessel an den anwesenden Streifenpolizisten.

Der zuckt mit den Schultern, dafür antwortet ein alter Mann, der an einem kleinen Tisch sitzt und die Figur eines Ringkämpfers und das Gesicht eines Märchenonkels hat: »Keine Viecher, Katzen. Die wohnen bei mir.«

Mit weiß behaarter Hand deutet er zum Fenster, in dem eine Möwe sitzt. Zuerst denkt Wessel, sie sei ausgestopft, aber dann klappt sie den Schnabel auf und wieder zu. Wessel blinzelt. »Und das ist Kimiko, sie wartet auf ihr Abendessen. Ihr Kollege hat mir aber verboten, sie zu füttern, für den Fall, dass irgendwelche Spuren am Fenster sind.«

»Sowieso«, sagt Wessel. Möwen sollten sowieso nicht in Wohnzimmerfenstern sitzen und gefüttert werden.

»Onno van der Vlist, nehme ich an?« Der andere nickt.

»Wessel de Boer, Hoofdcommissaris.«

In den Augen des alten Mannes flackert ein kurzes Erkennen auf, als Wessel seinen Namen nennt. Ob sie mal beruflich miteinander zu tun hatten? Aber das kann nicht sein: Als Onnos Einbrecherkarriere zu Ende ging, freute sich Wessel gerade über den ersten zarten Bartflaum.

Dann begreift er. Maddie Hornix hat ihrem Nachbarn sicher einiges über ihn erzählt. Schließlich war es Wessel gewesen, der Maddie schon mal in Untersuchungshaft gesteckt hatte, wenn auch viel zu kurz. Abgesehen davon wusste Onno wahrscheinlich schon, dass Wessel einst seinem Kollegen und besten Freund Arie – derselbe Arie, der jetzt Maddies Kollege und Freund ist – die Frau ausgespannt hatte.

Natürlich hatte Maddie dann auch erzählt, dass Arie Sanne und ihn in flagranti erwischt und ihm daraufhin seine Dienstwaffe an den Kopf gehalten hat. Diese unschöne Episode kannten inzwischen alle – auf dem Revier, in der Nachbarschaft, in der Familie. Das an sich war nicht dramatisch, hätten die Leute nur angemessen reagiert, so in der Art von: »Kein Wunder, dass sie sich von diesem unbeherrschten Arie-Monster getrennt hat, inzwischen ist der ja auch völlig abgestürzt.« Oder: »Na ja, an Sannes Stelle hätte ich mich auch für Wessel entschieden.«

Aber nein. »Der arme Arie, da hätte doch jeder so reagiert«, wurde auf den Fluren mehr laut als leise geflüstert.

Und inzwischen: »Wie gut, dass die Sache für ihn ein

Happy End hatte. Habt ihr schon gesehen? Die Hausboot-Detektei war schon wieder in der Zeitung. Sooo cool, dass die jetzt auch eine Buchreihe haben.«

Tatsächlich ziehen diese Möchtegerndetektive pressewirksame Fälle an wie Kacke die Fliegen. Jetzt sind sie ja auch schon wieder hier. Wessel wirft einen Blick auf das altmodische rote Sofa, auf dem vier der unsäglichen Truppe sitzen, in so hippen Klamotten, als kämen sie geradewegs von einer Modenschau.

Wessel unterdrückt das plötzliche Verlangen, den Reißverschluss seines weißen Ganzkörperanzugs zu öffnen, um zu zeigen, dass auch er einen ziemlich feschen Anzug trägt. Stattdessen fragt er: »Fehlt da nicht noch einer?«

»Guten Abend, Wessel. Jack Addington arbeitet nicht mehr bei uns«, sagt Arie. Im Hintergrund klicken die Kameras, die Spurensicherung macht die ersten Leichenfotos.

Es wurmt Wessel immens, wie entspannt Arie klingt und dass er die Leiche vor ihm gesehen hat. Aber aufklären, denkt er, aufklären werde *ich* diesen Fall.

»Pieter, Diederick, bringt bitte alle aufs Revier«, weist er seine Kollegen an und macht eine Handbewegung, die die Detektive und Onno umfasst. »Dort nehmt ihr ihre Aussagen auf und überprüft so schnell wie möglich eventuelle Alibis.«

Den Streifenpolizisten schickt er los, um die Nachbarn abzuklappern, dann, endlich, tritt er zur Leiche.

Dieses Kleid! Für einen Moment spielt Wessel mit dem Gedanken, dass Albert de Wits Tod die Folge einer queerfeindlichen Gewalttat sein könnte. Andererseits wirkt der Filmkritiker kein bisschen trans.

»Vielleicht hat er diesen Fummel nicht freiwillig angezogen? Dann ist die Frage, was uns der Mörder damit sagen wollte«, überlegt er laut und spürt im selben Moment dieses ungute Kribbeln im Nacken. Es ist dieser fast animalische Instinkt, der die kleinsten Hinweise und Indizien schneller und sicherer kombinieren kann als jedes Gehirn und der einen mittelmäßigen von einem guten Ermittler unterscheidet. Jetzt sagt ihm genau dieser Instinkt, dass es möglicherweise nicht bei diesem einen Mord bleiben wird.

»Wenn du fertig bist, würden wir ihn gerne ausziehen«, sagt einer von der Spurensicherung.

Die Stimme kommt Wessel bekannt vor, ihm fällt aber der Name nicht ein. Schutzanzüge und Masken machen es nicht einfacher. Wessel nickt und schaut zu, wie die Männer den Toten vorsichtig auf den Boden legen und das Kleid aufschneiden – eine Routinemaßnahme, bevor der Körper in der Gerichtsmedizin obduziert wird.

Außer der Einschussstelle auf der Stirn hat Albert de Wit keine sichtbaren Verletzungen. Auf den ersten Blick ein durchschnittlicher, nicht dicker, aber auch nicht sonderlich trainierter Mitfünfziger, auf dessen Körper Zeit und Schwerkraft die ersten Spuren hinterlassen haben. Die Hände sind faltig, die Brust hängt ein wenig, auf dem Bauch sieht Wessel kleine Geweberisse, am linken Bein tritt eine Vene hervor.

»Die Totenstarre hat vor nicht allzu langer Zeit eingesetzt, ich denke nicht, dass er länger als drei, vier Stunden tot ist«, hört Wessel.

Er schaut auf die Uhr. 20.35 Uhr. Ob Sanne schon beim Nachtisch ist? Und ob er sie anrufen soll? Er entscheidet sich dagegen, er könnte doch nichts sagen, außer, dass es wohl leider doch länger dauert. Wenn er hier fertig ist, muss er ja selbst noch aufs Revier.

»Wessel«, spricht ihn jemand von der Seite an und lenkt seine Konzentration zurück auf den Fall. »An der Wohnungstür sind keine Einbruchsspuren.«

Das bedeutet, dass der Täter oder die Täterin einen Schlüssel hatte oder in die Wohnung gelassen wurde. Also falls es nicht doch Onno (aber das wäre fast ein bisschen zu einfach) oder einer der Hausboot-Detektive (das wäre zu schön) war. Alternativ bleibt noch das Fenster. Könnte jemand die Außenmauer hochgeklettert sein?

»Schuschschusch«, sagt Wessel zur Möwe und wedelt mit der Hand. Der Vogel pickt nach seinem Finger, Wessel springt zurück. Dann erst dreht sich die Möwe halb um die eigene Achse, stößt sich vom Fenstersims ab und fliegt mit gespensterhaftem Lachen davon.

Erscheint bei FISCHER Taschenbuch

Hedderichstraße 114, 60596 Frankfurt am Main
ISBN 978-3-596-71044-7

Amy Achterop
Die Hausboot-Detektei
Tödlicher Genuss

Fünf Hobby-Detektive – Zwei Spitzenköche – Ein toter Sommelier

Arie, Maddie, Jack, Jan und Elin suchen noch ihren Platz im Leben. Und finden ihn auf einem alten Hausboot, wo sie eine Detektei gründen. Auf dem Deck bauen sie Tomatenpflanzen an, genießen die Amsterdamer Grachtenidylle, trinken an trüben Tagen Irish Coffee mit ordentlich Whiskey und schauen zusammen Miss-Marple-Filme als Vorbereitung auf ihren ersten Fall. Der lässt nicht lange auf sich warten: Als der kulinarische Wettstreit zweier Sterneköche tödlich endet, ermitteln die Detektive undercover …

Kriminalroman
352 Seiten, Klappenbroschur

Weitere Informationen finden Sie auf
www.fischerverlage.de